Jan Hendriks

Unterwegs zur Herberge

Schritte zu einer gastfreundlichen Gemeinde

Beispiele, Voraussetzungen, Anfänge, Grenzen

Aus dem Niederländischen übersetzt
von Martin Prang
Bearbeitet und um deutsche Praxisbeispiele ergänzt
von Jens Haasen

hartmut spenner  waltrop 2005

Bibliografische Information der Deutschen Bibliothek

Die Deutsche Bibliothek verzeichnet diese Publikation in der Deutschen Nationalbibliografie; detaillierte bibliografische Daten sind im Internet über http://dnb.ddb.de abrufbar.

Die Druckvorlage wurde von Martin Prang
als reprofertiges Dokument zur Verfügung gestellt.

Einbandgestaltung unter Verwendung eines Motivs
von August Macke

Gesamtherstellung: Verlag Hartmut Spenner
Stratmanns Weg 10, 45731 Waltrop
www.hartmutspenner.de

ISBN 3-89991-042-7

Printed in Germany 2005
© alle Rechte beim Verlag

Für Alice

Inhalt

Einleitung: Um was geht es, und für wen ist es geschrieben? **9**
1. Gastfreundschaft: Raum schaffen für Mitwirkung am Wesentlichen **16**
   1.1 Der Gast steht im Mittelpunkt in mindestens dreierlei Hinsicht **17**
      a. Die Gemeinde öffnet sich für Gäste **17**
      b. Beieinander zu Gast sein **18**
      c. Die Gemeinde besteht aus Immigranten, „Fremdlingen und Beisassen" **22**
   1.2 In gastfreundlichen Gemeinden vermischen sich die ‚Rollen' von Gastgeberin, Gast und Gott **25**
      a. Die Gastgeberin muss Gast werden **26**
      b. Der Gast als Versteck von Gott und Jesus **27**
   1.3 Gastfreundschaft impliziert eine doppelte Bewegung: sich öffnen für... und zugehen auf... **28**
   1.4 Gastfreundschaft: Freiheit und Konfrontation **30**
   1.5 Gastfreundschaft: keine Aufgabe, sondern Lebensstil **32**
   1.6 Zusammenfassung für die Weiterarbeit **34**
2. Beispiele gastfreundlicher Gemeinden: ein bunter Strauß **35**
   2.0 Es gibt eine große Bandbreite gastfreundlicher Gemeinden **35**
   2.1 Gastfreundschaft als Kennzeichen von Identität und Image **37**
   2.2 Gastfreundschaft als Bezeichnung der Konstante in unterschiedlichen Formen, unterschieden nach vier Gesichtspunkten **42**
      2.2.1 Reichweite **42**
      2.2.2 Dimensionen von Gemeinde **45**
         a. Dienst oder „diakonia" **46**
         b. Gemeinschaft **50**

   c. Umgang mit Gott **54**
 2.2.3 Richtung: sich öffnen für ... und zugehen auf ... **56**
   a. „Häuser der offenen Tür" **57**
   b. Das Pfarramt in Einrichtungen; übergemeindliche Dienste **59**
   c. Gastfreundschaft überschreitet die Spannung zwischen Diakonie und Verkündigung **64**
 2.2.4 Träger: Gemeinden und Kommunitäten **68**
2.3 Gastfreundschaft als Ausdruck einer neuen Sichtweise **69**
2.4 Zusammenfassung **71**
3. Geht's immer? Voraussetzungen für den Aufbau einer offenen Gemeinde **73**
 3.1 Umdenken - und so Raum schaffen für Gäste **74**
 3.2 Einander wahrnehmen - und so Raum schaffen füreinander **76**
   a. Menschen nur mit Aufgaben betrauen, für die sie begabt sind **76**
   b. Widerstände ernst nehmen **79**
 3.3 Vertrauen haben - und so Raum schaffen für eine Begegnung mit dem „ganz Anderen" **82**
 3.4 Sich für eine gemeinsame geistliche Wanderung entscheiden **85**
   a. "The medium is the message" **85**
   b. Aktion und (gottesdienstliches) Feiern. Der Aufbauprozess ist eine geistliche Bewegung wie Ebbe und Flut **89**
 3.5 Eine inspirierte Pastorin als Coach **91**
 3.6 Strukturelle Voraussetzungen **97**
   a. Träumer und Macher brauchen einander **97**
   b. Steuerungsgruppe **99**
 3.7 Zusammenfassung und Schluss **101**

4. Der Umbau der Gemeinde zur gastfreundlichen Gemeinde. Das Vorgehen Schritt für Schritt 104
4.1 Das Grundmuster des Aufbauprozesses einer gastfreundlichen Gemeinde 105
   a. Ein Aufbauprozess in drei Phasen 105
   b. Vier doppelte Randbemerkungen zu den Phasen 107
4.2 Übertragung auf den Aufbau einer gastfreundlichen Gemeinde 109
   Phase 1: Entwicklung realistischer Pläne 110
   Phase 2: Ausführung der Pläne 119
   Phase 3: Evaluation und Vertiefung 121
4.3 Praktische Handreichungen zum Vorgehen 121
   4.3.1 Das Vorhaben einer Gemeindeversammlung zur Vorbereitung einer Entscheidung 122
     a. Die Grundstruktur einer solchen Versammlung 122
     b. Mögliche Konkretisierung einer Gemeindeversammlung 123
   4.3.2 Fragebögen zur Feststellung des Maßes vorhandener Gastfreundschaft 126
     a. Fragebogen zur Untersuchung des Maßes vorhandener Gastfreundschaft 126
     b. Fragebogen um in den Blick zu bekommen, wie Gastfreundschaft in unserer Gemeinde Gestalt gewonnen hat 127
   4.3.3 Checkliste für die Diagnose des Gottesdienstes 130
4.4 Und nun: Drei Aufbauprozesse in der Praxis 135
   4.4.1 Die Reformierte Gemeinde Bant, Modell Offene Kirche (MOK) 137
   4.4.2 Die Evangelische Gemeinde Pelkum 143
   4.4.3 Die „Oase Loxbaum" 147
4.5 Abrundung 153

5. Über die Spannung zwischen Offenheit und Identität. Grenzen der Gastfreundschaft? **155**
   5.1 Ist alles erlaubt? **155**
   5.2 Um was geht es? **157**
      a. ...wie Wasser und Wein...: eine falsche Denkstruktur **157**
      b. Das Gespräch als geeignete Denkstruktur für die Auflösung der Spannung zwischen Offenheit und Identität **158**
      c. Die Bedeutung des Gesprächsmodells für diese Spannung **162**
      d. Ein neues Schema: keine Linie, sondern eine Uhr **163**
   5.3 Und nun die Praxis ans Wort **166**
      5.3.1 Die Evangelische Gemeinde Wetzlar-Niedergirmes **168**
      5.3.2 Die Taufe von Kindern nicht-kirchlicher Eltern. Bericht aus Pijnacker und Nootdorp **172**
      5.3.3 Das „Himmlische Gelage" für junge Leute in Apeldoorn **175**
      5.3.4 Die Thomas-Messe in Arnheim **178**
      5.3.5 Zu Gast bei einem Orden: Taizé **183**
   5.4 Ist alles erlaubt? Unterschiedliche Antworten für Gastgeberinnen und Gäste **187**
   5.5 Die Spezialität der Herberge: Mensch und Sache erhalten volles Gewicht **191**
6. Fröhlich weiter! **193**
   6.1 Die Herberge ist eine Gemeinde aus einem Guss **193**
   6.2 Eine virtuelle Herberge für die Bauleute **198**
   6.3 Ein unverhoffter Gast **200**
   6.4 Zu guter Letzt... **202**
Literatur **204**

" damit das Feuer weiter brennt"

Einleitung:
Um was geht es, und für wen ist es geschrieben?

"DIE HERBERGE": SYMBOL EINER NEUEN BEWEGUNG

In den Kirchen ist eine neue Gemeindeaufbaubewegung entstanden. Ein Symbol, das sie inspiriert, ist "die Herberge". Es wurde so zuerst vom katholischen Theologen Rolf Zerfass verwendet. In der Praktischen Theologie wird diese Bewegung mit dem abstrakten Begriff "Offene Kirche" bezeichnet. In ihrem Zentrum steht der Begriff "Gastfreundschaft". Dazu passt als Metapher "die Herberge". Sie ruft ein Bild von einer Gemeinde hervor, die an den Wegen der Menschen steht: offen und einladend. Man kann einfach so eintreten:
- zu einem guten Gespräch über alles Mögliche
- zu einer Tasse Kaffee
- zum Erzählen einer Geschichte, die man loswerden muss, und zur Ermutigung
- zur gemeinsamen Beratung: "Wie geht es weiter?"
- zu Obdach, "einer Mahlzeit, einem Bett und einem Bad"
- um sich zu orientieren in der Welt von heute und um eventuell gemeinsam Widerstand zu leisten gegen eine Gesellschaft, die uns zur Anpassung an das "So ist es nun einmal!" nötigt
- um jeweils individuell oder gemeinsam nach Gott zu suchen, dem wir manchmal, oft sehr unerwartet, begegnen. Es ist kein

Zufall, dass vor allem die Geschichte von den Emmaus-Jüngern diese Bewegung fesselt und dort immer wieder erzählt wird.
"Die Herberge" ist also ein Ort, wo Solidarität konkret Gestalt gewinnt, wo Gemeinschaft erlebt werden kann und wo die Suche nach dem Umgang mit Gott Form bekommt.
Charakterisierungen wie diakonisch oder missionarisch treffen daher auf sie nicht mehr zu. Sie ist das alles und zugleich mehr. Sie ist offene Gemeinde: offen für das engere Umfeld und für die weitere Gesellschaft, offen füreinander und für Gott. Sie ist ein Ort der Begegnung, wo Menschen miteinander umgehen - "wie jemand mit seinem Freund" (Ex 33,11).
Hier kann ein Mensch zu Atem kommen.
So kann Gemeinde funktionieren als eine Herberge am Weg der Menschen. Eine Herberge, in der Fremde Gäste sind. Und Fremde sind wir letztlich alle.

"INSPIRIEREND! ABER WIE KOMMEN WIR DAHIN?"

So eine Gemeinde! Die wünschen sich sehr viele Menschen. Natürlich, Menschen, die sich dafür einsetzen, wissen sehr wohl, dass diese Vision nie in vollem Umfang realisiert werden kann. Aber sie bleibt inspirierend. Das habe ich in den vergangenen Jahren erfahren bei vielen Begegnungen mit Katholiken und Protestanten unterschiedlichster Richtung. Für sie ist "die Herberge" nicht nur ein interessanter Gegenstand oder ein geeignetes Jahresthema, sondern ein inspirierendes Ideal. "Da wollen wir hin!", als Gemeinde oder Gruppe.
Ihr Motiv, unser Motiv, darf ich wohl sagen, kann ich am besten wiedergeben mit einem Wort von Bram Denkers, früher Pastor der Magdalenen-Parochie in Amsterdam-West. Als ich ihn einmal fragte: "Was tust du für diesen Stadtteil, was hoffst du?" gab er zur

Antwort: "Dass das Feuer weiter brennt!" Damit meinte er kein nostalgisches Feuer, sondern ein Feuer, das erhellt und erwärmt.
Das ist auch die Hoffnung der Menschen, die ich traf. Sie sind keine Tagträumer. Sie sehen sehr genau, dass die Gemeinde immer weiter bröckelt. Unwiderruflich, scheint es oft. Aber sie bleiben bei ihrer brennenden Hoffnung, dass das Feuer weiter brennt. Das ist ihnen wichtig, weil sie - mit Rob van Kessel - der Meinung sind, dass es für die Welt lebenswichtig ist, dass es so etwas wie Gemeinde gibt.
Für sie ist "die Herberge" - die offene, gastfreundliche Gemeinde - eine zeitgemäße Form, das Feuer in Gang zu halten. Dazu machen sie sich auf, und dafür setzen sie sich ein, hartnäckig selbst bei Rückschlägen und Enttäuschungen. Das Bild der "Herberge" inspiriert sie, aber es stellt sich auch die Frage: "Sehr schön, aber wie kommen wir dahin?"
Für sie ist dieses Buch geschrieben. Also für Menschen, die die Wirklichkeit vor Augen haben und sich dennoch für eine Erneuerung der Gemeinde weiter einsetzen. Sie geben die Hoffnung nicht auf. Deshalb stehen im Mittelpunkt dieses Buches Fragen, die bei Begegnungen, die ich mit ihnen - sowohl in den Niederlanden wie auch in Deutschland - haben durfte, immer wieder im Vordergrund standen. Ich werde sie gleich benennen.
Selbstverständlich erhebe ich nicht den Anspruch auf alles eine Antwort zu haben. Aber ich denke doch zu den Gesprächen darüber einen Beitrag leisten zu können. Nicht zuletzt, indem ich in diesem Buch über Erfahrungen von Gemeinden berichte. So können sie wirklich beieinander zu Gast sein und miteinander über die Frage sprechen: "Wie macht ihr das eigentlich in eurer Gemeinde?"

FÜNF FRAGEN BESTIMMEN INHALT UND STRUKTUR DIESES BUCHES

In den Begegnungen kehrten folgende fünf Fragen immer wieder. Um sie geht es in diesem Buch:
Was sind die Kennzeichen von Gastfreundschaft? Dabei geht es um die Frage, was uns beim Bau der "Herberge" motiviert (Kapitel 1).
Wie kann die gastfreundliche Gemeinde konkret Gestalt gewinnen? Das ist die Frage nach Vorbildern aus der Praxis (Kapitel 2).
Kann unsere Gemeinde eigentlich gastfreundlich werden? Ist es unter allen Umständen möglich? Das ist die Frage nach den Voraussetzungen (Kapitel 3).
Wie packen wir es an? Was ist der erste Schritt? Und was kommt dann? Das ist die Frage nach Entwicklungsphasen (Kapitel 4).
Ist um der Gastfreundschaft willen alles erlaubt? Wie verhält sich Offenheit zu Identität? Das ist die Frage nach der Grenze von Gastfreundschaft (Kapitel 5).
So beginne ich mit der Besprechung des Begriffes "Gastfreundschaft". Das wird kein allgemeiner Vortrag über Gastfreundschaft, sondern eine knappe Beschreibung ihrer spezifischen Kennzeichen. Mit ihnen wird in den anderen Kapiteln weiter gearbeitet. Überschneidungen mit dem Buch "Gemeinde als Herberge"[1] sind in diesem Kapitel nicht zu vermeiden.
Das Buch schließt mit einer Einladung an alle, die sich bemühen, der gastfreundlichen Gemeinde Gestalt zu geben, zu einem weitergehenden Gespräch in einer virtuellen Herberge (Kapitel 6). Da können Gemeinden einander begegnen, ermutigen und weiterhelfen.
Auf dieses Gespräch kommt es an. Ein Buch veraltet, eine virtuelle Herberge geht mit und bleibt auf der Höhe der Zeit. Sie kann

---

[1]Gütersloh 2001

wachsen zu einer "community" oder in kirchlicher Sprache: zu einer konziliaren Gemeinschaft.
So hat dieses Buch sechs Kapitel.
Ich hoffe damit vielen zu helfen, die sich für den Aufbau einer offenen, gastfreundlichen Gemeinde einsetzen.

UM MISSVERSTÄNDNISSEN VORZUBEUGEN

Um Missverständnissen vorzubeugen mache ich noch eine Anmerkung. "Er" und "sie" gebrauche ich bisweilen abwechselnd. Dann schreibe ich in aller Gelassenheit Sätze wie: "Der Pastor hat ihre eigene Aufgabe." Ich weiß, dass das sprachlich nicht stimmt, weil Pastor männlich ist. Sei's drum. Ich finde es jedenfalls befriedigender als einen Standardsatz wie "Überall wo 'er' steht kann natürlich auch 'sie' gelesen werden". Das ist mir zu konventionell. Deshalb.

MIT DANK AN ...

Zuerst bedanke ich mich bei den vielen evangelischen und katholischen Gemeindegliedern in Deutschland und den Niederlanden, denen ich bei Gemeindeabenden, Konferenzen und Fortbildungsveranstaltungen begegnen durfte. Ihre Fragen, Kritiken und Anregungen haben mich zum Nachdenken angeregt und mir weitergeholfen. Von ihrer Kreativität und ihrem Einsatz war ich beeindruckt. Mit ihnen habe ich mich gefreut über alles, was wächst und gedeiht. Und davon gibt es viel. Das soll dieses Buch illustrieren. Mit ihnen habe ich mich geärgert über Amtsinhaber, die sie nicht förderten, sondern nota bene gegen sie arbeiteten, sie nicht ermutigten, sondern entmutigten, ihnen keinen Raum gaben, sondern sie beschnitten! Sie und ich waren darüber manchmal schlichtweg entsetzt.

Diese Erfahrungen insgesamt haben mich auch dazu bewogen, dieses Buch zu schreiben. Das war ursprünglich nicht beabsichtigt, denn ich habe das Buch "„Gemeinde als Herberge"" ja als mein Testament vorgestellt. Doch aus Verbundenheit mit meinen Gesprächspartnern und auf ihre Bitte hin bin ich noch einmal zum Notar gegangen.
Weiter danke ich auch meinen früheren Kollegen und den Menschen, mit denen ich in anderen Bezügen zusammengearbeitet habe und noch zusammenarbeite. Ich nenne nur Elsa Roza ausdrücklich. Sie kommentierte nicht nur das Manuskript, sondern ergriff auch die Initiative für eine Website, auf der sich gastfreundliche Gemeinden miteinander beraten können.

Jan Hendriks, Juli 2002

Zur deutschen Ausgabe

Überall begegne ich Menschen, die eine Erneuerung der Kirche anstreben und sich vertrauensvoll auf den Weg gemacht haben. Sie betrachte ich als Bundesgenossen. Der Gedanke, dass diese Ausgabe ihnen vielleicht dienlich ist, erfreut mich besonders.
Bundesgenossen gibt es viele. Zwei von ihnen möchte ich hier gerne nennen: Pfarrer i.R. Jens Haasen in Hagen, mit dem ich seit der Zeit zusammenarbeite, in der er mit Haus Villigst verbunden war, und Martin Prang, Pfarrer in Essen, den ich erst seit wenigen Jahren kenne. Sie beließen es nicht bei dem Wunsch, dass es schön wäre, wenn dieses Buch auch in deutscher Sprache zur Verfügung stünde, sondern sie gingen tatkräftig ans Werk. Sie übersetzten das Buch, bearbeiteten es und suchten nach deutschen Praxisbeispielen. Pro Deo.
Meiner Meinung nach haben sie gute Arbeit geleistet. Ich jedenfalls habe dieses deutsche Buch in jeder Beziehung mit Vergnügen

gelesen. Als ob es ein neues Buch sei. Und das ist eine Übersetzung ja eigentlich auch.

Ich wünsche von ganzem Herzen, dass dieses Buch dazu führt, dass "Menschen auf dem Weg" miteinander in Kontakt kommen und sich gegenseitig inspirieren. Und, wer weiß, einem unvermuteten Gast begegnen!

Jan Hendriks, Ostern 2005

Gastfreundschaft ist keine Aufgabe, sondern ein Lebensstil

1. Gastfreundschaft: Raum schaffen für Mitwirkung am Wesentlichen

In der neu entstandenen Gemeindeaufbaubewegung nimmt der Begriff "Gastfreundschaft" eine zentrale Stellung ein. In der Praxis wie in der Theorie. In einer Studie über Gemeindeerneuerung in England beispielsweise kommt Jan Maasen zu dem Schluss, dass diese in Bewegung gekommenen Gemeinden am besten durch den Begriff "Gastfreundschaft" charakterisiert werden können. Auch in der (Praktischen) Theologie spielt der Begriff "Gastfreundschaft" eine große Rolle. Das gilt u.a. für die katholischen Theologen Zerfass und Henau und die protestantischen Theologen Heitink und Dingemans.

Aber was ist Gastfreundschaft? Davon handelt dieses Kapitel. Es ist wichtig sich darüber klar zu werden. Denn wenn wir uns für eine gastfreundliche Gemeinde einsetzen, müssen wir deutlich vor Augen haben, was wir damit meinen. Ein klarer Blick auf Gastfreundschaft ist auch notwendig, um während des Umbauprozesses festzustellen, ob wir noch auf dem rechten Weg sind.

Deshalb dieses Kapitel. In ihm arbeite ich das, was ich in "Gemeinde als Herberge" darüber geschrieben habe, weiter aus anhand neuerer Literatur und der Erfahrungen von Gemeinden, die mit dem Gestalten einer gastfreundlichen Gemeinde befasst sind. Ich spitze diese Übersicht auf kurze, praktikable Punkte zu.

1.1 Der Gast steht im Mittelpunkt in mindestens dreierlei Hinsicht

In der gastfreundlichen Gemeinde steht der Gast im Mittelpunkt, und zwar in dreierlei Hinsicht:

a. Die Gemeinde öffnet sich für Gäste

Dass in einer offenen Gemeinde der Gast im Mittelpunkt steht, bedeutet erstens, dass die Gemeinde sich für Gäste öffnet. Damit meine ich vor allem: Nicht-Gemeindeglieder. Ich sage "vor allem", weil es regelmäßig vorkommt, dass auch Menschen, die zwar offiziell Gemeindeglieder sind, so angesehen und behandelt werden, als ob sie überhaupt nicht dazu gehörten. Unter Punkt b. komme ich darauf zurück.

Kennzeichen für die Gemeinde als Herberge ist, dass die Gäste nicht nur frei sind[2] - sie selbst sein dürfen -, sondern ebenso, dass man ihnen freundlich begegnet, sie also als Freunde ansieht. Das ist in dem Wort "Gastfreundschaft" ausdrücklich impliziert.

Das klingt vielleicht einfach, ist aber kaum selbstverständlich, denn das Fremde und die Fremden wirken bedrohlich. Das merken wir schon, wenn Protestanten auf Katholiken treffen.

Gastfreundschaft bedeutet also mehr, als dass solche Freunde und Glaubensgenossen willkommen sind, die uns auch in ihrem Umfeld willkommen heißen würden. Es bedeutet dass Fremde willkommen sind. Sie sollen an der Gemeinde teilhaben und mitwirken. Auf ganzer Linie: im Rahmen ihrer missionarischen Präsenz, ihrer Aus-, Fort- und Weiterbildung, Katechese, Seelsorge und gottesdienstlichen Feier. Sie sind herzlich eingeladen, hereinzukommen, Platz zu

---

[2] Das Niederländische spricht anstatt von Gastfreundschaft von "Gastfreiheit".

nehmen am „Runden Tisch", teilzuhaben an Festen und Feiern und - wenn sie das wollen - dazu ihren eigenen Beitrag zu leisten. Und wenn sie diese Chance bekommen und ergreifen, dann passiert etwas! Das werden wir auch in diesem Buch erleben.

Sich öffnen für Gäste beinhaltet also auch, dass die Gemeinde sich bemüht Barrieren abzubauen, die Gäste, Fremde hindern an der Partizipation am Dienst (der Diakonie), an der Gemeinschaft (der Koinonia) und am Umgang mit Gott (der Mystik).

Gäste werden nicht nur geduldet, sondern sind willkommen. Stärker noch, ihretwegen macht man das alles! Sie stehen im Mittelpunkt. Das wird unterstrichen durch die Metapher "Herberge". Was wäre eine Herberge ohne Gäste?

So geht das auch in der Bibel zu: Der Gast bekommt nicht nur ein Plätzchen am Rande, sondern den in der Mitte. So sieht das in den Beschreibungen aus, die Paulus in 1Kor 14 von der Form des Gottesdienstes gibt (gemäß Herbst). Jeder soll mitmachen und einen Beitrag liefern: mit einem Lied, einem Gebet, dem Sprechen in Zungen und der Gabe der Auslegung. Alles ist erlaubt. Aber unter einer entscheidenden Bedingung: Alles muss für zufällige Gäste verständlich sein. Wenn Menschen "in Zungen reden, und es kommen Unkundige oder Ungläubige hinzu, werden sie dann nicht sagen: Ihr seid verrückt!" (1 Kor 14,23) Die Frage, nach der alle Elemente der Versammlung beurteilt werden müssen, ist die, ob Gäste, Menschen auf der Schwelle, Möglichkeit zur Partizipation haben. Oder ist das, was geschieht, für sie Zungenrede?

b. Beieinander zu Gast sein

Dass Gäste im Mittelpunkt stehen, bedeutet zweitens, dass die Gemeindeglieder beieinander zu Gast sind, dass sie Gäste im Leben anderer sind. Das kann vielleicht zur Einrichtung von Besuchsgruppen führen, sicherlich bedeutet es aber, dass Begegnung in allen

Gruppen und Zusammenkünften ihren Ort haben muss. Das kann auf verschiedene Art und Weise gestaltet werden. Ich selbst habe einmal an einer Zusammenkunft von Menschen teilgenommen, die einander kaum kannten. An Stelle der bekannten Vorstellungsrunde - Name, Herkunft, Familienstand usw. - wurde hier die Frage gestellt: "Was hat dich in den vergangenen Tagen beschäftigt?" Schon kamen die Geschichten. Die Frage schuf einen sichtbar gastfreundlichen, einladenden Raum: einen Raum, in dem Menschen erfahren, dass sie dabei sein dürfen mit ihren kleinen und großen Problemen und Freuden. Darauf gab man Acht. Überraschenderweise ist man so Gast beieinander. Und die Rollen wechseln ständig. Von einem zum anderen Moment wird man von einer Gastgeberin, die andere einlädt, zum Gast im Leben des Anderen.

Bei wirklicher Gastfreundschaft geht es also um *Gegenseitigkeit!* Der Gastgeber, der gibt, wird seinerseits zum Gast, der empfängt. Das deutet sich auch in der fast typischen Klage einer Witwe an, die zwar ständig von einem Ehepaar eingeladen wird, das aber seinerseits nie zu ihr kommen will. Sie muss immer Gast sein, doch sie will auch einmal selbst Gastgeberin sein. Aber es ist noch subtiler. Das kann die folgende Geschichte einer geschiedenen Frau illustrieren: "Als ich allein war und Weihnachten näher kam, sagten Freunde zu mir: 'Wenn du an den Feiertagen allein bist, sind wir auch noch da. Dann komm einfach vorbei!' Andere sagten hingegen: 'Wir würden es schön finden, wenn du zu Weihnachten bei uns wärest'. Es dürfte nicht schwer sein zu erraten, zu wem ich ging. Das zweite Paar lud mich ein auf der Ebene von Gleichwertigkeit und Gegenseitigkeit, ersteres auf der Ebene von Abhängigkeit."

Wir können auch sagen, dass dieses Paar nicht nur bereit war Gastgeber zu sein, sondern auch Gast im Leben anderer. Der Gast wird als Subjekt betrachtet, als einzigartiger Mensch, der etwas zu bieten hat.

So werden Gastgeberinnen Gäste und umgekehrt.

So geht das bei einer echten Begegnung zu. Nijssen beschreibt das so: "Wenn es zu einer echten Begegnung kommt, öffnen sich Menschen füreinander, so dass sie alle zu Gästen werden. Gäste im Leben (in der Lebensgeschichte) der Anderen."

Was hier über die Beziehungen in einer Gruppe gesagt wird, gilt ebenso für die Beziehung zwischen Gruppen. Ich meine nun nicht Gruppen mit verschiedenen Aufgaben, sondern Gruppen, die bestimmt sind durch Unterschiede in Bezug auf: Beteiligung ("Kerngemeinde" und "Randsiedler"), Geschlecht, Alter, sexuelle Orientierung, ethnische Herkunft, Spiritualität (kurz gesagt: eher missionarisch oder eher diakonisch), Besitzstand (arm und reich), Gesundheit (gesund, krank oder mit einer Behinderung), Familienstand (verheiratet, allein stehend aus welchen Gründen auch immer) usw..

Auf der Grundlage all dieser Unterschiede können sich Gruppen oder Zirkel entwickeln. Das ist nicht falsch, aber die Frage ist doch, ob sie offen bleiben wollen für andere, beieinander zu Gast sein wollen, und ob sie bereit sind, anderen Gruppen Raum zu geben.

Beieinander zu Gast zu sein, ist selbst in Gemeinden nicht selbstverständlich. Es gibt im Gegenteil die beinahe natürliche Neigung, Angehörige der eigenen Gruppe oder des eigenen Zirkels zu suchen, bis hin zum Kirchenkaffee nach dem Gottesdienst. Es geschieht nicht von ungefähr, dass Menschen, die von außen kommen, immer wieder klagen, dass es nicht leicht sei, "rein" zu kommen. Sie fühlen sich, selbst wenn sie Gemeindeglieder sind, doch als Außenstehende. Deswegen müssen wir uns nicht gleich schuldig fühlen, an dieser Stelle sollten wir einander nicht überfordern, der eine ist nun einmal schneller als der andere. Aber darauf achten muss die Gemeinde genau und beispielsweise Menschen, welche die Gabe haben, Gastfreundschaft auszustrahlen, mit der

Aufgabe der Kontaktaufnahme betrauen. Andere können eine andere Aufgabe in der Herberge übernehmen.

Und noch etwas: Es gibt nicht nur unterschiedliche Gruppen hinsichtlich ihrer Aufgaben und Zusammensetzung, sondern es gibt auch Unterschiede an Macht. Dieses Wort wird in der Kirche oft gemieden, obwohl es das Phänomen durchaus gibt. Verschiedene Gruppen, Frömmigkeitsstile und Rollen bilden in der Gemeinde oft gemeinsam eine dominante Koalition (Hendriks, 1990) oder anders gesagt, ein Netzwerk. Und dieses Netzwerk drückt einer Gemeinde seinen Stempel auf. Es bestimmt, was normal ist in "unserer" Gemeinde und beispielsweise auch, wie "unsere" Gottesdienste auszusehen haben. Kein Wunder, dass sich besonders die Glieder dieser dominanten Koalition in einer Gemeinde zu Hause fühlen. Es ist ja vor allem "ihre" Gemeinde! Und kein Wunder, wenn sich die Anderen dort weniger zu Hause fühlen und daraus auch die Konsequenzen ziehen.

Die dominante Koalition macht leicht den Fehler, das eigene Netzwerk mit "der Gemeinde" zu verwechseln, wodurch andere Gemeindeglieder zu Fremden, zu Gästen gemacht werden. Dadurch verwischt sich dann der Unterschied zu Gästen im Sinne von Nicht-Gemeindegliedern. Die Sprache verrät uns, z.B. wenn wir von "der Gemeinde und den Armen" oder "der Gemeinde und den Alleinstehenden" sprechen. Gehören sie nicht zu unserer Gemeinde? Wenn wir uns dessen bewusst sind, sollten wir uns anders ausdrücken, indem wir z.B. nicht mehr "die Gemeinde und die Armen" sagen, sondern "die Beziehung zwischen Armen und Reichen in unserer Gemeinde", nicht mehr "die Gemeinde und die Alleinstehenden", sondern "die Beziehung zwischen Menschen mit und ohne Partner".

Kurzum, wenn wir sagen, dass ein zentrales Kennzeichen der gastfreundlichen Gemeinde darin besteht, dass ihre Glieder beieinander zu Gast sind, dann sollten wir nicht zu schnell so tun, als ob das selbstverständlich sei. Das ist es nicht. Es ist nicht von ungefähr, dass eine Gemeinde in Antwerpen, die wirklich als Herberge für alle, besonders für ethnische Gruppen, fungiert, beschrieben wird unter der Überschrift: "Das Wunder von Antwerpen". Im folgenden Kapitel werden wir ihr noch begegnen. Wie dem auch sei, es gibt jeden Grund, die Frage zu stellen, ob die Gemeinde wirklich als Herberge funktioniert für die verschiedenen Gruppen (Arme, Menschen mit Behinderungen, Alte, Menschen ohne Partner oder solche, die ihren Partner verloren haben, Menschen ohne Arbeit usw.), für die unterschiedlichen ethnischen Gemeinschaften, Frömmigkeitsstile und Rollen. Ist die Gemeinde wirklich ein offener, gastfreundlicher Raum, in dem sie alle teilhaben und mitwirken dürfen? Oder sieht sie mehr wie ein Wetterhäuschen aus, von dem man weiß: Wenn das Mädchen drinnen ist, ist das Männlein draußen und umgekehrt?

Um eine Antwort auf diese Frage zu finden, sind vor allem die Erfahrungen derer entscheidend, die in der Regel nicht zur dominanten Koalition gehören, insbesondere die Erfahrungen der Armen, Schwachen und Unansehnlichen. Wir können das noch schärfer formulieren und mit Van Andel feststellen, dass der Charakter der Gemeinde auf dem Spiel steht, wenn für diese Menschen kein Raum vorhanden ist. "Ohne ihre Anwesenheit ist die Gemeinde nicht komplett". Warum? Zutiefst deshalb, weil "Jesus es als seine Berufung angesehen hat sich mit ihnen zu identifizieren".

c. Die Gemeinde besteht aus Immigranten, „Fremdlingen und Beisassen"

Dass der Gast im Mittelpunkt steht, bedeutet drittens, dass wir Gemeindeglieder uns mehr und mehr bewusst werden, dass wir nicht die Eigentümer der Räume sind, nicht einmal des Kirchengebäudes. Der Eigentümer ist Jesus Christus. Wir sind, wenn es darauf ankommt, also nicht in erster Linie Gastgeberinnen und Gastgeber, sondern selbst Gäste Jesu Christi. Wir sind bei ihm zu Gast und werden von ihm zu Tisch gebeten. Noch in einem weiteren Sinne sind wir Gäste, nämlich als "Fremde und Beisassen" (Lev 25,23; 1 Chr 29,15; Ps 39; 1 Petr 2, 11; Hebr 11, 13). Menschen, die meinen sich hier endgültig einrichten zu können, und sagen: "Liebe Seele, du hast einen großen Vorrat für viele Jahre; habe nun Ruhe...", sind Narren (Lk 12, 19). Sie vergessen, dass sie Gäste mit befristeter Aufenthaltserlaubnis sind.

Fremd-Sein ist ein zentraler Aspekt unserer Identität (unseres Selbstbildes). So wurden Christen anfänglich auch von Außenstehenden gesehen. *Das Fremd-Sein bestimmt also sowohl unsere Identität als auch das Bild, das andere von uns haben (Image).* In einer Schrift aus dem zweiten Jahrhundert ("An Diognet") werden die Christen jener Tage folgendermaßen beschrieben:

> " Sie wohnen in ihrem eigenen Land,
> aber als Fremde.
> Sie haben als Bürger an allem Anteil,
> aber sie haben als Fremde alles zu leiden.
> Jedes fremde Land ist ihr Vaterland,
> und jedes Vaterland ist ihnen fremd.
> Sie weilen auf der Erde,
> aber sind im Himmel zu Hause.
> Ihnen fehlt alles,
> aber sie haben alles im Überfluss."

So sahen sich Christen auch selbst: als Fremde und Beisassen im Wissen um ein himmlisches Vaterland.

Dieses Bewusstsein verleitete sie aber nun nicht dazu, sich so viel wie möglich der Gesellschaft zu entziehen, sondern führte sie im Gegenteil zu einem Engagement für die Gesellschaft. Das Fremd-Sein brachte sie, so Poorthuis, "zu einem messianischen

Bewusstsein, nämlich zur Verantwortung für die gesamte Schöpfung und zugleich zur Freiheit gegenüber dem konkreten Staat oder der Kultur, in der Christen lebten".

Christen sind also zutiefst Fremde, Gäste. Das kommt gut in dem uralten Wort "Parochie" zum Ausdruck, von dem das deutsche Wort „Pfarrei" abgeleitet ist. *Par-oikein* bedeutet wörtlich: in einem fremden Land weilen, Immigrant sein. Parochie weist also ursprünglich auf das Zusammenkommen von *par-oikoi*, von "Immigranten" hin, auf Menschen, die unterwegs waren und einen vorübergehenden Aufenthalt suchten. Protestanten täten darum gut daran, das Wort Gemeinde durch "Parochie" zu ersetzen. Die Gemeinde besteht ja aus Fremden, Immigranten. Aber das dürfte wohl nicht so schnell nicht realisiert sein. Darum gebrauche ich weiter das Wort "Gemeinde".

Fremd-Sein ist also ein essentieller Aspekt unserer Identität. Dieses Bewusstsein kommt manchmal sehr konkret und sehr überraschend ans Licht. So beispielsweise beim Gottesdienst zum fünfzigjährigen Bestehen der Dominicus-Parochie in Oog in Al, einem Ortsteil von Utrecht. Bei dieser Gelegenheit wurden die Bewohner des Stadtteiles durch die *Kerk en Buurtkrant* (Kirchen- und Stadtteilzeitung) folgendermaßen eingeladen: "Fünfzig Jahre fremd, fremd im Leben, fremd im Stadtteil. Sie sind herzlich willkommen, wenn Sie mit uns ab und zu fremd sein wollen."

Diese Identität gibt Antwort auf die Frage, wer wir im Grunde sind: Fremde. Und wenn wir uns dessen bewusst sind, prägt das unseren Umgang sowohl mit anderen Gemeindegliedern als auch mit Gästen. Wir können sie verstehen, denn wir wissen, was es bedeutet, Gast zu sein. Diese Erfahrung prägt auch unseren Auftrag: "Darum sollt ihr auch die Fremdlinge lieben; denn ihr seid auch Fremdlinge gewesen in Ägyptenland" (Dtn 10, 19).

Das Wissen darum, Fremde zu sein, ist ein Charisma (eine Möglichkeit, eine Gabe) und ein Auftrag. "Noblesse oblige".

Es trifft noch immer zu, dass Christen im Grunde ihres Herzens Fremde sind. Und auch heute halten sie sich nicht abseits, sondern bauen mit an einer gastfreundlichen Gemeinde und an einer lebenswerten Gesellschaft. Um es mit Paul Gerhard (EG 529, 1) zu sagen:

> Ich bin ein Gast auf Erden und hab hier keinen Stand;
> der Himmel soll mir werden, da ist mein Vaterland.
> Hier reis ich bis zum Grabe; dort in der ewgen Ruh
> ist Gottes Gnadengabe, die schließt all Arbeit zu.

Zusammenfassend kann gesagt werden, dass in der gastfreundlichen Gemeinde der Gast im Mittelpunkt steht. Das bedeutet dreierlei: Offenheit gegenüber Fremden, beieinander zu Gast sein und Gast Jesu Christi sein. Diese drei Dinge sind unverbrüchlich miteinander verbunden. Das ist eine in unsere moderne Zeit passende Konkretisierung der drei Dimensionen von Gemeinde: Dienst – Gemeinschaft - Umgang mit Gott. Daher können wir auch sagen, dass Gastfreundschaft kein Extra, sondern das Wesentliche ist.

1.2 In gastfreundlichen Gemeinden vermischen sich die "Rollen" von Gastgeberin, Gast und Gott

Wir können das bisher Gesagte auch anders ausdrücken und sagen, dass uns in der gastfreundlichen Gemeinde - wie kann ich das verantwortungsvoll ausdrücken? - drei "Personen" begegnen: Gastgeberin - Gast - Gott.
Wir neigen oft dazu, diese drei strikt zu trennen. So behalten wir den Überblick über die Lage. Und mit derselben Selbstverständlichkeit sehen wir uns in der Rolle der Gastgeberin. So behalten wir die

Fäden (der Macht) in der Hand. Aber die Wirklichkeit ist viel dynamischer. Da vermischen sich diese drei Rollen.

a. Die Gastgeberin muss Gast werden

Zunächst liegen die Rollen von Gastgeberin und Gast gar nicht fest. Die Gastgeberin kann ohne weiteres zum Gast werden. Deutlicher noch gesagt: Allein die Gastgeberin weiß, was es bedeutet, Gast zu sein! Dieses Bewusstsein ist heutzutage für den Aufbau einer gastfreundlichen Gemeinde von eminent praktischer Bedeutung. Das kann beispielsweise implizieren, dass die spezifische Rolle der Gastgeberin - selbst wenn es um etwas augenscheinlich so Simples wie die Begrüßung von Fremden nach dem Gottesdienst geht - am besten Menschen anvertraut wird, die selbst Gäste oder Neu-Hinzugekommene waren, weil sie diese Erfahrung kennen. Sie wissen, wie man sich fühlt. Wenn wir dieses Erfahrungswissen nicht haben, dann ist es wichtig, es zu erwerben. Oft ist man sich dessen bewusst. So z.B. müssen sich neue Mitarbeiter im "Oude Wijken Pastoraat" in Rotterdam erst selbst das Viertel erlaufen: als Schnellpraktikum. "Erlebe erst selbst, wie es ist, hier zu wohnen, bevor du deine Türen öffnest." Deshalb lädt die Reformierte Gemeinde in Bant, die am Aufbau einer offenen, gastfreundlichen Gemeinde arbeitet, Nicht-Gemeindeglieder ein Mitglied der Steuerungsgruppe zu werden, die diesen Prozess begleitet.
Wie groß der Einfluss von Erfahrungswissen sein kann, sehen wir bei den Christen der ersten Stunde. Ihre Erfahrung als Fremde und Beisassen führte zu einem starken Engagement für Fremde. Ein unverdächtiger Zeuge dafür ist Kaiser Justinian (361-363 n.Chr.). Er sagte: "Warum begreifen wir nicht, dass es ihre Freundlichkeit gegenüber Fremden ist, ihre Sorge für die Toten und die nachweisliche Heiligkeit ihres Lebenswandels, wodurch dieser

Atheismus zunimmt?" (Mit "Atheismus" meinte er die Christen, weil sie die Götter der damaligen Kultur ablehnten.)
Der Zusammenhang ist so greifbar, dass man sich fragen muss, ob die kaum vorhandene Offenheit für Fremde nicht darin begründet ist, dass wir unsere eigene Fremdheit vergessen haben.

b. Der Gast als Versteck von Gott und Jesus

Das Bild gerät noch mehr in Bewegung. Auch der Unterschied zwischen Gast und Gott ist nicht absolut. Im Gast kann Gott erscheinen. Abraham hat das erfahren (Gen 18). Und dieses Geschehen hat großen Eindruck hinterlassen. Der Hebräerbrief erinnert daran und verbindet damit die ausdrückliche Aufforderung vor allem gastfreundlich zu sein (13, 2): "Vergesst die Gastfreundschaft nicht; denn durch sie haben einige, ohne es zu ahnen, Engel beherbergt." Auch Jesus identifiziert sich mit Fremden und Gästen. Das sieht man beispielsweise in seiner Antwort auf die bestürzte Frage: "Wann haben wir dich fremd und obdachlos gesehen und aufgenommen...?" "Amen, ich sage euch: Was ihr für einen meiner geringsten Brüder getan habt, das habt ihr mir getan." (Mt 25, 38.40). Das Bewusstsein, dass im Fremden Gott oder Jesus selbst erscheinen kann, wirkt auch heute noch nach. Ganz deutlich wird das, wenn jemand bei einem Benediktinerkloster anklopft. Der Türhüter begrüßt den Gast mit den Worten: "deo gratias" (Gott sei Dank)oder: "benedicamus domino" (Lasst uns den Herrn segnen). Man weiß ja nie!

Zusammenfassend können wir also sagen, dass die drei "Personen" wahrhaftig miteinander ihre Rollen tauschen. Gastgeberinnen werden Gäste und umgekehrt. Und Gott und Jesus verstecken sich in den Gästen. Und Gäste können sich als die eigentlichen Gastgeber entpuppen. Da ist niemand, der das besser weiß als Maria und ihr

Mann Kleopas[3], als sie dem Fremden Gastfreundschaft anboten. Das kann in einem Bild wie folgt ausgedrückt werden:

Schema 1: Die drei "Personen" tauschen ihre Rolle

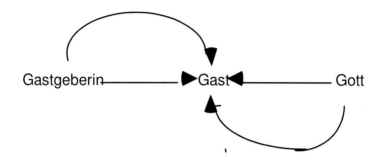

1.3 GASTFREUNDSCHAFT IMPLIZIERT EINE DOPPELTE BEWEGUNG: SICH ÖFFNEN FÜR ... UND ZUGEHEN AUF....

Es geht noch weiter. Gott verbirgt sich nicht nur im Fremden, er *ist* selber ein Fremder. Das entdeckt Israel in der Diaspora, wie Zerfass anmerkt.

> Das Leben in der Diaspora, so behauptet er, führt zu einer neuen Gotteserfahrung. Er ist nicht mehr der Stammes- und Kriegsgott der Vorzeit, der sein Volk auf Kosten anderer Völker mit starker Hand und ausgestrecktem Arm (Ps 44) führt, sondern der Gott, der Himmel und Erde gemacht hat (Ps 89), in dessen Hand alle Völker und ihre

---

[3]Maria und Kleopas gelten als die beiden Emmausjünger. Lk 24, 13 – 35, vgl. Gemeinde als Herberge, 2001, 120

Könige wie z.B. Kyros, der König der Perser, schlicht Werkzeuge sind (Jes 46, 8-13). Aber genau deshalb greift er nicht mehr mit Donner und Blitz in die Geschichte ein wie auf dem Sinai, sondern manifestiert sich - das musste der Streiter Elia beim Gottesberg lernen - im "stillen, sanften Sausen" (1 Kön 19, 11-13). Gott sieht von seiner Macht ab, er leidet mit Israel, er ist selbst ein Fremder auf dieser Erde. Das hat bereits Jeremia gespürt als er leidenschaftlich fragte: "Du bist der Trost Israels und sein Nothelfer. Warum stellst du dich, als wärest du ein Fremdling im Lande und ein Wanderer, der nur über Nacht bleibt?" (Jer 14, 8). "In der bitteren Erfahrung des Exils setzt sich die Ahnung durch, die dann von der Mystik der Kabbala und des Chassidismus meditiert wird: dass Gott selber im Exil weilt und die Heimatlosigkeit seines Volkes erleidet" (Zerfass, 1991, 35).

Auch für Jesus gilt, dass er ein Fremder und Beisasse ist. "Die Füchse haben Gruben und die Vögel unter dem Himmel haben Nester; aber der Menschensohn hat nichts, wo er sein Haupt hinlege" (Mt 8, 20). Seine Jünger müssen in diese Rolle hineinwachsen. Als Gäste sendet er sie in die Welt (Lk 10, 1-9). "Ohne Reisebeutel und ein zweites Paar Schuhe müssen sie sich als Boten seines Evangeliums denen anvertrauen, die sie in ihren Häusern aufnehmen. So treten sie in die Fußstapfen Jesu, der niemals aus der sicheren Abgeschiedenheit eines Lehrhauses, sondern an den Hecken und Zäunen, aus der schwachen Position eines Gastes im fremden Haus, von Gott gesprochen und Gottes Wunder vollbracht hat" (Zerfass, 1991, 37).

Gastfreundschaft impliziert also eine doppelte Bewegung: uns selbst als Gemeinde und als Gemeindeglied öffnen für Gäste und auf die Gäste zugehen. Die Tür nach draußen öffnen und durch sie auch selbst hinausgehen. Das gilt beispielsweise bereits für den „Kirchenkaffee" nach dem Gottesdienst: Über die eigene Gruppe

hinausgehen. Aber es gilt auch in einem umfassenderen Sinne. "Neben dem 'Eingang' gibt es den 'Ausgang'", sagt man in der neuen gastfreundlichen Gemeinde in Amersfoort-Nieuwland.
Etwas Ähnliches sehen wir auch beim Aufbau der Gemeinde im Neubauviertel in Barendrecht. Die "Samen-op-weg"-Gemeinde[4] Barendrecht-Carnisselan-de/Portland schafft "Offene Häuser" und sucht Menschen in ihrer speziellen Lebenslage auf. Der erste Schritt in dieser Richtung ist u.a. eine Willkommensrunde für alle Neuzugezogenen. Damit hofft man zu erreichen, dass eine soziale Verbindung zwischen allen Bewohnern in der neuen Stadt entsteht.

1.4 Gastfreundschaft: Freiheit und Konfrontation

Bei Gastfreundschaft geht es um Freiheit und Konfrontation: Zeige, was dich bewegt!
Der Gast ist frei. Er oder sie wird eingeladen, aber nicht gezwungen, geschweige denn unter falschen Versprechungen hereingelockt. Gastfreundschaft ist nicht Mittel zum Zweck, sondern Selbstzweck. Liebe zum Fremden ist zu nichts gut außer für sich selbst.
Die Gastgeberin lässt dem Gast Freiheit. Das hat Konsequenzen. In der Praxis sehen wir das. Gastfreundschaft hat kein verstecktes Ziel, es geht nicht um das Wachsen von Kirche, nicht um Bekehrung, auch wenn Gastgeberinnen und -geber gerne ihre Hoffnung mit Anderen teilen.
Die Gastgeberinnen und -geber werden sich also nicht aufdrängen. Aber sie zeigen sich. Gastfreundschaft impliziert also Freiheit und Konfrontation. "Wenn wir wirklich gastfreundlich sein wollen,

---

[4] Abgekürzt "SoW"; eine Vereinigungsgemeinde der Hervormde Kerk, der Gerefomeerde Kerken und der lutherischen Kirche

müssen wir nicht nur den Fremden hereinlassen, sondern ihn auch mit unserer unzweideutigen Präsenz konfrontieren, nicht uns hinter Neutralität verbergen, sondern ihm klar und deutlich Einblicke in unsere Ideen, Meinungen und Lebensweise geben. Zwischen jemand und niemand ist kein wirkliches Gespräch möglich" (H.Nouwen).
So bekommen "Sache" und "Mensch" gleicherweise volles Gewicht. Diese Einheit kommt hervorragend in den Bedingungen zum Ausdruck, die die Gemeinde der Drogenkonsumenten in Amsterdam an ihre Mitarbeitern stellt: Sie müssen mit den Klienten beten können, ohne sie bekehren zu wollen. Konfrontation und Freiheit. In den Beispielen der folgenden Kapitel werden wir immer wieder sehen, dass die Konfrontation in zwei Richtungen wirkt, die Gastgeberin zeigt sich dem Gast, sie wird aber auch mit sich selbst konfrontiert. Denn die Begegnung mit dem Anderen bedeutet auch, dass man mit folgenden Fragen konfrontiert wird: Wer bin ich eigentlich? Und: Was bedeutet Glauben für mich persönlich?
Wie diese Konfrontation Gestalt gewinnt, wird durch das Handlungsfeld mitbestimmt: im Gottesdienst anders als beim Kirchenkaffee, in einer Informationsveranstaltung über den christlichen Glauben anders als in einem Glaubensgespräch.

Freiheit und Konfrontation. Das passt gut zum Bild Gottes als demjenigen, der ruft und einlädt. "Gott *ruft* nicht nur die Wirklichkeit hervor, er *ruft* auch Menschen in seinen Dienst, und er *ruft* die Welt zum neuen Leben. (...) Die Tätigkeit des "Rufens" korrespondiert nicht nur mit dem "Antworten" und "Reagieren", sondern auch mit dem "Nicht-Reagieren" und "Nicht-Hören". Im Begriff "Rufen" ist die Freiheit und Möglichkeit des „dennoch einen eigenen Weg gehen" inbegriffen (Dingemans, 2000, 81).
So begegnen wir auch Jesus auf dem Weg nach Emmaus. Er begleitet Menschen, drängt sich aber nicht auf. Es liegt an ihnen, ob sie ihn einladen, einzutreten.

1.5 GASTFREUNDSCHAFT: KEINE AUFGABE, SONDERN LEBENSSTIL

Gastfreundschaft kann auch beschrieben werden als Raum schaffen für Menschen - Nicht-Gemeindeglieder wie Gemeindeglieder -, um an der "Sache" der Kirche teilzuhaben: am Dienst – an der Gemeinschaft - am Suchen nach Gott. Im Wort "Raum" verbirgt sich der Respekt gegenüber der Freiheit des Menschen, und hinter der Betonung des Wortes "teilhaben" verbirgt sich der Respekt gegenüber der "Sache". Der Aufbau einer gastfreundlichen Gemeinde impliziert, dass wir uns mit der Frage befassen: Wie können wir den Raum für Gäste und Gemeindeglieder vergrößern um mitzuwirken am Wesentlichen? Oder etwas weiter gefasst geht es um die Frage: Inwieweit bekommen Menschen Gelegenheit zur Teilhabe und Mitwirkung? So gesehen ist Gastfreundschaft in erster Linie keine Aufgabe der Gemeinde, sondern eher eine Seinsweise, eine Einstellung: bei allem, was wir tun und denken, darauf bedacht sein, für Menschen Raum zur Mitwirkung zu eröffnen, sofern sie das wollen. Darum kann Zerfass im Sinne von Röm 12,13 "Gastfreundschaft" auch als einen "alternativen Lebensstil" bezeichnen (Zerfass, 1980, 298).
Diesem Stil müssen wir uns öffnen.
Das gilt zunächst für den einzelnen Christen. Wil Derkse, als Oblat verbunden mit einer Benediktinerabtei, nennt als Beispiel die Art und Weise, wie wir auf das Telefon reagieren. Wenn es klingelt, erleben wir das oft als Störung. "Es ist aber auch (etwas) Anderes möglich. Ein Telefonat zu empfangen, ist eine Gelegenheit, einen Gast zu empfangen. Wenn das Telefon schellt, warte ein wenig mit dem Abnehmen des Hörers, und zwar um deine innere Einstellung ein wenig zu ändern: von Störung zur Gastfreundschaft. Um mir dabei zu helfen, spreche ich oft im Geist eine kleine ‚Segensbitte' über meinen noch unbekannten Gast: benedicamus domino - denn es

könnte der HErr sein. Die Veränderung meiner Einstellungsänderung, wie bescheiden sie auch geglückt sein mag, dürfte am anderen Ende der Leitung spürbar sein" (2000, 52).

Aber auch in der Gemeinde sollte dieser Lebensstil, diese Gesinnung, Vorrang bekommen. Das gilt nicht nur für die Gemeinde als Ganzes, sondern für jede ihrer Manifestationen (von Gemeindeabend bis zum Gottesdienst) und für jede ihrer Gruppen (von der Katechese- bis zur Trauerbewältigungsgruppe), für "jede Gemeindezelle" (Vorländer).

In jeder Gruppe und in jeder Manifestation der Gemeinde insgesamt müssen wir uns fragen: Gibt es Raum, um zu partizipieren? Mit Zerfass behaupte ich, dass hierbei das Urteil von Fremden, Kindern und Behinderten maßgeblich ist. Haben sie Gelegenheit zum Teilhaben und Mitwirken? Aber das sahen wir ja schon in Kapitel 1.1.b.

Wie wir in Kapitel 4 näher darlegen werden, sollten wir dabei alle Anknüpfungspunkte für mögliche Veränderung in der Gemeinde berücksichtigen:
- das Selbstverständnis von Leitung,
- die Art und Weise, wie wir "die Sache" darstellen,
- den Charakter von Verfahrensregeln, Sprache, Öffentlichkeitsarbeit usw.,
- die Struktur.

Sind all diese Punkte so gestaltet, dass sie Raum schaffen zur Partizipation am Dienst (Diakonie) – an Gemeinschaft (*koinonia*) - am Umgang mit Gott (Mystik)?

Jede Gruppe muss den Lebensstil der Gastfreundschaft widerspiegeln. Wenn wir uns das klarmachen, sind wir der Verwirklichung "der Herberge" ein Stück näher gekommen. Wir brauchen aber nicht zu warten, bis die gesamte Gemeinde dafür reif ist. Der Aufbauprozess einer gastfreundlichen Gemeinde kann ja in jeder Gruppe

beginnen. Worauf sollten wir warten? Wenn wir diese Fragen ernst nehmen, dann ist die "Herberge" schon eine Tatsache.
Daraus kann wie von selbst ein Programm abgeleitet werden. Aber das ist das Thema von Kapitel 4.

1.6 ZUSAMMENFASSUNG FÜR DIE WEITERARBEIT

Ich habe versucht die zentralen Aspekte von Gastfreundschaft kurz zu skizzieren. Mit ihnen wird in den folgenden Kapiteln weitergearbeitet. Zusammengefasst geht es um folgende Punkte:
- Gastfreundschaft bedeutet dass der "Gast" in dreierlei Hinsicht im Mittelpunkt steht,
- die "Rollen" von Gast, Gastgeberin und (wie soll ich es sagen?) Gott vermischen sich,
- Gastfreundschaft impliziert die Türen zu öffnen und durch sie auch nach draußen zu gehen,
- Gastfreundschaft ist nicht so sehr eine Aufgabe, sondern in erster Linie eine Gesinnung, ein Haltung,
- Kennzeichen dieser Haltung ist es, für Menschen Raum zu schaffen zur Partizipation an wirklich Wichtigem, wenn sie das wollen,
- Gastfreundschaft verbindet den Respekt für "den Menschen" mit dem Respekt für "die Sache".

"Der Frühling hat schon begonnen, schau mal, was da alles schon wächst und blüht"

2. Beispiele gastfreundlicher Gemeinden: ein bunter Strauss

2.0 Es gibt eine grosse Bandbreite von gastfreundlichen Gemeinden

"Können Sie praktische Beispiele gastfreundlicher Gemeinden nennen?", sagen die einen. Andere meinen sogar: "Das Bild einer Gemeinde als Herberge an den Wegen der Menschen, wunderbar! Aber gibt es diese Herbergen auch?" Gewiss! Mehr noch, das Problem beim Schreiben dieses Kapitels war nicht: "Wo finde ich solch eine Gemeinde?", sondern "Wie treffe ich eine verantwortliche Auswahl?" Es gibt nämlich zu viele, um sie alle zu nennen.
Natürlich weiß jeder, dass es auch viel Stagnation gibt. Das sollten wir auf gar keinen Fall vergessen. "Lassen Sie uns realistisch bleiben!" In der Tat. Aber was bedeutet das?
Es bedeutet offene Augen zu haben für Stagnation und für Widerstände gegen Erneuerung in der Kirche. Aber zugleich auch zu sehen, was alles gut gelingt. Echter Realismus geht weiter. Er bedeutet Augen zu haben für die Möglichkeiten von Veränderung. Anders gesagt: Echter Realismus sieht Kirche und Welt nicht nur als Tatsache, sondern auch als Möglichkeit. Darin unterscheidet sich Realismus von einem Determinismus, der allzu leicht in Pessimismus oder Untätigkeit übergeht.
Einen echten Realismus spüre ich u.a. bei Gerben Heitink. Als Praktischer Theologe und engagierter Christ schaut er sich gut um

und kommt dann unter Berücksichtigung aller Fakten zu folgendem Schluss: Wir brauchen uns nicht "in Kirchenverstecke zurückzuziehen, bis der Winter der Säkularisierung an uns vorbeigezogen ist. Der Frühling hat schon begonnen, schau mal, was da alles schon wächst und blüht" (2001, 278). Der Kern seiner Betrachtungen über Erneuerung ist das Wort "Gastfreundschaft".

Mit großem Vergnügen gebe ich in diesem Kapitel einen Eindruck davon wieder. Aber zugleich tue ich es auch mit einigem Zögern. Letzteres vor allem deshalb, weil eine Darstellung gastfreundlicher Gemeinden den Eindruck wecken könnte, dass ich gescheiterte Projekte nicht ernst nähme. Und das wiederum könnte uns dazu verleiten, in eine Situation zu kommen, in der wir Optimisten gegen Pessimisten antreten lassen. Noch schlimmer wäre es, wenn diese positive Darstellung bei solchen Menschen, die sich vergeblich engagiert haben, den Eindruck erweckte, dass sie versagt haben. "Wenn wir es nur wie Gemeinde X getan hätten, dann wäre es vielleicht gelungen!" Das ist natürlich nicht beabsichtigt. Nie sind zwei Situationen völlig gleich, und es gibt immer Umstände, unter denen eine Kehrtwende zunächst unmöglich ist. Ich würde ungern den Eindruck erwecken, dass ich ihre tatsächliche Situation nicht ernst nehme, indem ich eine Erfolgsstory dagegensetze. Daher mein Zögern.

Hinzu kommt noch Folgendes: Es besteht die Gefahr, dass die Darstellungen zur Imitation einladen könnten. Aber das funktioniert in der Regel nicht. Die Projekte, die beschrieben werden, sind durch das einzigartige Zusammentreffen von Umständen entstanden. Was in der einen Situation geht, kann in einer Anderen unmöglich sein. Imitation ist eine Sackgasse.

Warum dann dennoch eine kurze Darstellung gastfreundlicher Gemeinden in der Praxis? Um den Begriff "gastfreundliche Gemeinde" weiter zu verdeutlichen und die Dimensionen von Gastfreundschaft zu konkretisieren, die wir im ersten Kapitel beschrieben haben. Mit Blick darauf gebe ich diese Darstellung. Dabei geht es natürlich nicht um Vollständigkeit. Das ist nicht beabsichtigt. Wohl aber versuche ich, die Verschiedenheit der Formen von Gastfreundschaft und damit auch der Kreativität von Gemeinden zu zeigen. Wegen dieser Verschiedenheit spreche ich auch von einem bunten Strauß.

Wie ich bereits in der Einleitung sagte, ist das Interesse an der Erneuerung von Gemeinden zu offenen, gastfreundlichen Gemeinden sehr groß, unzweifelhaft viel größer, als wir vermuten. Denn meine Kenntnis beruht auf dem, was ich diesbezüglich zufällig höre oder lese. Doch meine ich in aller Vorläufigkeit sagen zu dürfen, dass wir dem Begriff Gastfreundschaft - und oft auch der Metapher "Herberge" - in der Praxis in drei Grundbedeutungen begegnen:
a) als Selbstbild (Identitätskonzeption),
b) als Charakterisierung verschiedener Aktivitäten einer Gemeinde,
c) als neue Sichtweise der Gemeinde nach innen und außen.
Selbstverständlich sind diese drei miteinander verbunden.
Zu jeder dieser drei Bedeutungen ein paar Anmerkungen.

2.1 GASTFREUNDSCHAFT ALS KENNZEICHEN VON IDENTITÄT UND IMAGE

Identitätskonzeption. Zuerst hat der Begriff "offene Gemeinde" oder "gastfreundliche Gemeinde" in Gemeinden die Aufgabe ihr Selbstbild oder ihre Identitätskonzeption zu beschreiben. Darin drückt eine Gemeinde aus, wie sie sich selbst sieht und was sie als ihren Auftrag erlebt. Kennzeichnend für eine Identitätskonzeption ist, dass sie kurz und deutlich ist. Sie muss auf einen Daumennagel geschrieben werden können, wie Kor Schippers einmal sagte. Dieses trifft zu für Kennzeichnungen wie gastfreundliche Gemeinde, offene Gemeinde oder - mit einer Metapher gesagt - Herberge.

Eine Identitätskonzeption ist also etwas Anderes als die bisweilen so langen Selbstdarstellungen von Gemeinden - manchmal auch "mission statements" genannt -, die oft eher den Charakter eines Mini-Bekenntnisses haben, verbunden mit einer Aufzählung von allerlei Vorhaben, während ihnen nicht selten die Spitze fehlt. Und gerade diese Spitze ist die Identität!

Mit einem Begriff wie "offene Gemeinde" macht eine Gemeinde deutlich, wie sie sich sieht und in welche Richtung sie gehen will. Und das hilft wiederum der Gemeinde als Ganzes und ihren Gruppen sich zu entscheiden und den Kurs festzulegen. Damit ist auch ihrem inneren Zusammenhang gedient.

Das ist nicht nur Theorie, sondern diese Funktion hat der Begriff Gastfreundschaft auch in der Praxis.

Han Dijk, Pfarrer in Geuzenveld-Slotermeer erzählt z.B.: "Wir wollen als SoW-Gemeinde eine gastfreundliche und offene Gemeinde sein, und dabei besonders den 'kleinen' Leuten unsere Aufmerksamkeit schenken." "Unsere Aufgabe ist nicht, die Gemeinde groß zu machen, sondern gemeinsam mit Anderen die kleinen Leute gegen klein machende Mächte groß zu machen." Die St.-Josefs-Parochie Bennebroek entfaltet ihre Vision in ihrem *Zukunftsplan 2002-2005: eine Herberge für Menschen*. Die Metapher Herberge gibt "eine Richtung für die Zukunft" und "eine Vision, aus der heraus wir gemeinsam arbeiten". Sie drückt damit aus, dass die Gemeinde wirken will als ein Ort, "an dem ein Mensch zum Erzählen kommt, bevor er seinen Lebensweg fortsetzt". Gastfreundschaft bedeutet für sie nicht nur Offenheit für Gäste, sondern auch als Gemeinde selbst zu diesem Zweck hinauszugehen: "Die Herberge ist eine Ausfall-Basis".

Andere Gemeinden gebrauchen lieber das Wort "Offenheit" zur Kennzeichnung ihrer Identität, so z.B. die kleine Reformierte

Gemeinde in Bant (Nordostpolder). Nach einer Orientierungsphase sieht und präsentiert sie sich als "Modell Offene Kirche" (MOK).
Die Begriffe dürfen sich unterscheiden, der Inhalt nicht.
Der Entscheidung für eine bestimmte Identität geht ein Prozess in der Gemeinde voran. Das muss nicht immer kompliziert sein oder endlos dauern. Ein Beispiel ist die "Heilig-Geist-Parochie" in Amersfoort. Sie stand vor der Herausforderung eine Zukunftsperspektive zu entwickeln. Die zentralen Fragen waren: Wohin wollen wir und wie realisieren wir es? Um darauf eine Antwort zu finden, wurde zunächst ein Besinnungstag veranstaltet. Es ging vor allem um die Entscheidung für ein Kirchenmodell. Zu diesem Zweck wurden vier Modelle präsentiert, die Hans Boerkamp wie folgt beschreibt:
"1. Entscheiden wir uns dafür, eine kleine Gruppe zu sein, die sich auf die Nöte der Gesellschaft konzentriert und bereit ist dafür aktiv zu werden?
2. Entscheiden wir uns dafür, eine echte Gemeinschaft zu sein, die sich kennt und füreinander sorgt, eine Gemeinschaft, die aber auch die Gefahr in sich birgt für andere wenig zugänglich zu sein?
3. Entscheiden wir uns dafür, eine Glaubensgemeinschaft zu sein, die den Akzent auf Katechese und Spiritualität legt?
4. Entscheiden wir uns für das Modell, in dem Gemeinde eine Art Herbergsfunktion erfüllt, in welcher jeder kommen und wieder gehen kann?"

Letztendlich wurde das vierte Modell gewählt. Um deutlich zu machen, dass es nicht einfach nur um eine Herberge ging, wählte man die Bezeichnung: "Geistliche Herberge". Danach stellte sich die Frage: "Wie können wir das sichtbar machen?" Als erster Schritt wurde beschlossen, im Foyer der Kirche einen Tisch aufzustellen. "Das wurde ein Tisch, an dem sich Menschen einfach eben hinsetzen, etwas lesen, einander begegnen und Geschichten erzählen

konnten. Seit dem Moment, an dem dieser Tisch stand, hat er diese Funktion und Ausstrahlung gehabt. Menschen sagen: 'Der Tisch hat etwas, er lädt ein.'" Und diese Entwicklung geht weiter. Eine Gruppe ist entstanden, die diesen Prozess begleitet. Dieselbe Funktion hat der Begriff "Herberge" auch in anderen Gemeinden, so z.b. in einer SoW-Gemeinde in Amersfoort, die ihr Gebäude auf den Namen "Herberge" taufte, und in der Niederländisch-Reformierten Gemeinde in Rotterdam-Overschie, die sich als "Herberge unterwegs" präsentiert. Andere benutzen verwandte Begriffe, wie z.b. die Arbeitsgemeinschaft "Baptisten, Remonstranten und andere" in Emmen und Umgebung. Sie bezeichnen sich als "Hüttengemeinschaft Emmen", eine Hütte "um darin Schutz zu suchen und daraus zu leben".
Es dürfte somit deutlich geworden sein, dass der Begriff "Gastfreundschaft/Offenheit" und das Bild "Herberge" in der Praxis als Selbstbild fungiert und damit als Kennzeichnung der Richtung, die eine Gemeinde einzuschlagen wünscht.

Image Begriffe wie Gastfreundschaft und Offenheit haben zugleich die Funktion, die Gemeinde den Bewohnern eines Stadtteils zu präsentieren. Mit Hilfe dieses Begriffes wird nämlich versucht, das alte, oft negative Bild (image) von einer autoritären, belehrenden Kirche, das noch immer in vielen Köpfen herumspukt, durch ein neues Bild zu ersetzen: die gastfreundliche Herberge, in der jeder herzlich willkommen ist, wo man eben mal hereinkommen und sich, wenn man möchte, an den „Runden Tisch" setzen kann. Eine Illustration dazu ist die Art, wie sich die SoW-Gemeinde Santpoort Velserbroek dem Stadtteil vorstellt. Sie tut das in einer an jeden Haushalt verteilten *Kirchen- & Stadtteilzeitung Santpoort Velserbroek*. Darin führt Chris Vreugdenhil im Anschluss an die Metapher von der Gemeinde als Herberge aus: "Unsere Kirche steht erhaben an einer Kreuzung mitten im Dorf. Die Menschen sollen wissen, dass die Gemeinde dazu da ist, sie ein Stück zu begleiten, dass sie mit ihrem Verdruss, ihren Sorgen und Fragen hier richtig sind. Hier gibt es Menschen, die ihnen zuhören, mit ihnen beten und sie, falls erforderlich, besuchen. Gemeinsam können wir so die Suche nach Gott, nach Glück in dieser Welt fortsetzen." Diese Vision hat - wie dieselbe Zeitung meldet - auch Konsequenzen für die Einrichtung von Kirche und Nebengebäuden: "Sie müssen Begegnungsstätten für Menschen werden." Mit Blick darauf werden Kirche und Nebengebäude von Grund auf umgebaut.

Es gibt auch andere Beispiele gemeindeeigener Zeitungen, in denen sich Gemeinden als offen und gastfreundlich darstellen, z.B. *Ouddorpse Heilige Huisjes, überreicht durch die SoW-Stadtteilgemeinde zu Terp und die Laurentius-Parochie zu Ouddorp* und die ebenso informative, einladende wie gepflegte *Kirchen- und Stadtteilzeitung Utrecht West*. In dieser Zeitung werden beispielsweise Menschen herzlich eingeladen in ein "Haus der offenen Tür" (Kaffee, Gespräch, Geselligkeit, gemeinsame Mahlzeit, ein Geschäft für Secondhand-Kleidung), zu Gottesdiensten (darunter eine Vesper für Jüngere im Stil von Taizé) und zu verschiedenen Gesprächsgruppen und Aktivitäten. Auch gesellschaftliche Probleme werden behandelt. So wird z.B. auf die Lage von Asylsuchenden eingegangen. Dabei geht es aber nicht in erster Linie darum, was wir ihnen geben, sondern darum, was wir von ihnen an verschiedenen Dienstleistungen empfangen können.

Die Zeitungen, die mit Hilfe des PCN[5] entwickelt werden, unterstreichen den gastfreundlichen und offenen Charakter dieser Gemeinden. Gastfreundschaft ist allerdings kein hinzukommendes Merkmal, sondern der alles bestimmende Ausgangspunkt.

---

[5]Publiciteitsbureau Christelijk Nederland = Niederländische Beratungsstelle für Christliche Öffentlichkeitsarbeit

Der Begriff "Gastfreundschaft" und die Metapher "Herberge" können also das Selbstbild (Identität) zum Ausdruck bringen, aber sie dienen auch dazu, das Bild, das andere von der Gemeinde haben (image), zu beeinflussen.
Kurz gesagt: "What is in a name?" Ein Programm!

2.2 Gastfreundschaft als Bezeichnung der Konstante in unterschiedlichen Formen, unterschieden nach vier Gesichtspunkten.

An zweiter Stelle wird das Wort "Gastfreundschaft" gebraucht als Kennzeichnung des Wesens dessen, was da "wächst und blüht" an neuen Formen von Gemeinde. Deren Erscheinungen sind zahllos, und die Variationsbreite ist enorm. Darum gibt es auch Bedarf an etwas Ordnung. Aber das ist nicht einfach, denn die Zahl möglicher Gesichtspunkte, nach denen wir einteilen könnten, ist Legion. Ich werde nicht versuchen, eine abschließende Einteilung zu finden. Wohl aber folge ich einer bestimmten Unterscheidung. Ich beschränke mich auf vier Gesichtspunkte: Die Reichweite (der Gemeinde als Ganzes - unter bestimmten Aspekten), die Dimension von Gemeinde, auf welcher der Akzent liegt (Diakonie, Gemeinschaft, Umgang mit Gott), die Ausrichtung (Veranstaltungen, bei denen wir uns für andere öffnen und Aktivitäten, in denen die Gemeinde hinausgeht und zu Gast bei Anderen ist) und zum Schluss die Träger der Aktivitäten (Gemeinde bzw. Kommunität).

2.2.1 Reichweite

Die Entscheidung für eine gastfreundliche Gemeinde kann sowohl zu Veränderungen in Teilbereichen einer Gemeinde führen, als auch zu einem Umbau der Gemeinde als Ganzes. Ein Beispiel für ersteres ist die SoW-Gemeinde Wolfhese. In dieser Gemeinde ist das Fürbitten-Buch durch eine Fürbitten-Schale ersetzt worden. Sie hat den Vorteil, dass Menschen nicht mehr oder weniger heimlich vor dem Gottesdienst eine Bitte in ein Buch schreiben - während andere Kirchgänger vorbeigehen -, sondern in Ruhe zu Hause ihre Bitte formulieren können. Diese können sie dann sonntags in die Schale werfen. Hierfür nutzt man in dieser Gemeinde ein Taufbecken, das durch die Schließung einer von zwei Kirchen überzählig geworden ist. So wird die Möglichkeit zur Partizipation erweitert. Das merkt man ganz praktisch: Die Zahl der Fürbitten hat zugenommen.

Auch andere Teilbereiche der Gemeinde können hinsichtlich einer Erweiterung der Partizipationsmöglichkeiten verändert werden. Das gilt sogar für die Gemeindestruktur. Ein schönes Beispiel bietet die SoW-Gemeinde Kolhorn/Winkel, eine Landgemeinde an der Spitze Nord-Hollands. Diese Gemeinde entschied sich in ihrem Leitbild bereits 1996 für die "Offene Gemeinde". Aus verschiedenen Kontakten von Gemeindegliedern zu Dorfbewohnern und aus vierzig Interviews mit nichtkirchlichen Menschen ging hervor, dass etliche von ihnen der Ortsgemeinde freundlich gesonnen sind. Das führte dazu, dass für sie die Möglichkeit geschaffen wurde, Freund/in der Gemeinde zu werden. Sie sind gesondert registriert und werden persönlich zu bestimmten gemeindlichen Veranstaltungen eingeladen. Sie erhalten regelmäßig den *Nachrichtenbrief des Freundeskreises der Lucaskerk*. So bekommen sie Gelegenheit eine Verbindung mit der Gemeinde einzugehen, ohne Gemeindeglied zu werden.

In anderen Fällen führte die Besinnung nach und nach zu einem beinahe vollständigen Umbau der Gemeinde. In solchen Gemeinden geht es nicht mehr nur um einzelne Anpassungen, sondern um einen architektonischen Eingriff, mit Gastfreundschaft oder Offenheit als leitendem, folglich entscheidendem Gesichtspunkt. Gastfreundschaft prägt alle Äußerungen der Gemeinde. Solche Beispiele finden wir auf dem Lande - z.B. die eben schon erwähnte Reformierte Gemeinde Bant ("Modell Offene Kirche") - mehr davon in Kapitel 4 - und ebenso in der Stadt. Ein klares Beispiel hierfür ist die Offene Kirche Sankt Elisabethen, im Zentrum von Basel gelegen, eine gastfreundliche Kirche für alle Einwohner Basels. Diese Kirche wurde vor kurzem von Hein Steneker beschrieben, auf den ich mich im Folgenden beziehe.

Die Offene Kirche Sankt Elisabethen kennt eine Anzahl feststehender wöchentlicher Aktivitäten. Die Kirche ist täglich von 10.00 bis 21.00 Uhr geöffnet. Menschen können hereinkommen sich kurz setzen, beten, eine Kerze anstecken, den Turm ersteigen. Es gibt eine Wand, an welche Menschen ihre Gebetsanliegen pinnen können. Um dieses täglich zu ermöglichen, gibt es einen Bereitschaftsdienst von etwa dreißig Freiwilligen, die sich Menschen zum Gespräch zur Verfügung stellen und die Kirche versorgen. Im Durchschnitt kommen monatlich 10.000 Besucher.

Am Rand der Kirche gibt es ein Bistro, in dem man Kaffee trinken und etwas essen kann. Dieses Café wird von einem selbstständigen Pächter gemeinsam mit Freiwilligen geführt. Sonntags findet häufig eine Art Gebetsgottesdienst statt. Auch verschiedene kirchliche Basisgruppen nutzen die Kirche für ihre Gottesdienste. Mittwochmittags findet von 12.15 bis 12.45 Uhr ein Mittagskonzert statt, bei dem Menschen, die in der Stadt arbeiten, Passanten und Touristen Atem schöpfen können. Jede Woche wird am Donnerstag Menschen mit psychischen oder körperlichen Gebrechen Handauflegung angeboten. Das geschieht durch vier Gebetsheiler. Freitagmittags gibt es von 12.15 bis 12.45 Uhr Gelegenheit zu einer Schweige-Meditation.

Zur Zeit gibt es zwei Seelsorger in dieser Gemeinde: eine katholische Pastoralmitarbeiterin und einen evangelischen Pfarrer. Beide bieten jede Woche Sprechzeiten für Gespräche und Seelsorge an.

Neben diesem festen Angebot gibt es wöchentlich diverse andere Aktivitäten.

2.2.2 Dimensionen von Gemeinde

In Kirche und Theologie werden als die drei zentralen Dimensionen beschrieben: das Suchen nach Gott, Gemeinschaft miteinander und Dienst an der Gesellschaft. Der katholische Theologe Zulehner nennt diese drei: Mystik, Koinonia und Diakonia. Der protestantische Theologe Ulrich Kuhnke sieht Kirche ihrem Wesen nach als Gemeinschaft (oder mit einem griechischen Wort ausgedrückt: *koinonia*). Und darin unterscheidet er dann wieder drei Dimensionen: koinonia (also Gemeinschaft) "mit Christus", "Koinonia der Christinnen und Christen" (der Mitgläubigen) und "Koinonia als Fortsetzung der Praxis Jesu".

Wir dürfen unter diesen Dimensionen nicht feststehende Größen verstehen, sondern Dimensionen, in denen wir als einzelne Gemeindeglieder und als Gemeinde/Kirche wachsen können. Das nennen wir dann: Weiser werden, uns entwickeln oder lernen. Es geht also darum, in diesen drei Dimensionen zu wachsen, um uns so selbst zu finden, als Gemeinde oder als individuelle Christen. Das gilt auch beispielsweise für eine typische Lerngruppe wie die Katechese. Kor Schippers bezeichnete die Katechese schon 1982 als einen Auftrag der Gemeinde, von dem her sie "Lernsituationen schafft, durch welche junge Gemeindeglieder *und andere junge Menschen geförder*t werden sich selbst *vor Gott* verstehen zu lernen und sich zu *mündigen Christen* und *aktiven Gemeindegliedern* zu entwickeln" (kursiv vom Autor). In dieser Beschreibung erkennen wir sowohl Offenheit für Gäste wieder ("und andere junge Menschen"), als auch die drei Dimensionen von Gemeinde: die Orientierung auf Gott, auf die Gesellschaft und auf die Gemeinschaft der Kirche hin. dieses alles passt zu den vier Grundbedürfnissen des Menschen, an welche, gemäß Heitink (2001) die offene Gemeinde anknüpfen muss: das Bedürfnis nach Sinngebung (Wozu lebe ich?) - nicht zuletzt in bestimmten Übergangssituationen des Lebens (wie Geburt, Heirat und Tod) -, das Bedürfnis, dazuzugehören - nämlich zu einer Gemeinschaft, in der sich Menschen umeinander kümmern - , das Bedürfnis nach Solidarität und konkreter Hilfe sowie - im Zusammenhang mit all dem - das Bedürfnis nach Informationen.

Es geht also um ein Wachsen in diesen drei Dimensionen. Diese drei sind unauflöslich miteinander verbunden. Wenn eine fehlt, fehlen alle. Darum spreche ich nicht von drei Funktionen, sondern von drei Dimensionen. Sie bedingen sich wirklich gegenseitig. Selbstverständlich kann bei verschiedenen gemeindlichen Aktivitäten der Akzent mal auf dieser, mal auf jener Dimension liegen. Das macht es ja gerade möglich, gastfreundliche Aktivitäten diesen Dimensionen zuzuordnen.

a. Dienst oder "diakonia"

Es gibt zahllose Beispiele von Gastfreundschaft aus diakonischer Motivation. Das ist ein Zeichen für die Gesundheit einer Gemeinde. Ich beschränke mich auf einige wenige Illustrationen. Die konkreten Formen dieser Gastfreundschaft zielen häufig auf Menschen mit besonderen Merkmalen: Oft sind sie todkrank, fremd oder obdachlos.
Die Diakonie in Barendrecht zielt unter anderem auf die Erstgenannten. Ergebnis ist eine Palliative Abteilung im örtlichen Allgemeinen Pflegeheim. Nach Rinus Los war der Anstoß sehr praktischer Natur. Ein Diakonie-Beauftragter hatte in seiner eigenen Familie einen sterbenden Patienten, für den eigentlich nirgendwo Platz war. Das brachte ihn dazu zu untersuchen, wie es damit an sei-

nen Wohnort stand. Auch hier schien kein Platz für diesen Patienten zu sein. Das führte zu einer ausführlichen Beratung im Diakonieausschuss. Dieser nahm daraufhin Kontakt zu dem Pflegeheim auf, und das stellte zwei Räume zur Verfügung. Der Diakonieausschuss richtete den einen Raum für einen Patienten, den Anderen für dessen Familie ein. Zurzeit bemüht man sich um die Anwerbung und Zurüstung von Freiwilligen. Inzwischen sind es fünfzehn. An der Zurüstung beteiligen sich ein erfahrener Pfleger aus einem Hospiz (wörtlich „Gaststätte") sowie Seelsorger, die in Pflegeheimen arbeiten. Der Ausbildung folgen Einkehrtage. Hier finden die Freiwilligen einen Ort von ihren Erfahrungen zu erzählen und neue Kraft zu gewinnen. Das Pflegeheim sorgt für den pflegerischen Service. (Es ist eine Angelegenheit der reformierten Gemeinde geblieben, weil die anderen Gemeinden sich in Sachen Sterbehilfe nicht einigen konnten. Die reformierten Diakonie-Beauftragten waren und sind der Meinung, dass dieses eine Sache zwischen Patient, Familie und Arzt ist.)

Katholische und protestantische Gemeinden in Delft schauen durch die Augen von Asylsuchenden, die auf die Straße gesetzt wurden. Es geht dabei um Menschen, die außerhalb aller staatlichen Regelungen stehen, obwohl sie legal in den Niederlanden bleiben dürfen um auf ihre Ausreisepapiere zu warten oder auf den Ausgang eines erneuten Asylverfahrens. Unterdessen sitzen sie auf der Straße: ohne Obdach, ohne Geld, ohne medizinische Versorgung, ohne Hilfe. Die Gemeinden riefen die Stiftung Noodopvang Vluchtelingen Delft (Notauffangstelle Flüchtlinge Delft) ins Leben. Diese stellt mittlerweile Raum für sieben Menschen an zwei Orten zur Verfügung. Etwa dreißig Freiwillige unterschiedlicher kirchlicher Herkunft leisten die praktische Unterstützung: Bett, Brot und Bad.

Wieder andere Gemeinden schaffen Platz, wo Menschen mit anderen Problemen Atem holen können: Abhängigkeitsprobleme (z.B. "De Schuilplaats" d.h. "Der Unterschlupf" in 't Harde), die Verarbeitung des Verlustes eines Partners durch Scheidung oder Tod (z.B. "De Herberg" in Oosterbeek), die Suche nach Obdach. Um letztere kümmert sich z.b. das "Huize Sancta Maria" in Nimwegen. Das Haus bietet insbesondere obdach- und heimatlosen Jugendlichen, die keinen Platz mehr in den regulären Hilfsangeboten finden, ein gastfreundliches Zu Hause.

So gibt es zahlreiche Beispiele im In- und Ausland. Bisweilen nicht sehr spektakulär, aber darum nicht weniger gastfreundlich! Eine fesselnde Übersicht über Gastfreundschaft in etlichen englischen City-Kirchen gibt Jan Maasen in seiner Veröffentlichung: *Gastvrijheid als missie. Een verkenning van acht Citykerken in Groot-Britannie* (*Gastfreundschaft als Mission. Eine Erkundung von acht City-Kirchen in Großbritannien)*. Ihm entnehme ich das Beispiel der Verabredung eines Nachtasyls für Obdachlose durch "sieben schrumpfende Gemeinden in London". Ich entscheide mich für dieses Projekt aus drei Gründen: Es zeigt, wie sehr die Möglichkeiten von Gemeinden wachsen, wenn sie zusammenarbeiten; es verdeutlicht, wie dieses Projekt beinahe unvermeidlich eine politische Dimension bekommt; es illustriert, wie eine Kehrtwendung in den Gemeinden – nicht stur auf die eigenen Probleme starren, sondern den Anderen in den Blick nehmen - auch eine Wende im Schicksal dieser Gemeinden zur Folge hat. Nun das Beispiel.

Nach Jan Maasen wurden Ende der achtziger Jahre die Folgen der Sparpolitik von Frau Thatcher in englischen Städten deutlich sichtbar. Viele Menschen wurden obdachlos und mussten auf der Straße leben. Nicht nur in der Innenstadt, sondern auch in den Stadtteilen ringsum. In den Londoner Stadtteilen Hackney, New Ham, Kensington und Chelsea entstand unter kirchlichen Mitarbeitern die Idee, dass sieben Gemeinden in der Winterzeit turnusmäßig ihre Kirchen nachts geöffnet lassen für Obdachlose, jede Kirche eine Nacht pro Woche. Die Beschränkung der Öffnung auf sechzehn Nächte pro Jahr hatte zwei Gründe: die Belastungen der daran beteiligten kirchlichen Gemeinschaften blieben dadurch überschaubar, und man entging so zugleich verschiedenen gesetzlichen Auflagen, die man hätte erfüllen müssen, wenn man regelmäßige Mahlzeiten angeboten hätte. So konnte das Projekt in eigener Regie bleiben. Die Anfrage wurde an alle Gemeinden der betroffenen Stadtteile gerichtet, doch waren es letzten Endes die schwächsten, fragilsten Glaubensgemeinschaften, überwiegend aus älteren Frauen bestehend, die mitmachten. Diese Gemeinden hatten Räume für das Nachtasyl, weil keine Gruppe oder Organisation ihre armseligen Räume für Veranstaltungen benutzen wollte.

Zwei Frauen haben die organisatorische Federführung übernommen, ein ungewöhnliches Paar: die eine, eine Frau aus dem Volke, vom Leben gezeichnet , aber mit Leidenschaft und Durchsetzungsvermögen, die andere aus gehobenen Kreisen und ausgleichend. Diese Kombination öffnete alle möglichen Türen.

Am Eröffnungstag klapperten diese älteren Frauen gegen 17.00 Uhr die Türen ihrer Bekannten ab und sammelten Laken, Zeitungen und selbstgebackenen *shepherd's pie* und Apfelkuchen. Ab ca. 18.30 Uhr kamen dann die Obdachlosen (ihre "Gäste"). In der Regel waren dieses ca. 16 Menschen, teils Flüchtlinge, teils Jugendliche. Es stand ein kleiner Fernseher im Raum, Zeitungen lagen auf den Tischen, und für eine warme Mahlzeit wurde gesorgt.

Gegen 21.30 Uhr kamen andere Freiwillige, um die Betten zu bereiten. Diese neuen Freiwilligen blieben auch über Nacht. Um 8.00 Uhr morgens kamen dann die älteren Frauen wieder, um Frühstück zu machen, die Laken einzusammeln und sie zum Waschen mitzunehmen.

Diese Aktion war nicht nur für die Obdachlosen von Bedeutung, sondern auch für die Frauen. Ihr Leben bekam einen anderen Inhalt. Sie saßen nicht mehr allein zu Hause, sondern hatten etwas zu tun.

Es gab wieder ein Ziel in ihrem Leben außerhalb des Kreises von Haus und Familie. Das beeinflusste auch das Bild, das andere von ihnen hatten. Für ihre Enkel waren sie nicht mehr nur alte Großmütter, die sie ab und zu besuchen mussten, sondern sie erhielten Züge von Heldinnen: Frauen, die mit Obdachlosen zu tun haben!

Aber auch für die Gemeinde hatte der Einsatz Folgen. Diejenigen, die mit dem Asyl zu tun hatten - mehr als zweihundert -, begannen sich mehr und mehr zu schämen, dass die Obdachlosen in ihren dürftigen Kirchenräumen schlafen mussten. Und englische Kirchen in diesen Vierteln sind verwahrlost: leckende Dächer, schlechte Toiletten, stinkende Heizungen. Sie luden daher ihren örtlichen Parlamentsabgeordneten zu einem Gespräch über Obdachlosigkeit und neue Wohnmöglichkeiten ein. Bei solch einer Versammlung waren dann etwa zweihundert Freiwillige und mehr als vierzig Obdachlose anwesend. Für den Abgeordneten war es die eindrucksvollste und furchtbarste Versammlung seiner politischen Laufbahn; denn wenn das Gespräch ins Allgemeine abzugleiten drohte, stand immer eine der beiden Frauen auf: "Und wie ist es mit unserem Mickey? Kann der keine Unterkunft kriegen? He, Mickey, sag was!"

"Gemeinden, die bis dahin beinahe tot waren, kamen zum Leben." Auch die Gebäude wurden tief greifend verändert. "Die Gemeinden, die bis dahin am schlechtesten dran waren, verfügen gegenwärtig ironischerweise über die besten Gebäude und das beste Inventar. Dank Spenden haben sie nun Dimmer als Lichtschalter, Duschen für Obdachlose, ausgezeichnete Toiletten und fantastische Küchen."

b. Gemeinschaft

Es gibt auch viele gastfreundliche Initiativen, bei denen der Akzent auf dem Schaffen von Gemeinschaft liegt. Das ist beispielsweise das

Anliegen von Einrichtungen der "Offenen Tür". Darüber im folgenden Kapitel mehr.

Eine ganz besondere Form dieser Gastfreundschaft entwickelte sich in der protestantischen Gemeinde "De Olijfberg" (Der Ölberg) in Antwerpen. Sie ist eine Gemeinde von Menschen aus Europa, Asien und Afrika. Sie zählt etwa fünfhundert Menschen, von denen zweihundert im umliegenden Stadtteil wohnen. Sie ist eine multikulturelle Gemeinde, dafür hat man sich bewusst entschieden. "Man kann sagen: Gib den Menschen ihre je eigene Kirche. Auf kurze Sicht ist das vielleicht eine gute Lösung, aber auf längere Sicht ist es eine schönere Herausforderung zu sagen: Lasst uns alle zusammenkommen. Es wirkt bei uns jedenfalls einladend, herausfordernd und dynamisch. In den Gottesdiensten haben wir einen gemeinsamen Nenner, aber wir betonen gleichwohl die verschiedenen Traditionen. Einzelne (liturgische) Stücke feiern wir nach assyrischer oder äthiopischer Liturgie. Die Kunst besteht darin, eine Balance zwischen den Gruppen zu finden. Wie sorgt man beispielsweise dafür, dass man den ursprünglichen belgischen Gemeindegliedern nicht das Gefühl gibt auf ein Abstellgleis geschoben zu werden?"

So ist diese Gemeinde wirklich zu einer multikulturellen Gemeinschaft geworden. "Gestern haben wir das Abendmahl mit 12 verschiedenen Nationalitäten gefeiert."

Diese Gemeinde stellt sich ausdrücklich als offene Gemeinde dar. Das ist keine Zugabe, kein zufälliges Element, sondern der beherrschende Gesichtspunkt, der Punkt, von dem aus gedacht und gehandelt wird. Einer der Prediger sagt es folgendermaßen: "Man muss als Gemeinde in jeder Hinsicht offen sein wollen. Jeder neu Hinzukommende muss das Gefühl bekommen, dass er oder sie willkommen ist ungeachtet seines oder ihres Hintergrundes bzw. ihrer Situation. Das bedeutet auch, dass man sich selbst verändert." Die ursprünglichen Gastgeberinnen und -geber (die dominante Koalition, wie wir im vorigen Kapitel sagten) mussten lernen von ihren Privilegien abzusehen. So werden Sprache und Liturgie den neu Hinzukommenden angepasst, "weil man sie wirklich ernst nimmt". Es geht darum, dass man sich wirklich anrühren lässt von Menschen, die hinzukommen. Wenn man miteinander Gottesdienst feiert, dann heißt das zugleich, dass man füreinander verantwortlich ist.

So hat sich diese Gemeinde zu einem gastfreundlichen Zu Hause entwickelt für viele Christen aus aller Welt, die sich in diesem Stadtteil einrichten. Otto Sondorp, auf den ich mich im Vorstehenden beziehe, beschreibt diese Gemeinde unter der Überschrift "Het mirakel von Antwerpen" (Das Wunder von Antwerpen). Und das nicht nur wegen des spektakulären Wachstums - in zwanzig Jahren verdoppelt -, sondern auch und vielleicht noch mehr, weil sie zu einem Begegnungsort für Menschen unterschiedlicher Rassen geworden ist. Und das in einer Stadt, in der die extreme Rechte die stärkste Partei ist! Ein Wunder, auch weil die ursprünglichen Gastgeberinnen und Gastgeber ihre dominante Position aufgegeben – d.h. ihre Macht geteilt haben. Es ist nicht mehr ihre Gemeinde, sondern unsere Gemeinde. Ein Wunder ist es vielleicht auch, dass es ihnen immer wieder gelingt, die Finanzen für ein beeindruckendes diakonisches Programm aufzubringen, das im Protestants Sociaal Centrum untergebracht ist. Es ist genauso offen wie die Gemeinde. "In unserem Zentrum ist jeder willkommen." Für unterschiedliche Gruppen gibt es verschiedene Angebote: eine Anlaufstelle für Flüchtlinge und Asylsuchende, ein Geschäft für Secondhand-Sachen, eine Sprechstunde. Und: "An jedem Tag gibt es die ‚Offene Tür', wo Kontakte geknüpft werden können". Die Begegnung mit den Gästen geht den Gastgebern und -geberinnen unter die Haut. Einer von ihnen merkt an: "Das bringt einen zum Nachdenken, auch über den eigenen Glauben. Warum tue ich das eigentlich, und wer bin ich denn, dass ist das tue? Was man hier in jedem Fall lernt, ist Echtheit,

Offenheit und Ehrlichkeit. Auch den eigenen Glauben kann man dadurch anders erleben. Der Glaube hat für mich dadurch einen größeren Tiefgang bekommen."
Unter den Freiwilligen gibt es auch solche, die selbst anfangs um Hilfe baten. Gäste werden Gastgeberinnen. Sie wissen, was es bedeutet, Gast zu sein.

Auch anderswo blühen offene, gastfreundliche Gemeinden, bei denen der Akzent auf Gemeinschaft liegt. Dieses ist nur ein Akzent, denn in Wirklichkeit bedingen die Dimensionen einander. So beispielsweise auch in der Advents-Gemeinde in Assen-Ost. Darüber geben Wim van Til und Corinth van Schaik Auskunft. Hier bekommt Gastfreundschaft vor allem Gestalt in der Gemeinschaft von Einwohnern und Menschen aus der Psychiatrie in Assen. Die Kirche, Eigentum des Krankenhauses, liegt zwischen der Anstalt und dem Wohnviertel. Der Ort ist bewusst gewählt mit dem Ziel, "einen Platz für Integration und Begegnung" zu schaffen.
Seit einigen Jahren hält hier die SoW-Gemeinde Vredeveld gemeinsam mit den Bewohnern der Anstalt Gottesdienst. Auch an verschiedenen Werktagen ist die Kirche geöffnet: für eine Vesper, für eine meditative Andacht, für ein gemeinsames Gespräch über alles Mögliche und für einen Moment der Stille und Besinnung um gemeinsam "zu Atem zu kommen" in einem gehetzten und für manche schwierigen Leben.
Es gab eine Entwicklung. "Aus einer Kirche in einer Einrichtung wurde die Adventskirche zur Kirche im Viertel mit einer besonderen gesellschaftsbezogenen Vision", so Jan van Baardwijk, der zuständige Pastor. Kennzeichnend sind die "gleichwertige Art und Weise" des Miteinander-Umgehens und die Gegenseitigkeit; Menschen haben einander etwas zu bieten. "So wächst die offene Gemeinde als ein Ort, an dem Menschen einander begegnen und

gemeinsam ihr Menschsein feiern können, ohne Arroganz und Anmaßung, ungeachtet ihrer Glaubenszugehörigkeit".

So etwas geschieht nicht von einem auf den anderen Tag: "Die Offenheit entsteht nicht von selbst, sondern ist ein Lernprozess." Kennzeichnend dafür ist eine andere Denkweise, nicht von innen nach außen, sondern von außen nach innen. Doortje Dijkstra, Gemeindemitarbeiter, sagt es so: "Oft denkt man: Wie kann die Gemeinde ihr Umfeld erreichen? Aber wir argumentieren andersherum: Wie kann die Gemeinde sich an die Initiativen und Bedürfnisse ihres Umfeldes ankoppeln?" Auch in dieser Gemeinde ist Offenheit wiederum der Schlüsselbegriff, kein Extra, sondern der beherrschende Gesichtspunkt, welcher die Art und Weise zu denken und zu handeln bestimmt: "Offenheit ist zur Kultur der Advents-Gemeinde geworden."

c. Umgang mit Gott

Bei verschiedenen anderen Gestalten der offenen Gemeinde liegt der Akzent - noch einmal: Mehr ist es nicht! - auf dem Umgang mit Gott. Dabei kann man besonders an die Liturgie denken, sowohl in der Gemeinde als Ganzer als auch in kleinen Gruppen und Gemeinschaften. Eine gastfreundliche Liturgie ist ein Gottesdienst, in welchem der Gast im Zentrum steht. Gäste dürfen nicht nur teilnehmen, sondern auch mitgestalten.

Ein ausgesprochenes Beispiel gastfreundlicher Gottesdienste sind die so genannten "Thomasmessen", wie sie hier und da gehalten werden. Sie sind ursprünglich in der Evangelisch-Lutherischen Kirche Finnlands entstanden. In ihnen steht das „Bedürfnis" der Gäste im Mittelpunkt. Es gibt sie in verschiedenen Formen, sowohl für Erwachsene als auch für Jugendliche (Jan Willem Drost). Weil aber in Kapitel 5 davon ausführlich die Rede sein wird, gehe ich hier nun nicht näher darauf ein. Ich beschränke mich auf die Anmerkung, dass der Charakter dieser Gottesdienste als gastfreundlich und offen bezeichnet werden kann. Gäste sind nicht nur willkommen, sie stehen im Zentrum. Das "Bedürfnis" der Gäste bestimmt Ordnung und Ablauf des Gottesdienstes. Es sind auf diese Art und Weise Gottesdienste im Sinne des Paulus.

Diese Gottesdienste beantworten die Frage, was typisch für Gastfreundschaft (Gastfreiheit) ist: Freiheit (wobei auf dem Subjektsein von Menschen der Akzent liegt) und Konfrontation. So erhalten "Mensch" und "Sache" volles Gewicht. Es wird Raum geschaffen, in dem jeder, der will, Gemeinschaft mit Gott, mit Anderen und mit der Gesellschaft suchen kann. Zugleich wird das Subjektsein der Menschen respektiert. Das kommt unter anderem darin zum Ausdruck, dass nicht nur alle teilnehmen, sondern auch mitwirken dürfen.

Das ist auch das Kennzeichen der Gottesdienste, die in der Nicolaas-Monica-Parochie zu Utrecht jedes Jahr zu Pfingsten gehalten werden. Jedes Jahr empfängt diese Parochie am Vorabend von Pfingsten eine Gruppe von Bewohnern des Hauses "Amerpoort" in Baarn. Dieses sind geistig weniger begabte, manchmal sogar behinderte Menschen. Sie nehmen das Heft in die Hand. Und dann geschieht etwas! Gerard Zuidberg, bis 2001 Pastor dieser Parochie, sagt es so: "Es ist jedes Jahr neu ein großes Fest, und die anwesenden Gemeindeglieder sind daran gewöhnt sich auf diese Gäste einzustellen. *Diese geben den Ton an* (kursiv vom Autor). Besonders durch ihre Musik und ihren Gesang, was immer wieder so einladend wirkt, dass jeder im Rhythmus der Gäste mitmacht. Die Predigt wird durch die Gäste auf verschiedene Art und Weisen gehalten: durch Bewegung, Tanz, spontane Reaktionen. Wir haben dabei immer den Eindruck, dass ihre religiösen Gefühle ihr ganzes Tun und Lassen durchdringen. Was sie ausdrücken, sind sie selbst. Und dabei gehen wir von Herzen mit. Es ist ein Fest!"

Andere Gemeinden machen ähnliche Erfahrungen. Wenn diejenigen, die häufig als Gäste und Außenstehende in "unseren" Gottesdiensten angesehen werden, Raum bekommen selbst Gastgeber zu werden, führt das nicht selten zu besonderen Momenten.

Aber es gibt auch viele andere Formen von Liturgie, die von Gastfreundschaft bestimmt sind. Das manifestiert sich in Offenheit für Gäste und in der Tatsache, dass Menschen, die im Allgemeinen "einfach" als die Nehmenden angesehen werden, Raum zum Geben bekommen. Damit wird eigentlich gesagt: "Du, du darfst sein" (Schillebeeckx). Ich füge hinzu: "Und du, du darfst dich also auch sehen und hören lassen!"
Ein hervorragendes Beispiel dafür ist die Art, wie in Terneuzen in der Karwoche die Vespern gehalten werden. Es begann 1998. Damals wurde die Leitung der Reihe von Vespergottesdiensten verschiedenen Gemeindegruppen übergeben wie z.B. der Kantorei, dem ökumenischen Arbeitskreis und dem "Churchteam", einer Gruppe Jugendlicher von etwa zwölf bis fünfzehn Jahren. Leitfaden der Vespern in der Karwoche war ein Kreuzweg. Jede Gruppe bekam eine Station (dargestellt mit einem Dia) zugewiesen mit dazugehörigem Text und Bibelabschnitt. Hinzu kamen eine Begrüßung, ein Kyrielied und ein Segensgebet, was sich in jeder Vesper wiederholte. Der Rest wurde vom Kirchenvorstand den Gruppen vertrauensvoll überlassen. (NB: das ist Leitung als Dienst!)

2.2.3 Richtung: sich öffnen für ... und zugehen auf ....

Wir können zwischen zwei Richtungen unterscheiden: "Uns selbst als Gemeinde für Gäste öffnen" und "uns selbst als Gäste aufmachen und die Menschen dort aufsuchen, wo sie sind". Bei Letzterem wiederum geht es um zwei Art und Weisen der Präsenz:

- Präsenz *am Rande* der Gesellschaft. Das hat z.B. Gestalt gewonnen in der Gemeinwesenarbeit und in der Drogenseelsorge wie u.a. in Amsterdam (beschrieben in „*Gemeinde als Herberge*").
- Präsenz *in verschiedenen Lebensbereichen* wie diakonischen Einrichtungen, Gefängnissen und der Armee. Natürlich gibt es zwischen diesen Bereichen große Unterschiede. Selbst innerhalb eines Lebensbereiches wie z.b. im Krankenhaus gibt es Unterschiede. Ein Krankenhaus gleicht nicht dem Anderen.

Diese zwei Formen von Präsenz unterscheiden sich, doch haben sie das eine gemeinsam: Gemeindeglieder ziehen als Gäste aus, um in der Gesellschaft gastfreundlich anwesend zu sein. Manchmal als Individuum. Pater Van Kilsdonk ist dafür ein sprechendes Beispiel. Er tritt als Gast im Wirtshaus, im Krankenhaus, in der Trauerhalle und in der studentischen Verbindung auf und schafft dort einen gastlichen Begegnungsort. Andere tun dieses als Gruppe. Ich nenne einfach zwei Beispiele: das "Haus der offenen Tür" und das "Pfarramt in Einrichtungen". Letzteres spitze ich wieder zu auf die Krankenhausseelsorge. Alles begrenzt und willkürlich. Das gebe ich gerne zu. Aber für meine Zwecke ausreichend. Ich will ja nur illustrieren, was Gastfreundschaft ist und wie Menschen sie gestalten können. Ganz bestimmt strebe ich keine Vollständigkeit an.

a. "Häuser der offenen Tür"

Dazu gehören für mich auch "Spirituelle Cafés" - oder das "Religiöse Café", wie es in Emmen genannt wird - und Zentren der Stille. Gemäß ihrem Wesen und dem Bekenntnis der Mitarbeiter ist die "Offene Tür" eine Form von Gastfreundschaft pur. Über die "Offene Tür" wissen wir sehr viel dank einer Untersuchung von Sake Stoppels. Das Folgende entnehme ich daher vor allem seiner sehr verständlichen Veröffentlichung von 1997. Alle Zentren haben zwar etwas Eigenständiges, aber kennzeichnend für alle ist Offenheit.

Menschen sind ohne weiteres willkommen zu Kaffee und zum Gespräch. Aber neben ihrer Offenheit bieten die unterschiedlichen Zentren noch Anderes an. Auch dabei kann man wieder von großer Verschiedenheit reden. Doch bei aller Differenzierung gibt es Angebote, die in mehreren Zentren wiederkehren. Stoppels nennt u.a.: Mahlzeiten, Entspannung (Spiele), Ausstellungen, Gesprächskreise, Spiritualität (verschiedene Zentren schaffen die Möglichkeit sich in ruhiger und beruhigender Umgebung zu Besinnung, Meditation und Gebet zurückzuziehen), Gottesdienste (z.B. in der "Offenen Tür" in Leeuwarden: Hier finden "Sonntagnachmittagsbegegnungen" statt, sie haben den Charakter eines "einfachen Gottesdienstes mit viel Gespräch") und schließlich individuelle Hilfsangebote (Sprechstunden, Schuldnerberatungen - wie beispielsweise in "De Herberg" in Apeldoorn -, Verteilung von Kleidung). Eine kleine Zahl "Offener Türen" hat sich auf die Unterbringung von Menschen spezialisiert. Ein Beispiel dafür ist "De Herberg" in Sneek. Sie verfügt über etliche Zimmer, in denen Gäste eine oder mehrere Nächte untergebracht werden können.

Doch bei aller Variation bleibt als Kernfunktion: kostenlose Gastfreundschaft oder Beherbergung. Das Übrige ergibt sich daraus. Die Nebenfunktionen sind allerdings auch wichtig, umso mehr, wenn sie keine hohen Schwellen haben. Eine Ausstellung beispielsweise gibt Menschen einen guten und respektablen Grund einzutreten, wie Stoppels ganz praktisch anmerkt.

Dergleichen gastfreundliche Räume findet man nicht nur in Wohnvierteln, sondern auch andernorts, z.B. auf der "Floriade". Inmitten der vielen kommerziellen Pavillons erhebt sich hier ein "auffälliges Gebäude in Form eines Bienenkorbs: das Zentrum der Stille". Seine vornehmste Aufgabe: "Die Gabe der Gastfreundschaft". "Schon gut 150 Personen haben sich freiwillig als Gastgeberinnen und Gastgebern gemeldet" (Siep Rienstra).

b. Das Pfarramt in Einrichtungen; übergemeindliche Dienste

Einleitung. Bevor ich ein konkretes Beispiel nenne, zunächst etwas über das Pfarramt in Einrichtungen als solches. Dabei kann man an die Arbeit in verschiedenen Pflegeeinrichtungen denken (beispielsweise Krankenhäuser, Pflegeheime, Einrichtungen für geistig Behinderte und psychiatrische Zentren) und die Seelsorge in anderen gesellschaftlichen Institutionen wie Gefängnis und Armee. Es gibt natürlich deutliche Unterschiede zwischen diesen Einrichtungen, aber das muss - wie gesagt - hier nicht näher ausgearbeitet werden. Es geht hier ja allein darum zu verdeutlichen, was "Gastfreundschaft" in der Praxis bedeuten kann. Und als "gastfreundlich" kann das Auftreten und die Arbeit dieser Seelsorger und ihrer Mitarbeiter durchaus bezeichnet werden.
"Der Pastor ist für alle da". Als ob das selbstverständlich wäre! Das ist es in diesen Einrichtungen aber! Der Pastor ist also gastfreundlich, aber in erster Linie selbst Gast. Im Krankenhaus bedeutet das, dass sie oder er Gast der Patienten und Gast des Krankenhauses ist. Sicher, der Pastor gehört auch zur Welt des Krankenhauses - gehört zu dessen Mitarbeitern –, aber er oder sie ist zugleich als "Mensch Gottes" (Van Knippenberg) Vergegenwärtiger einer anderen Welt. Und so ist er nicht nur Mitarbeiter des Krankenhauses, sondern zugleich auch "Fremdling und Beisasse" in dieser Welt.
Als Gast ist sie oder er gastfreundlich anwesend, ist offen für Menschen und präsent für wirkliche Begegnung. Der Pastor versteckt sich also nicht, sondern ist im Gegenteil bereit sich zu zeigen. Und das ist wesentlich für Gastfreundschaft, sagten wir im ersten Kapitel, es geht um Freiheit und Konfrontation. Das wird darin deutlich, wie Heitink Seelsorge in Einrichtungen beschreibt. Zum Krankenhaus sagt er: "Ein Pastor muss sich deutlich zeigen, es aber im Übrigen den Patienten überlassen, wie weit sie selbst ihr religiöses Bekenntnis zur Sprache bringen wollen. Ein wichtiges Instru-

ment sind dabei Abendandachten über den Krankenhausrundfunk und die ökumenischen Gottesdienste sonntags, zu denen alle eingeladen werden. Die Kapelle wird werktags in vielen Krankenhäusern als Zentrum der Stille gebraucht". Seelsorge bietet ein hörendes Ohr. Aber ein Pastor, der nicht mehr zu bieten hat, bleibt "hinter seiner Berufung zurück" (Heitink, 1998, 215).

Die Arbeit des Pastors in Einrichtungen wird in der Regel als Seelsorge bezeichnet. Das scheint mir nicht zutreffend zu sein, jedenfalls dann, wenn ihre oder seine Arbeit mitgetragen wird von einer Gruppe Freiwilliger, die selbst in der Einrichtung präsent ist. Vor allem sollten wir in diesem Fall nicht von einer *Arbeits*weise, sondern von einer *Art und Weise Gemeinde zu sein,* sprechen. Auch wenn Pastor und Gruppe selbst zögern das Wort "Gemeinde" zu gebrauchen, weil z.B. dieses insbesondere für rand- und außerkirchliche Menschen für gewöhnlich die Schwelle erhöht, weil sie nicht immer positive Assoziationen bei "Gemeinde" haben. Dann ist es in der Tat vernünftig das Wort zu vermeiden. Aber damit verliert die Gruppe keinesfalls den Charakter von Gemeinde. Gemeinde ist nicht nur Gemeinde, wenn Gemeinde draufsteht. Gemeinde ist da, "wo zwei oder drei in Seinem Namen zusammenkommen". Gemeinde entsteht, wenn Menschen auf die Stimme des Rufenden hören und zusammenkommen um Gemeinschaft mit Ihm zu suchen, miteinander und mit Armen, Kranken, Gefangenen, Fremden, Ausgestoßenen und am Rande Lebenden. Van Andel bezeichnet sie mit dem Sammelnamen: *anawim*. In ihnen kann man Christus begegnen. Denn Christus identifiziert sich mit ihnen, ja, er ist einer von ihnen. "Er wurde als Vertriebener geboren, wich als Flüchtling nach Ägypten aus, lebte als Armer, der keinen Stein hatte, um sein Haupt darauf zu betten, stellte sich außerhalb der Gemeinschaft, indem er Aussätzige berührte, wurde aus der Synagoge seiner Vaterstadt geworfen, wurde (...) der Gotteslästerung beschuldigt und als Übeltäter exekutiert." Weil Christus sich mit ihnen identifiziert, muss man ihnen sehr ehrerbietig begegnen: deo gratias! So geht das in der gastfreundlichen Gemeinde zu.

Die Gruppe, die die Arbeit trägt, ist Gemeinde, auch wenn sie nur ein einziges Mal in dieser bestimmten Zusammenstellung zusammenkommt. Das ist dann keine gewöhnliche Gemeinde, sondern eine Ad-hoc-Gemeinde (Henau). Aber Gemeinde. Und auch wenn diese Gemeinde nicht alle Bestimmungen der Kirchenordnung erfüllt, ist das kein Grund, nicht mehr von Gemeinde zu sprechen, sondern eher Anlass, endlich die Kirchenordnung zu ändern. Das ist vielleicht unpraktisch - Synoden verweigern das ja auch hartnäckig seit mehr als hundert Jahren - aber durchaus gut protestantisch. In der Reformation ist ja seit dem 16. Jahrhundert betont worden, dass bei allen Fragen zuerst das biblische Zeugnis (die Schrift) den Ausschlag geben muss und erst dann das Bekenntnis und erst zum Schluss die Kirchenordnung. Das ist reformierte Rangordnung. Also, nach der Schrift ist das so genannte Pfarramt in Einrichtungen nicht weniger Gemeinde als die Ortsgemeinde. Beide sind gleichwertige Manifestationen der einen, heiligen, allgemeinen und apostolischen Kirche (Nicea). Es ist wichtig, das in aller Schärfe zu sagen, denn Synoden gehen noch immer vom Primat der Ortsgemeinden aus. Das kommt daher, dass sie nicht aus der Perspektive des "Dienens" denken, sondern aus der Perspektive des "(Be-)Herrschens". "Wie halten wir die Sache überschaubar?" und "Wie behalten wir die Gemeinden im Griff"? Darum muss die Organisation überschaubar bleiben (Hendriks, 1994). Das ist ein riskanter Ausgangspunkt. Er ist riskant, weil dieses Denken gewöhnlich dazu führt, dass bei Einsparungen die übergemeindlichen Dienste als erste gestrichen werden. Aber viel riskanter ist es für die parochial organisierte Gemeinde. Die "Gemeinde in Einrichtungen" kann ohne die Ortsgemeinde auskommen, aber letztere nicht ohne die erste!

Ein Beispiel aus der Praxis. Dass es auch in der Praxis bei der so genannten Seelsorge in einer Einrichtung wirklich um Gemeinde geht, und, genauer gesagt, um eine gastfreundliche Gemeinde, wird auch in der Praxis immer wieder deutlich. Ich nenne ein Beispiel, das ich einem Interview mit Jan Lanser entnehme, dem Seelsorger des allgemeinen Krankenhauses "De Heel" in Zaandam.
Er "ist nicht für eine bestimmte Gruppe von Gläubigen da, sondern für jeden". Er geht an die Betten und stellt sich als Seelsorger vor. Nicht als Pfarrer der Gemeinde am Ort, denn so könnte er bei rand- und außerkirchlichen Menschen durchfallen: "Gehen Sie nur wieder." Er will vor allem keine Schwellen aufrichten. Wenn es jemandem gefällt ihn mit "Herr Pastor" anzureden, dann findet er das in Ordnung. Er spricht mit Leuten von Mensch zu Mensch, als Gleicher, aber doch "auch als Gegenüber". "Mit Respekt ohne Inhalt nimmt man die Menschen nicht wirklich ernst." Im Gespräch mit ihm kann es um alles Mögliche gehen. Weil dieser Pastor außerhalb jeder Hierarchie steht, besteht für die Menschen keine Gefahr. Was sie sagen, wird nicht weiter getragen. Das schafft eine sichere Atmosphäre. Für Jan Lanser kann Seelsorge in der Organisation des Krankenhauses darum gut als Freiraum bezeichnet werden.
Seine Arbeit in "De Heel" wird durch eine Gruppe von ca. sechzig Freiwilligen mitgetragen. Sie laden abwechselnd freitags alle Patienten zum Gottesdienst am Sonntag ein und sorgen auch dafür, dass sie kommen können. Auch im Gottesdienst haben sie Aufgaben. Sie lesen aus der Bibel, helfen bei der Austeilung des Abendmahles und halten bisweilen den gesamten Wort- und Gebetsgottesdienst, einschließlich der Verkündigung. Ein solcher Gottesdienst wird dann zwar gemeinsam mit dem Pastor vorbereitet. Die Grundstruktur dieses Gottesdienstes unterscheidet sich nicht wesentlich vom Gottesdienst der Ortsgemeinde. Aber es gibt einen Unterschied: "Weniger exegetisch, mehr narrativ." In der Hoffnung, so den Gottesdienstbesuchern mehr Identifizierungsmöglichkeiten zu geben.

Ein Teil der Freiwilligen sieht als ihre Gemeinde an, was hier geschieht. Sie kommen auch, wenn sie nicht eingeteilt sind. Sie veranstalten gemeinsame Unternehmungen, machen gemeinsame Ausflüge, besuchen einander zu Geburtstagen und teilen ihr Leben miteinander, "auch in Krankheit und Schmerz". Es hat also "etwas Gemeinschaftsbildendes".

Mit den Freiwilligen und Lektoren hält Pfarrer Lanser Verbindung: "Wir treffen uns ein paar Mal im Jahr". Dabei geht es um organisatorische und inhaltliche Angelegenheiten wie Vorbereitung der Gottesdienste und Gesprächsführung. Die Zusammenkunft enthält somit auch Trainingselemente. Weil er eine Verbindung zu ihnen hat, "möchte ich von ihnen einen Händedruck vor dem Gottesdienst und nicht von einem Kirchenvorsteher, der von der entsendenden Gemeinde angetrabt kommt (...) wie ein 'Fremdkörper'". Bei Entlassungen aus dem Krankenhaus verweist er manchmal an den jeweiligen Ortsgeistlichen. Aber das ist nicht immer einfach. "Manche Patienten akzeptieren zwar noch [den Krankenhausseelsorger], aber sie wollen keinen Kontakt mit der eigenen Gemeinde. Manchmal begleite ich Menschen noch nach ihrer Entlassung, wenn sie zur ambulanten Behandlung zurückkommen oder indem ich sie zu Hause aufsuche oder sie anrufe. Vielleicht müssen noch mehr Freiwillige angeleitet werden den leeren Platz zu füllen."

Krankenhausseelsorge? - Eine gastfreundliche Gemeinde im Krankenhaus!

Natürlich, so wie in "De Heel" geht es nicht in jedem Krankenhaus zu. Die Unterschiede in der Art und Weise, Gemeinde z.B. in einer Justizeinrichtung zu leben, sind vielleicht noch größer. Aber bei allen Akzentunterschieden muss man sagen, dass die Übereinstimmungen größer sind. In all diesen Bereichen kann eine Gemeinde wachsen mit den Merkmalen: offen, einladend, ökumenisch, spezialisiert auf das "Nicht-Spezialisiert-Sein", Menschen ernst nehmend und bereit sich zu zeigen und so auch Zeugnis abzulegen von der Hoffnung, die in ihr lebt.

Diese Gemeinden sind Herbergen an den Wegen, die Menschen gehen müssen. Oder um es mit einer Bezeichnung zu sagen, die vor allem auch für die "Seelsorge" in Einrichtungen von Justiz und Armee gebraucht wird: "Kirche als Freiraum". Ein Begriff, der uns auch bei Jan Lanser begegnete.

c. Gastfreundschaft überschreitet die Spannung von Diakonie und Verkündigung.

Oft wird eine Spannung zwischen "Diakonie" und "Verkündigung" festgestellt. Vor allem gegenüber Formen von Gastfreundschaft, bei denen Gemeindeglieder losziehen um selbst als Gäste an den zerfransten Rändern und Segmenten des Lebens präsent zu sein. Darum bringe ich das hier zur Sprache.

Es gibt zwei extreme Positionen, die meiner Meinung nach vermieden werden müssen.

Erstens die Neigung, Gastfreundschaft als Vorstufe zu Wichtigerem anzusehen: nämlich Menschen Gott und Jesus durch das Wort zu verkündigen. Darauf muss es ihrer Meinung nach immer hinauslaufen, wenn es gelingen soll. Wir sollten aber doch bedenken, dass Gastfreundschaft damit ihren Charakter verliert. Denn Gastfreundschaft ist nicht zu etwas gut, sie ist gut in sich. Bei wirklicher Gastfreundschaft hat man nicht noch ein Ass im Ärmel. Stoppels fragt, bezogen auf die "Offene Tür": Haben die Gemeinden "keine höhere Berufung, als Kaffee auszuschenken und Gespräche zu führen? Die Antwort kann kurz sein: die Gemeinde hat die hohe Berufung, Kaffee und Aufmerksamkeit zu schenken. Und das nicht mit Blick auf eine noch höhere Berufung, sondern als Ziel in sich, als wertvoll in sich selbst". Manche Menschen sind damit bekanntermaßen nicht zufrieden. Sie laufen Gefahr, das Interesse an

Menschen nicht als in sich selbst wertvoll zu sehen, sondern als Mittel einen geeigneten Landestreifen zu finden, wo sie die eigene Botschaft abwerfen können.

Das andere Extrem ist eine allzu große Befangenheit. Als ob mit einem Hinweis auf Gott ein "fremder Bezug" eingeschmuggelt würde. Dabei spielt die Angst eine Rolle in die Nachbarschaft von Menschen zu geraten, wie ich sie soeben beschrieben habe, für die nämlich die Verkündigung durch das Wort das Eigentliche ist. Von denen wollen sie sich so weit wie möglich unterscheiden. Und darum: Bloß nichts sagen! Sie erinnern mich an einen Mann, der uns in den sechziger Jahren des vorigen Jahrhunderts in einem Psychologie-Seminar vorgestellt wurde. Es ging um einen Mann, der zum Augenarzt ging, obwohl sein Sehvermögen so normal war, wie ein Mensch sich das nur wünschen kann. Aber er hatte trotzdem ein Problem: Er hatte so große Angst, kurzsichtig zu werden, dass er lieber weitsichtig werden wollte.

Aber es ist eine gewisse Kehrtwendung zu bemerken, auch wenn sie bisweilen äußerst zögerlich geschieht: Sie kommt in der vorsichtigen Frage eines Diakonie-Beauftragten zum Vorschein: "Warum sollte man all die Suchenden nicht das Wort hören lassen, dass es jemanden gibt, der einen liebt. Und dass wir diesen ‚Jemand' Gott nennen?"

Die Spannung, die Menschen hier empfinden, kann vermindert, wenn nicht gar aufgelöst werden, wenn wir nicht mehr von den kirchlichen Funktionen - Diakonie, Evangelisation, Verkündigung - her denken, sondern von der Gastfreundschaft aus. Die Praxis ist der Theorie und der Theologie voraus. Als Stoppels in einer Umfrage Freiwillige von fünf "Häusern der offenen Tür" befragte, wie sie die Arbeit ihrer "Offenen Tür" am ehesten kennzeichnen würden, trat das Wort "Gastfreundschaft" überdeutlich hervor. Worte wie Diakonie, Evangelisation oder Seelsorge dagegen wurden selten genannt.

Das ist wichtig, denn Gastfreundschaft übersteigt kirchliche Begriffe. Gastfreundschaft impliziert ja, Menschen ernst zu nehmen und sich selbst zu zeigen. Freiheit und Konfrontation. Den Gast ernst nehmen - ihn sehen -, bedeutet einen Blick für seine Bedürfnisse zu haben. Wie gesagt sind es Bedürfnisse nach Sinngebung, Gemeinschaft, Solidarität und konkreter Hilfe und damit zusammenhängend das Bedürfnis nach Information. Wenn wir von diesen Bedürfnissen ausgehen, dann löst sich die Spannung auf, sie wird jedenfalls kleiner. Und unser zitierter Diakonie-Beauftragter kann seine Schüchternheit ablegen.

Natürlich bleibt auch das Setting wichtig. Bei einem "Haus der offenen Tür" liegt der Akzent auf Gemeinschaft, beim Gottesdienst auf dem Umgang mit Gott, bei der Solidarität mit Obdachlosen auf Diakonie. Aber wenn wir vom Menschen als Ganzes ausgehen (bei aller Vielfalt seiner Bedürfnisse) und vom Wesen und Auftrag der Gemeinde (bei aller Verschiedenheit der Dimensionen), hört der Krampf auf. Dann ist auch Anderes möglich. Wie anders, das zeigt der Jahresbericht des „Hauses der Offenen Tür" Beverwijk: "Wo gibt es das, dass man freitagmittags ins Gespräch kommt über Krieg, über freiwilligen und erzwungenen Umzug, über Beistand? Wo gerät man um diese Zeit in ein Gespräch über Glauben, Bibel, Wahrheit, Jesus von Nazareth, Tod und Auferstehung? Genau, das alles gibt es nur im „Haus der offenen Tür."

Dass der Krampf aufhören kann, erfuhr auch die Gruppe, die die Unterkunft von Obdachlosen in den Kirchen von Hackney und Chelsea organisierte. Ich will kurz berichten: die Gastgeberinnen berieten über die Frage, wie sie die Obdachlosen ins Bett kriegen sollten. Denn diese blieben lieber vor dem Fernseher sitzen. Ein etwas konservativer Pastor ersann eine listige Lösung. Am Ende des Abends lud er alle ein, das Komplet (das kirchliche Abendgebet) zu beten. Danach wurde es ruhig, und einer nach dem Anderen kroch in seinen Schlafsack. In den folgenden Tagen wurde von den

Stadtstreichern selbst nach dem Komplet verlangt. "Wir hatten noch kein Komplet. Wir wollen ein Komplet."
Die Beteiligten waren verblüfft. Zu ihnen gehörte sichtlich nicht Augustin. Ihn hätte das nicht überrascht. Denn er schrieb: "Du erweckst (den Menschen), dass er seine Lust in deinem Lob findet, denn Du hast uns zu Dir hin geschaffen, und unser Herz ist unruhig, bis es Ruhe findet in Dir." Dieses ging im Falle der Obdachlosen von Hackney wörtlich in Erfüllung.
Oder ist das zu einfach? Steckt die eigentliche Ursache der Spannung anderswo? Hatte Ann Morisy, eine inspirierte und inspirierende Mitarbeiterin am Gemeindeaufbau in England, vielleicht Recht, als sie behauptete (ich zitiere Jan Maasen): "Es ist einfacher eine Organisation zu sein, die soziale Nöte anpackt, als Menschen dazu zu bringen sich an Gott zu wenden." Darüber hinaus gibt das Helfen den Menschen ein gutes Gefühl. Sie wagt die Behauptung: "Wenn wir Glauben als etwas Positives in unserem Leben erfahren, dann können wir ihn nicht als unwichtig ausklammern und zugleich ‚Offenheit' als ein Kriterium unserer menschlichen Beziehungen in den höchsten Tönen loben."
Sie richtet hiermit den Scheinwerfer von den Gästen hin zu den Gastgeberinnen. Erfahren sie Glauben als etwas Positives in ihrem Leben? Sprechen die Gastgeberinnen und -geber miteinander darüber? Ich bin jedenfalls mit der gerade zitierten Ann Morisy völlig einer Meinung, wenn sie für eine geistliche Begleitung der Freiwilligen plädiert und meint, in diesen Zusammenhang auch ab und zu liturgische Momente einzubauen, "an denen sich auch nicht so an Kirche Gewöhnte beteiligen können". Wenn das geschieht, entsteht auch für die Gastgeberinnen und -geber selbst so etwas wie eine Herberge, in der sie Gast sind: beieinander und bei Gott. Und gerade so werden sie zugerüstet für ihre Aufgabe als Gastgeber. So sehen wir hier aufs Neue die Einheit der Dimensionen: Mystik - Koinonia - Diakonia.

Kennzeichnend für Gastfreundschaft ist Freiheit und Konfrontation. Konfrontation bedeutet aber nicht nur, dass die Gastgeberin sich zeigt, sondern impliziert ebenso, dass sie selbst konfrontiert wird mit den Fragen: Wer bin ich eigentlich? Was glaube ich, wenn es darauf ankommt? Das bedeutet dass die gastfreundliche Gemeinde per definitionem eine lernende Gemeinde ist! Ich belasse es dabei. In Kapitel 6 komme ich darauf zurück.

2.2.4 Träger: Gemeinden und Kommunitäten

Manifestationen der gastfreundlichen Gemeinde können auch nach Trägern der Projekte eingeteilt werden. Das können Gemeinden sein, aber auch Orden und ordensähnliche Gruppen und Bewegungen. Auch hiervon gibt es zu viele um sie alle zu nennen. Weil dieses Buch vor allem für Gemeinden geschrieben ist, scheint es mir zu genügen, nur ein Beispiel vorzustellen. Als ein sehr eindrucksvolles Beispiel empfinde ich den gastfreundlichen Orden der Augustinerschwestern "De Stad Gods" (der Gottesstadt) in Hilversum. Die Mitbewohner betrachten sich als eine große Familie, "welche die Türen öffnet, um Menschen ein Stück Weges zu begleiten". Die Türen stehen für jeden offen. Es ist eine dienende und betende Lebensgemeinschaft. Es geht also um alle drei Dimensionen des Gemeindeseins - Diakonia, Koinonia, Mystik -, doch das Gebet ist die Basis. In einem Interview sagt Schwester Corbière das so: "Das Schöne bei dem Gründer unserer Gemeinschaft (Augustin, J.H.) ist, dass er das Gebet zur Basis erklärt hat und nicht die Arbeit. Aus dem Gebet heraus gehen wir zu den Menschen. Das ist so wichtig, weil man sonst sehr schnell riskiert, von der Arbeit, die zu tun ist, vollständig in Beschlag genommen zu werden. Wir orientieren uns hingegen an der Lebensregel des Augustin, die mit der Frage beginnt: Warum seid ihr zusammengekommen? Und die Antwort lautet: um eines Herzens und einer Seele auf Gott hin zu leben und von dort her auf Menschen in Not."

2.3 Gastfreundschaft als Ausdruck einer neuen Sichtweise

Um dem Eindruck zuvorzukommen, dass es bei Gastfreundschaft allein oder jedenfalls primär um mehr oder minder ansprechende Geschichten geht, weise ich gern darauf hin, dass es bei Gastfreundschaft wesentlich um eine Veränderung der Gesinnung geht: um eine Seinsweise, um einen Lebensstil. Das wurde schon im ersten Kapitel gesagt. Ich will es nun an einem Beispiel verdeutlichen: an der SoW-Gemeinde in Borne, einem Pendlerdorf in Twente. Die Gemeinde erinnert uns daran, dass es sich bei Gastfreundschaft letztlich nicht um mehr oder weniger spektakuläre Projekte handelt, sondern um eine neue Haltung, Einstellung oder Gesinnung. Um eine Bereitschaft nämlich, eine Absicht in allem, was wir tun und lassen, Raum für Menschen zu schaffen – für Große und Kleine, Gemeindeglieder und Nicht-Gemeindeglieder, Stammgäste und Fremde -, um an wirklich Wichtigem teilzuhaben: Diakonia, Koinonia und Mystik.
In einem Interview von Peet Valstar mit Arie van Houwelingen, einem protestantischen Pfarrer in Borne, ist dieses der Grundton. Das Buch „*Gemeinde als Herberge*" wurde in dieser Gemeinde ausführlich besprochen. Valstar will wissen: "Was hat das nun gebracht?" Bescheiden sagt Van Houwelingen: "Wir sind noch nicht so weit." Doch scheint etwas geschehen zu sein, nämlich: "In Borne wird die bestehende Arbeit mit anderen Augen gesehen. Neue Angebote werden mit der Frage im Hinterkopf entwickelt, ob sie offen sind für andere über die ‚Kerngemeinde' hinaus. (...) Als Kollegen, Gemeindeleitung und aktiver Kern der Gemeinde halten

wir gemeinsam Gastfreundschaft für sehr wichtig. Das bedeutet dass wir nun gemeinsam in eine Richtung blicken. Ich beispielsweise habe nun das Gefühl, dass meine Erreichbarkeit für Außenstehende nicht mehr so 'illegitim' ist." Er führt weiter aus: "Es geht also zunächst nicht um neue Angebote, sondern mehr darum, das Bestehende einmal kritisch zu betrachten. (…) Keine anderen Dinge tun, sondern mit anderen Augen sehen. Gastfreundlich zu jungen Eltern sein zum Beispiel, bedeutet für uns, dass wir Taufgespräche fortsetzen wollen. Wir laden die Taufeltern zu weiteren Gesprächen über die Erziehung ihres Kindes ein. (...) Ein anderes Beispiel ist, dass die reformierte Kirche, eine von drei Kirchen in der Mitte von Borne, eine neue Bestimmung bekommen hat, hingegen die frühere Bestimmung als überflüssig angesehen wird. (...) Wir haben beschlossen sie für besondere Gottesdienste zu nutzen, dreimal im Monat. Einmal wird ein alternativer Gottesdienst gehalten, einmal ein Jugendgottesdienst und einmal ein Vortrag. (…) In dem alternativen Gottesdienst steht ein gesellschaftliches Problem im Mittelpunkt, d.h. es gibt eine kurze Einführung ins Thema, und anschließend kommen die Besucher mit dem Einführenden und miteinander ins Gespräch. (...) Inzwischen haben diese Gottesdienste ein festes Publikum." Ein anderes Beispiel: "Die Feier zum 4. Mai[6] war bis vor kurzem ein innerkirchliches, wenngleich ökumenisches Geschehen. Dieses Jahr haben wir in Absprache mit der Kommunalgemeinde zum ersten Mal eine Gedenkversammlung für das gesamte Dorf veranstaltet. So versuchen wir unterschiedliche Gliederungen, unter anderem die Jüdische Gemeinde in Twente, einzubeziehen. *So lernen wir mit anderen Augen auf bestehende und neue Angebote zu schauen.* Wir hoffen als Gemeinde mehr und mehr unseren Platz mitten im Dorf zu finden, offen und gastfreundlich".

---

[6]Gedenktag für die Opfer des 2. Weltkrieges

Das Wesen von Gastfreundschaft besteht also seiner Meinung nach darin, "mit anderen Augen zu sehen".

2.4 ZUSAMMENFASSUNG

Die Beschreibung gastfreundlicher Gemeinden könnte ich endlos fortsetzen. Aber das werde ich nicht tun. Es geht ja nicht um eine vollständige Übersicht. Die Absicht ist zu zeigen, wie Gemeinden verschiedene Elemente der Gastfreundschaft, denen wir im ersten Kapitel begegneten, in der Praxis konkretisieren. Deutlich wurde, dass Gastfreundschaft - mit einer Metapher ausgedrückt: die Herberge - nicht ein zusätzliches Merkmal ist, sondern das Herz eines neuen Gemeindetyps. Der Begriff Gastfreundschaft prägt sowohl die Identität (das Selbstbild) wie auch das Image (so sollten wir jedenfalls hoffen). Es transzendiert Begriffe wie Seelsorge, Diakonie und Verkündigung. Wir sahen, was es konkret bedeuten kann, wenn der Gast in den Mittelpunkt gestellt wird, und zwar sowohl für die Gäste, wie für die Gastgeber als auch für die Gemeinde als Ganzes. Sehr konkret wird das z.B. in einigen Londoner Gemeinden. Die Skizze des Wunders von Antwerpen verdeutlichte, dass es möglich ist wechselseitig beieinander zu Gast zu sein. An diesem Beispiel lernten wir, dass Gemeinde nicht Eigentum einer dominanten Koalition sein muss, sondern wirklich Raum für viele schaffen kann und gerade so zu "unserer" Gemeinde wird. Auch wurde beschrieben, dass Raum schaffen für Gäste nicht nur in der Theorie, sondern auch in der Praxis bedeuten kann, dass der Gast zum Gastgeber wird. So z.B. in Utrecht, wo Menschen mit Behinderungen den Gottesdienst gestalteten. Gleichzeitig wurde illustriert, dass das Begriffspaar "Freiheit und Konfrontation" in der Praxis bereits Realität ist, sowohl in einer Gemeinde, die sich Gästen öffnet als auch in Momenten, wenn sie loszieht und in "Häusern der offenen Tür" und in übergemeindlichen Diensten präsent ist. Zugleich sahen wir, dass Konfrontation nicht nur bedeutet dass Gastgeber und -geberinnen sich zeigen, sondern auch, dass sie mit sich selbst konfrontiert werden. Das wurde mehrfach explizit festgehalten. Auf diesem Hintergrund ist der Bedarf an Fortbildung zu sehen. Nicht weniger wichtig war z.B. die Feststellung, dass Gastfreundschaft eine Kehrtwendung impliziert, nämlich von außen nach innen denken zu lernen. Das erfordert einen Lernprozess, wie wir am Beispiel Assen erfahren konnten.

Die Variationsbreite der Gestalten ist insgesamt beeindruckend. Ich sage gerne mit Heitink: "Schau, was alles wächst und blüht."

Aber wichtig ist festzuhalten, dass es bei Gastfreundschaft nicht nur um verschiedene konkrete Angebote geht, sondern vor allem, müssen wir vielleicht sagen, um die dahinter stehende Haltung. Darum ist es gut, wenn Arie van Houwelingen daran erinnert, dass Gastfreundschaft bedeutet "mit anderen Augen sehen zu lernen". Es geht darum, den Anderen zu sehen, und wer weiß, ob darin nicht das Gesicht des ganz Anderen aufleuchtet.

"Dein ist die Zukunft, komme, was da wolle"

3. Geht's immer? Voraussetzungen für den Aufbau einer offenen Gemeinde

Bevor man sich auf den Weg begibt, ist es sinnvoll bei der Frage zu verweilen, ob eine Entwicklung der eigenen Gemeinde zur offenen Gemeinde überhaupt eine Chance auf Erfolg hat. Sind die Voraussetzungen dafür in der Gemeinde gegeben? Welche sind das? Davon handelt dieses Kapitel. Ich beschränke mich auf die Punkte, die in der Theorie, vor allem aber in der Praxis besonders wichtig zu sein scheinen. Dabei mache ich dankbar Gebrauch von dem, was ich in vielen Gesprächen mitgeteilt bekommen habe, die ich mit Gemeinden führen durfte, welche bereits auf dem Wege sind.

Es geht um folgende sechs Punkte:
1. Umdenken. Von außen nach innen denken lernen. So schaffen wir Raum für Gäste.
2. Einander wahrnehmen. So schaffen wir Raum füreinander.
3. Vertrauen haben. So schaffen wir Raum für die Begegnung mit dem "Ganz Anderen".
4. Sich für eine gemeinsame geistliche Wanderung entscheiden.
5. Auf einen inspirierten Pastor als Coach zählen können.
6. Eine kompetente Steuerungsgruppe.

Bei näherem Hinsehen haben all diese Punkte eine Eigenschaft gemeinsam: Sie spiegeln die Grundwerte der Gastfreundschaft wieder. Das wird hoffentlich aus dem Folgenden deutlich.

3.1 Umdenken - und so Raum schaffen für Gäste

Gastfreundschaft bedeutet primär, wie wir im ersten Kapitel sahen, uns als Gemeinde für Gäste zu öffnen, diese in den Mittelpunkt zu stellen. Also von außen nach innen zu denken. Das ist eine Voraussetzung für das Entstehen einer gastfreundlichen Gemeinde.
Das steht im Widerspruch zum klassischen Stil von Gemeinde. Hinzukommt in unserer Zeit noch, dass wir durch unsere vielen Probleme als Gemeinde dazu neigen, nur auf sie zu starren. Das ist verständlich. Die Gemeinde hat es schwer. Die vielen Probleme sind erbärmlich angewachsen. Jeder kann sie herunterleiern. Das brauche ich also nicht mehr zu tun. Es gibt viel Besorgnis erregendes. Das dürfen wir keinesfalls ignorieren. Aber es läuft in die falsche Richtung, wenn wir es dabei belassen. Für den einzelnen Menschen und die Gemeinde als Ganzes gilt, dass es tatsächlich eine Perspektive gibt, wenn wir umdenken und den Anderen in den Blick nehmen. Wir dürfen uns also nicht in Beschlag nehmen lassen von eigenen Qualen und Problemen. Natürlich gibt es sie, und das Leiden daran sollten wir einander eingestehen. Stell Dir das nur vor! Aber zugleich unterstreiche ich, dass wir nicht nur auf sie starren dürfen. Und das geht auch!
Ein sehr gutes Beispiel ist Hiob. Wenn einer Grund zu klagen hat, dann er. Er verliert seine Lieben, seine Frau erhebt falsche Behauptungen, und seine Freunde stellen falsche Fragen. Hiob klagt denn auch: tiefgehend und beeindruckend. Aber so kommt er letztlich nicht weiter. Dazu ist etwas Anderes nötig. Das ist deutlich. Aber wann kommt denn eine Wendung in sein Schicksal? Wir wissen es, denn es ist in Hiob 42,10 beschrieben: "Und der HErr wandte das Geschick Hiobs, als er für seine Freunde Fürbitte tat." Rabbi Joseph Dov Soloveitchek merkt dazu an, dass der Schlüssel zur Umkehr Hiobs in seiner Entdeckung liegt, dass es um aktive Sorge für seine Mitmenschen geht. "Selbst der gerechte Hiob hatte

zu lange im begrenzten Kreis seiner eigenen Erfahrung gelebt. Er hatte, wie sein Vorfahre Abraham, alles Recht der Welt mit Gott zu streiten. ‚Sollte der Richter der Welt denn nicht gerecht handeln?' Im Eifer des Gefechts aber war sein Blick auf den Anderen verdunkelt worden." (Awraham Soetendorp)

Nicht nur für einzelne Christen, sondern auch für die Gruppe von Christen, die wir Gemeinde nennen, ist ein solches Umdenken nötig. Wir sollten die Probleme nicht ignorieren. Uns auch nicht vertrösten lassen durch unsinnige und arrogante Behauptungen wie "Die Quantität nimmt zwar ab, aber die Qualität nimmt zu". Wir sollten realistisch bleiben. Die Situation ist in vielerlei Hinsicht dramatisch, und es scheint keine Wende zum Besseren zu geben. Aber wir wollen es nicht bei dieser Feststellung bewenden lassen. Auch für die Gemeinde gilt: Dreh dich einmal um und schau um dich: Was und wen siehst du da?

Konkret bedeutet das: Ersetze die besorgte, selbstbezogene Frage "Wie überleben wir?" durch "Was können wir als kleine und weiter schrumpfende Gemeinde für die Menschen in der Welt um uns bedeuten?"

Noch einmal: Realistisch bleiben! Wenn man ein Talent bekommen hat, nicht so tun, als ob man zehn Talente bekommen hätte! Wer verlangt denn das von uns? Also Menschen weder qualitativ noch quantitativ überfordern. Aber dennoch umdenken. Wie können wir mit unseren begrenzten Möglichkeiten unserer Berufung - "zu predigen und böse Geister auszutreiben" - treu bleiben?

Und wenn wir umdenken, dann können wir etwas erleben! Ein Beispiel dafür ist die kleine Reformierte Gemeinde in Bant. Allein die Konzentration auf diese neue Fragestellung veränderte die Situation tiefgreifend. Es wurden Mut, Energie und eine enorme Kreativität freigesetzt. Wir werden ihr in Kapitel 4 noch begegnen. Man könnte beinahe sagen: "Als Bant begann für den Polder zu beten, brachte der HErr eine Wende in ihr Schicksal."

3.2 Einander wahrnehmen - und so Raum schaffen füreinander

Eine zweite Voraussetzung für die Entwicklung einer offenen Gemeinde ist es, einen Blick füreinander zu haben. Einander als Subjekt wahrzunehmen. Und daher: bereit sein zum Geben und Empfangen, aktiv zuhören, alle relevanten Informationen ehrlich verfügbar halten, gemeinsam Entscheidungen fällen, dem Anderen auf die Füße helfen, einander aussprechen lassen, einander nicht verurteilen oder missachten, sich selbst eine Blöße geben, den Anderen als jemand Einzigartigen sehen und folglich als jemanden, der etwas zu geben hat, einander nicht überfordern. Das bedeutet es, einander wahrzunehmen. So schaffen wir Raum füreinander und können so beieinander zu Gast sein.

Ich spitze das nun auf zwei Punkte zu, die im Zusammenhang mit dem Aufbau einer gastfreundlichen Gemeinde von besonderem Belang sind.

a. Menschen nur mit Aufgaben betrauen, für die sie begabt sind

Menschen ernst zu nehmen bedeutet sie nicht zu überfordern. Weder dadurch, dass man zuviel von ihnen verlangt, noch dadurch, dass man von ihnen Dinge verlangt, die ihnen nicht in die Wiege gelegt wurden. Positiv formuliert bedeutet Letzteres, von Menschen nur das zu erwarten, wozu sie begabt sind. Was bedeutet dieses "Begabt-Sein"? Ich will das durch zwei Geschichten verdeutlichen.

Als meine Mutter heiratete, zog sie in "die Stadt": Groningen. Bis dahin hatte sie das Schuhgeschäft meiner Großeltern geleitet. Diese Leitung ging nun in die Hände ihres Bruders über. "Das geht schief", wusste meine Mutter, "denn Wim hat dafür keine Begabung." Und so war's auch. Nicht weil Wim alles schleifen ließ, im Gegenteil, sondern weil die Arbeit nicht zu ihm passte. Er konnte es einfach nicht, hatte keine Freude daran und tat es nicht mit Liebe. Er war nicht dafür begabt, will heißen: Es lag ihm nicht. Ja, und dann geht es schief.

Herr und Frau X, deren Namen ich hier nicht nennen will, wohnen in Blaricum. Jeden Donnerstag haben sie ein offenes Haus, besonders für Singles, "freilaufende Menschen", wie das Ehepaar sie nennt. Darunter auch solche, die es - beispielsweise wegen einer erst kurz zurückliegenden Scheidung - sehr schwer haben. Die Gäste werden ab ca. 17 Uhr empfangen. Ca. um 20 Uhr wird eine Mahlzeit serviert. Immer etwas Besonderes, aber nichts Extravagantes. Das Zusammensein geht in der Regel bis ca. 23 Uhr. "Was sind das für Menschen?" fragte ich einen der regelmäßigen Gäste. "Super gastfreundlich ..., sehr offen, egal wie du aussiehst, du wirst mit einem Wein und etwas zu essen empfangen ...; sie fragen nach dir ..., sie haben ein echtes Interesse an dir .... Die Gäste sind auch aneinander interessiert .... Sie geben sich viel Mühe mit dem Essen .... Sie kocht gerne, und er versteht viel von Wein und sucht ihn mit Sorgfalt aus .... Das Essen ist köstlich, und es ist sehr gemütlich ...." "Und kostet es etwas?" "Nein, sie finden es einfach schön, Gäste zu haben; sie machen das nur, weil sie dafür eine Begabung haben." Ja, so geht das gut.

So fungiert dieses Haus einfach als Herberge am Weg!

Die Botschaft ist klar: Bei der Gestaltung der gastfreundlichen Gemeinde - oder allgemeiner beim Gemeindeaufbau - müssen wir von dem ausgehen, wozu Menschen begabt sind. Deshalb z.B. eine Mahlzeit dort anbieten, wo es Gemeindeglieder gibt, die gerne für eine Gruppe kochen; Hausaufgabenhilfe dort anbieten, wo Menschen ihre Erfahrungen als Lehrer fruchtbar machen wollen (wie z.B. in Amsterdam); eine Kinderkrippe für allein stehende Berufstätige dort einrichten, wo es schade ist, dass der Gemeindesaal immer leer steht (Amersfoort) usw.

Kurz: dort anknüpfen, wo Menschen Begabungen haben.

Das ist besonders wichtig, wenn es um Gastfreundschaft geht. Denn das erfordert größte Sorgfalt.

Nicht jeder hat die Gabe, Gastgeberin zu sein, also sollten wir ihn auch nicht dazu auffordern. Das würde eine Überforderung. Obwohl wir auch in einer Rolle wachsen können. Der Titel, den Frederiek Lunshof ihrer Schrift über Gastfreundschaft gab, ist Programm: Oefenen in gastvrijheid (Einübung in die Gastfreundschaft). Dabei kann auch der Pastor eine Rolle spielen, zumindest wenn sie ihre Aufgabe in der Zurüstung von Freiwilligen sieht. Darauf komme ich in 3.5 zurück.

Wir sollten also von Menschen nur verlangen, wozu sie begabt sind. Ich hoffe mit meinen Beispielen deutlich gemacht zu haben, dass dieses etwas Anderes ist als "just for fun". Es bedeutet: von Menschen nichts verlangen, wozu sie nicht begabt sind, was nicht zu ihnen passt. Anders gesagt: wozu sie nicht die Gabe empfangen haben. Im Interesse dieser Menschen und im Interesse des Aufbaus einer gastfreundlichen Gemeinde. Denn sonst geht es schief. Das kennen wir doch aus der Praxis oder nicht?

Dazu kommt noch ein zweiter, hiermit verwandter Punkt. Eine Voraussetzung für das Gelingen ist zugleich, von der Gemeinde als Ganzer und einzelnen Menschen nicht mehr Zeit zu fordern, als sie haben. Jemand sagte einmal: "Wenn du mehr tust, als du eigentlich kannst, dann tust du das Mehr nicht für Gott." Für wen dann, fragt man sich. Jedenfalls ist es so, dass wir nicht so tun müssen, als hätten wir zehn Talente empfangen, wenn wir nur ein Talent haben.

Allerdings sollten wir auch wiederum nicht zu schnell sagen, dass wir keine Zeit haben. Wenn wir klar Prioritäten zu setzen wagen, wird vielleicht Zeit frei. Und wenn wir von den Prioritäten her die bestehende Arbeit kritisch evaluieren - und daraus dann auch Konsequenzen zu ziehen wagen -, kann noch mehr Zeit freigesetzt werden. Es ist doch oft typisch für Gemeinden, dass sie immer neue

Gruppen bilden, aber niemals alte Gruppen auflösen. Weniger Sitzungen von weniger Menschen sind hilfreich.
Kurz: Menschen nicht unter Druck setzen, weder qualitativ durch Belastung mit Dingen, an denen ihr Herz gar nicht hängt, noch quantitativ durch die Forderung nach mehr Zeit, als sie haben. So schaffen wir Raum füreinander.

b. Widerstände ernst nehmen

Ich setze nun voraus, dass in einer Gemeinde oder Gruppe die Stimmung herrscht: "Wir machen uns auf den Weg, um zu versuchen, unserer Gemeinde (Gruppe) den Charakter einer gastfreundlichen Gemeinde zu geben. In diese Richtung wollen wir uns gemeinsam entwickeln."
Es gibt verschiedene Kräfte, die uns in diese Richtung drängen:
- Das Bewusstsein, dass es so wie bisher nicht weitergeht,
- das Bild einer Gemeinde als Herberge in einer für viele ziemlich ungastlichen Welt inspiriert uns,
- die Überzeugung, dass wir als Gemeinde den Auftrag haben Menschen auf dem Wege zu dienen, damit sie ihre Wanderung mit mehr Freude und besser ausgestattet fortsetzen können,
- das Verlangen nach einem Ort, wo Christen sich gegenseitig in ihrem Einsatz für die Mitmenschen bestärken: in ihrem Engagement im Beruf, im Ehrenamt und in verschiedenen Bewegungen; ein Ort, an dem zugleich den Wächtern, welche die "Alarmglocken läuten", der Rücken gestärkt wird; ein Ort, an dem es um etwas Anderes geht und wo es anders zugeht, als oft andernorts in der Welt.

Aber es ist gut sich bewusst zu machen, dass es zugleich auch Kräfte gibt, die uns hindern, in Gang zu kommen:
- Angst, überfordert zu werden. Dafür gibt es alle Gründe. Wir wurden beispielsweise gebeten, als Kontaktpersonen die

"eigenen" Gemeindeglieder zu besuchen. Im Zusammenhang der gastfreundlichen Gemeinde werden nun "plötzlich" ganz andere Anforderungen gestellt. Nun wird von uns z.b. erwartet, dass wir „Gäste", Fremde, besuchen! Oder allgemeiner: Heutzutage wird möglicherweise hauptsächlich erwartet sich auf die Mitglieder der eigenen Gemeinde zu konzentrieren; im Zusammenhang der gastfreundlichen Gemeinde wird erwartet, der "Schar" der Außenstehenden (Noordmans, 1946) Vorrang einzuräumen. Das erfordert von Freiwilligen und Gemeindegliedern eine ganz andere Richtung und ganz andere Fertigkeiten (Staf Hellemans). Daher die Frage: "Danach hat man uns damals doch nicht gefragt. Können wir das eigentlich?" (Etwas Ähnliches gilt auch für den Pastor, wie wir in 3.5 sehen werden.)

- Angst, in dieser Zeit des Schwundes auch noch diejenigen zu verlieren, die der Gemeinde heute noch die Treue halten. Man weiß, was man hat; soll man auf das setzen, was man vielleicht bekommt? Darum: keine Experimente!
- Unsicherheit, die gastfreundliche Gemeinde noch nicht klar vor Augen zu haben; was bedeutet sie denn genau?
- Furcht, dass es (mal wieder) nicht klappt; und was haben wir nicht alles schon versucht?
- Zweifel daran, ob es überhaupt Gäste gibt; ist wirklich Bedarf an solch einer Gemeinde?
- Die Frage, woher wir die Zeit, den Mut und den Sachverstand nehmen sollen.
- Unsicherheit, weil wir die Konsequenzen nicht überblicken können; man weiß, was man hat, aber man muss abwarten, was man bekommt.
- Unwille die altvertraute Situation aufzugeben, die Situation, in der wir das Sagen haben, in der wir - gewöhnlich stillschweigend - bestimmen, was normal ist und in der die Anderen sich anpassen müssen. Natürlich sind sie willkommen; je mehr

Seelen, desto mehr Freude, aber, bitte, im Rahmen des uns selbstverständlichen Lebensstiles: "So machen wir das hier nun einmal!"
- Widerstände, weil nicht jeder gehört wurde oder seine Meinung sagen durfte. Genau dann, wenn "es" soweit ist, gibt es auf einmal verschiedene Widersprüche aus der Gemeinde.

Kurzum: In jeder Situation wirken zugleich treibende Kräfte und Widerstände. Es lohnt sich, dieses in ein Bild zu bringen, z.B. im folgenden Schema 2:

Schema 2: Das Kraftfeld von treibenden und hemmenden Kräften

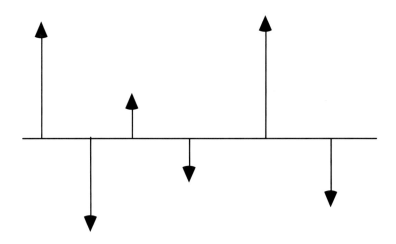

Die horizontale Linie symbolisiert die bestehende Situation. Die treibenden und hemmenden Kräfte gebe ich durch Pfeile wieder. Die Länge der Pfeile steht für die Intensität der Kraft: je länger ein Pfeil desto stärker die Kraft. Nach oben streben die treibenden Kräfte, nach unten ziehen die hemmenden Kräfte.

In der gastfreundlichen Gemeinde werden Widerstände und Menschen, die sie zur Sprache bringen, ernst genommen. Damit unterstreichen und illustrieren wir, dass es uns mit einem zentralen Kennzeichen der gastfreundlichen Gemeinde - Menschen als Subjekt ernst zu nehmen - ernst ist. Diese Menschen sind nicht lästig, sondern wertvoll. Sie erinnern uns an das Sprichwort: erst denken, dann handeln. Widerstände ernst zu nehmen bedeutet der Frage nachzugehen, ob sie aufgelöst oder jedenfalls vermindert werden können.

Ist beispielsweise Zeitmangel ein entscheidender Widerstand, sollten wir der Frage nachgehen, wie wir dafür eine Lösung finden (bestehende Arbeit verschlanken, sich bewusst machen, dass Gastfreundschaft nicht impliziert andere Dinge zu tun, sondern Dinge anders zu tun). Besteht der Hauptpunkt darin, dass wir uns die gastfreundliche Gemeinde nicht konkret vorstellen können, sollten wir einmal Gemeinden besuchen, die schon länger unterwegs sind. Kapitel 2 macht eine Kontaktaufnahme möglich. Sie können anderen Gemeinden, die unterwegs sind, auch begegnen, indem sie die virtuelle Herberge besuchen (siehe Kapitel 6).

3.3 Vertrauen haben - und so Raum schaffen für eine Begegnung mit dem "Ganz Anderen"

Für eine gute Wanderung ist Vertrauen eine Voraussetzung. Sich entspannt, in aller Ruhe, in gutem Vertrauen auf den Weg machen. Insbesondere in dem Bewusstsein, dass wir nicht alleine sind. Das klingt fromm. Deutlicher noch: das ist fromm. Es geht nämlich um den klassischen Ausspruch: "Geh mit Gott!" So sind wir bei ihm zu Gast.

Dass wir nicht alleine sind, wussten wir schon. Es gibt nämlich kaum ein Buch über Gemeindeaufbau, in dem nicht an Psalm 127,1 erinnert wird: "Wenn der HErr nicht das Haus baut, so arbeiten umsonst, die daran bauen." Jedenfalls im "Vorwort". In einer modernen Version findet es sich bei Hans Pasveer, der mit bei Ed de la Torre entliehenen Worten sagt:

> Was können wir anderes
> als Reisig sammeln,
> Feuerholz lesen,
> während wir
> auf den Funken warten.

Diese Worte geben den Charakter des Gemeindeaufbaus treffend wieder. Unsere Aktivität - das Sammeln von Feuerholz - ist notwendig und nützlich, aber der Funke muss von anderer Stelle kommen.

Als Lippenbekenntnis klingt das schön. Aber was bedeutet es in der Praxis? Darauf kommt es doch an. Dass es da funktioniert, hat meiner Beobachtung nach mit einem Verhalten zu tun, das durch Vertrauen gekennzeichnet ist. Das ist ein Grundbegriff, vielleicht der Grundbegriff für den Gemeindeaufbau überhaupt (Strunk). Vertrauen bedeutet aus dem Bewusstsein zu leben, dass der Aufbau der Gemeinde nicht in erster Linie von unserem Einsatz abhängt. Theologisch ausgedrückt sagen wir dann, dass Gott das eigentliche Subjekt des Gemeindeaufbaus ist.

Mehr als jede dogmatische Erörterung kann eine Anekdote verdeutlichen, was das heißt. Es gibt die Geschichte, dass Papst Johannes XXIII am Abend des ersten Tages, nachdem er als Papst eingesetzt war, keinen Schlaf fand. Alle Probleme der Weltkirche bedrängten ihn. Er machte in dieser Nacht kein Auge zu. Am nächsten Morgen stand er früh auf und machte sich ans Werk. Am Abend des zweiten Tages war er todmüde. Also ging er früh zu Bett. Wieder konnte er keinen Schlaf finden, mit Unruhe erfüllt von den

Problemen, die er lösen musste. Da bedachte er sich und sagte: "Herr Gott, das ist deine Kirche, ich gehe jetzt schlafen." Ich bin nicht dabei gewesen, aber ich stelle mir vor, dass für ihn Psalm 3 in Erfüllung ging, der - wie für ihn gemacht - in seiner ältesten protestantischen Umdichtung lautet:

> Er lag und schlief in Ruh'
> des HErren Treu bewusst,
> bis er erfrischt erwacht'.

Vertrauen. Was das praktisch bedeutet, klingt aus einem Bericht der Parochie der Emmaus-Jünger in Ijsselmonde (Rotterdam) heraus. Es ist eine enthusiastische Gemeinschaft, die lebt und blüht. Aber gelegentlich kommt auch hier Zweifel auf. "Schließlich, Ijsselmonde braust, aber dennoch, ab und zu hört man sagen: ‚Es braust zwar jetzt noch, aber was, wenn einmal keine Freiwilligen mehr da sind?' Dann müssen wir es anders machen, aber wir singen weiter: Dein ist die Zukunft, komme, was da wolle!'" Diese Worte sind ihnen "sehr, sehr teuer, denn wir glauben wirklich, dass unsere Glaubensgemeinschaft eine Zukunft hat."

Aber wenn Vertrauen eine Voraussetzung ist, wie gewinnen wir es? "Es muss gegeben werden." Sehr fromm wiederum, aber besonders für die Aktivisten unter uns ebenso wahr. Das Einzige, was wir tun können und daher auch tun müssen, ist: Voraussetzungen schaffen und auf den Funken warten. Bei Voraussetzungen schaffen denke ich an Folgende:

- Ruhe bewahren. Sich bewusst werden, dass Geduld in der Gemeinde eine genauso wichtige Eigenschaft ist wie die Bereitschaft zum Einsatz und Ruhe ebenso wesentlich ist wie die Arbeit (Luttikhuis 2002, 79). "Besser eine Hand voll Ruhe als beide Fäuste voll Mühe und Haschen nach Wind" (Koh 4,6). Ruhig (!) sich Zeit nehmen für ein Gespräch von Herz zu Herz

über unsere Sorgen und unsere Sehnsucht. Und so beieinander zu Gast sein. Also weder lockerlassen noch wie ein Irrer gegen Hindernisse anrennen.
- Unsere manchmal sehr aufgeregte Aktion mit Ruhe und Stille abwechseln. Wieder können wir bei der Parochie der Emmaus-Jünger lernen. "Jeden ersten Mittwoch im Monat halten wir Stille in unserem Gemeindezentrum. Dann gibt es keine Versammlungen, keine Treffen, gar nichts, nur Stille. Gemeindeglieder treffen sich zu einem Meditationsabend."
- Aktion abwechseln mit gottesdienstlichem Feiern.

Auf diesen letzten Punkt komme ich gleich noch zurück.

3.4 SICH FÜR EINE GEMEINSAME GEISTLICHE WANDERUNG ENTSCHEIDEN

Hier geht es meiner Meinung nach um zweierlei: um die Wahl der Methode und um den Stellenwert der (gottesdienstlichen) Feier im Aufbauprozess. Dazu einige Anmerkungen.

a. "The medium is the message"

Es gibt verschiedene Wege, die man als Methoden des Gemeindeaufbaus unterscheiden kann: der Weg der Aktion, die "organisierte Reise" (Warte mal ab, was die Leitung und die Experten sich ausgedacht haben!), und die gemeinsame Wanderung. Welchen Weg wählen wir? Meiner Meinung nach den Weg, der zum Ziel passt, das hier nun mal die Entwicklung einer gastfreundlichen Gemeinde ist. Und passend ist ein Weg, wenn die Ausgangspunkte des Weges mit den Zielpunkten harmonieren. So kommt also am ehesten die gemeinsame Wanderung in Betracht. Denn diese schafft Raum für

den Gast, füreinander und für die mögliche Begegnung mit dem "ganz Anderen".
Also entscheide ich mich für die gemeinsame Wanderung. Sie kann kurz wie folgt charakterisiert werden:
- Das Ergebnis ist ungewiss.
- Die Richtungsbestimmung ist vorläufig.
- Ihre Dynamik beruht auf Vertrauen.
- Es gibt eine weite Zielsetzung: Raum schaffen für Gäste, füreinander und für Gott.
- Mit Blick darauf kommen Menschen in seinem Namen zusammen.
- Die Weggefährten gehen miteinander um "wie jemand mit seinem Freund".
- Die Pfarrerin fungiert als Coach (siehe 3.5).
- Ruhe und Einsatz wechseln einander ab.
- Jeder, der will, ist herzlich eingeladen mitzuwandern.
- Jeder, der will, kann mitbestimmen.
- Beschlüsse werden prinzipiell im Konsens getroffen.
- So kommt man weiter. Einmütig. Jedenfalls in der Regel.
- Es ist auch möglich, dass sich die Wege trennen.

Das sehen wir in der Praxis auch geschehen. So kommt es regelmäßig vor, dass einige Gemeindeglieder sich nicht dazu überwinden können, den Weg zur offenen Gemeinde mitzugehen. Andererseits gibt es auch solche, die durch die Entwicklung angezogen werden. Sie fühlen sich zwar beispielsweise nicht begabt, Presbyter zu werden, aber durchaus dafür, Gastgeberinnen zu sein in einer "Offenen Tür" oder im Kirchencafé. Eine wirklich gastfreundliche Gemeinde sollte Menschen, die sich mit der Entwicklung nicht abfinden können, deshalb - falls gewünscht – helfen eine Gemeinde zu finden, in der sie von Herzen mitmachen können. Diese Entwicklung ist zwar nicht ideal, aber auch nicht dramatisch, jedenfalls solange die verschiedenen Gemeinden miteinander in einem sinnvollen Verbund stehen und einander als einen unverzichtbaren Teil des einen Leibes (1 Kor 12) ansehen. In aller Nüchternheit sollten wir übrigens feststellen, dass ein solcher "Grenzverkehr" allgemein üblich ist - in der Großstadt wie auf dem Lande. Das ergibt sich aus der Pluralität und der Profilierung von Gemeinden.

Aber gehen wir weiter. Während der gesamten Wanderung steht die Tradition zur Verfügung als depositum fidei, als Vorratskammer, aus der genommen werden kann, besonders in Momenten, in denen wir vor Entscheidungen stehen.
Ein Gespräch über die Tradition geht also nicht der Wanderung voraus, sondern findet während der Wanderung immer wieder statt. Das ist gemeint, wenn wir von der Gemeinde als lernender Gemeinde sprechen. Ausgangspunkt dafür ist nicht die Frage nach dem "Wie", sondern sind Fragen nach dem "Warum" und "Wozu". Die erste Frage lautet also nicht: Wie gestalten wir eine "Offene Tür", ein Kirchencafé, einen gastfreundlichen Gottesdienst usw.. Primär geht es um die Fragen: Warum sollten wir das tun (d.h. Was hat es mit dem, wer wir sind, zu tun?) und wozu sollten wir das tun (d.h. Was hat es mit unserem Auftrag zu tun?).
Das bedeutet dass wir uns immer wieder zu den beiden Identitätsfragen rückkoppeln.
So werden wir im Vollzug weiser.
Dieser Weg ist selbst - wenn alles gut geht - eine geistliche Wanderung.
Dabei steht der HErr - hoffentlich – nicht am Ende des Weges, sondern ist derjenige, mit dem während der Wanderung gerechnet wird, auf den gehofft wird. Und dessen Anwesenheit auch unterwegs gefeiert wird. Das geht wieder einher mit Ritualen, mit der Mahlfeier und dem Gebet. Letzteres - soweit es mich betrifft - im Geiste von

Den Dulk, der in Anlehnung an Num 10 anmerkt: "Wir können nicht von hier weggehen, wenn Du nicht mit uns ausziehst, und wir können hier nicht siedeln, wenn Du nicht zu uns an diesen Ort kommst."
So können Gemeindeglieder, ja, sogar Fremde und Beisassen, wachsen und reifen in ihrem Dienst und in ihrer Offenheit gegenüber der Gesellschaft, sie können Gemeinschaft erfahren und in alledem etwas von Gott spüren.
Die gemeinsame geistliche Wanderung ist, so gestaltet, weniger ein Weg zu neuer Identität, sondern die Identität liegt im Begehen dieses Weges. So wurden Christen ja auch ursprünglich bezeichnet: Menschen des Weges.
Gastfreundschaft steht für das Schaffen von Raum für Gott und Menschen. Der Raum kennzeichnet also nicht nur die Herberge, sondern ebenso sehr den Weg dorthin. So arbeiten wir nicht nur am Aufbau der Herberge, sondern erfahren sie auch - unterwegs!
In der Tat: "The medium is the message."

> Beiläufig merke ich noch an, dass der Weg des gemeinsamen Lernens (die gemeinsame Wanderung) auch für die Landeskirche der effizienteste und legitime Weg ist. Ich sage das ausdrücklich, weil einige meinen, dass dieser Weg nur in kleinen Gruppen und übersichtlichen Gemeinden begehbar sei. Damit machen sie aus Gemeindeaufbau etwas Hausbackenes und setzen die Landeskirche auf ein totes Gleis. Die jüngere Geschichte zeigt das auch. Der Weg einer Aktion wie der, den der IKV[7] geht, besonders in der Diskussion über die Cruise Missiles, ist augenscheinlich eine Sackgasse. Er lief auf einen heftigen Win-Loose-Konflikt hinaus. Das braucht nicht zu verwundern, denn eine Gesinnungsänderung kann nicht mit

---

[7]Interkerkelijke Vredesberaad, Zwischenkirchlicher Friedensrat, Koordinationsgremium der kirchlichen Friedensbewegung in den Niederlanden

Machtmitteln erzwungen werden. Auch der Weg der Manager (populär gesagt: die organisierte Reise) ist in unserer Zeit unbegehbar. Das hat die Synode der SoW-Kirchen gerade wieder erfahren müssen. Sie gab eine Stellungnahme "namens" dieser Gemeinden zum Thema "Sterbehilfe" ab. Binnen kurzem war eine Gruppe von hundert Pfarrer/-innen mobilisiert, die eine deutliche Gegendarstellung abgaben. Klar ist, dass solch ein Weg zu nichts führt. Der einzige Weg ist die gemeinsame Wanderung. Nur dieser Weg nimmt Mensch und Sache in gleicher Weise ernst. Dass dieser Weg auch für eine Kirche begehbar ist, beweist die Römisch-Katholische Kirche in den USA. Diese Kirche kam auf diesem Weg zu einer von allen dortigen Katholiken geteilten Stellungnahme zur Friedensfrage und zu wirtschaftlichen Themen. "Dank dieses Prozedere erreichten die Bischöfe ein hohes Maß an Übereinstimmung untereinander und unter den amerikanischen Katholiken, wobei nicht aus dem Auge verloren wurde, dass ihr Beitrag zur nationalen Debatte Überzeugungskraft gewann sowohl aus dem faktischen Inhalt des Briefes, als auch durch die faktische Übereinstimmung in breiten Teilen der Glaubensgemeinschaft" (Eduard Kimman).

b. Aktion und (gottesdienstliches) Feiern. Der Aufbauprozess ist eine geistliche Bewegung wie Ebbe und Flut.

Der Aufbau der gastfreundlichen Gemeinde muss, wie jeder Aufbauprozess, eine Einheit von zwei Polen sein, die in der Praxis mit unterschiedlichen Begriffspaaren bezeichnet werden: arbeiten und feiern, bauen und Pause einhalten (Den Dulk), "koinonia as a calling and koinonia as a gift" (Gassmann, WCC), empfangen und austeilen (Zulehner), ora et labora.
Es ist eine ständige Bewegung wie von Ebbe und Flut.
Arbeiten und (gottesdienstliches) Feiern. Beides ist gemeint.

Wir engagieren uns für den Aufbau einer gastfreundlichen Gemeinde, das will heißen: Wir versuchen uns für Gäste zu öffnen, beieinander zu Gast zu sein und uns der Tatsache bewusst zu bleiben, dass wir selbst Gäste Gottes sind. Wir hoffen auf diese dreifaltige Begegnung. Aber diese Begegnung ist nicht nur Zukunftsmusik, wir dürfen diese dreifaltige Begegnung auch feiern.

Die Feier hat keinen besonderen Zweck, sie ist Selbstzweck, kein Mittel zu irgendetwas, sondern selbstgenügsam. Ziellos.

Aber die Begegnung hat erinnernde Effekte. Zumindest kann sie solche haben. Wir werden uns wieder bewusst, dass wir selbst Gäste sind, ja bei Ihm zu Hause sein dürfen. In bestimmter Hinsicht können wir sogar sagen, dass das Exil vorüber ist. "Endlich Zu Hause" (H.Nouwen). Wir können (Ihn) "sehen. Manchmal jedenfalls" (Huub Oosterhuis), und können überrascht feststellen: "Da ist Er wieder!" (C.A. van Peursen).

Dazu müssen noch zwei Anmerkungen gemacht werden:

Zunächst: Es ist kennzeichnend für die gastfreundliche Gemeinde, dass auch das Feiern selbst ein gastfreundliches Geschehen ist. Das bedeutet dass auch hier ein Partizipationsraum geschaffen wird. Das impliziert, dass Menschen herzlich eingeladen werden, und zwar nicht nur um anwesend zu sein und teilzuhaben, sondern auch um mitzuwirken. Dem Gast wird die Gelegenheit gegeben Gastgeberin zu werden, sie oder er bekommt Raum, nicht nur Herbergsbesucher zu sein, sondern auch - wenn er sich dazu berufen fühlt - als Kellner in der Herberge Dienst zu tun. Wirkliche Gastfreundschaft impliziert ja, dass Gäste auch im Gottesdienst eine aktive Rolle spielen dürfen gemäß dem uralten Bild, das Paulus, wie ich früher schon bemerkte, vom Gottesdienst zeichnete: "Wenn ihr zusammenkommt, so hat ein jeder einen Psalm, er hat eine Lehre, er hat eine Offenbarung, er hat eine Zungenrede, er hat eine Auslegung." (1Kor 14,26) Es ist somit Unsinn, unverzüglich nach dem Priester oder dem Pfarrer zu schielen, sobald ein Gottesdienst in Sicht ist.

Überhaupt sollten wir bei dem gottesdienstlichen Feiern nicht immer nur an den sonntäglichen Gottesdienst denken, sondern genauso an andere Versammlungen von großen und kleinen, dauerhaften und spontanen Gruppen. Versuche nicht, alles in die Liturgie einzubringen, aber bringe in alles eine Liturgie. Dann verändern auch die kleinen Gruppen ihren Charakter: Arbeitsgruppen werden Gemeindegruppen, und funktionale Gruppen werden ekklesiale Gruppen[8].

3.5 Eine inspirierte Pastorin als Coach

Zum Aufbau einer gastfreundlichen Gemeinde ist eine Pastorin notwendig. Damit meine ich natürlich ebenso Gemeinde- oder Pastoralreferenten, wie sie in der katholischen Kirche genannt werden, als auch Priester und Pfarrerinnen. So jemand wird gebraucht. Die Beispiele, die ich im letzten Kapitel genannt habe und im folgenden Kapitel noch nennen werde, unterstreichen das.

> Wir sollten das jedoch nicht überzeichnen. Und wir übertreiben, wenn wir den Pastor als den wichtigsten, wenn nicht gar als den einzig wichtigen Faktor betrachten. Einer solchen Vorstellung begegnet man heute hier und da. Das war auch schon einmal anders. Es kann sogar gesagt werden, dass jede Zeit ihre eigene Vorstellung davon hat, was der wichtigste Faktor bei der Gemeindeerneuerung ist. Z.B. wurde in den Niederlanden der vierziger Jahre diese Rolle der Spiritualität zugedacht. Am deutlichsten hat das vielleicht Hendrik Kraemer zum Ausdruck gebracht. Er rief zu einem "Zurück

---

[8] „ekklesial" nenne ich Gruppen, die alle drei Dimensionen von „ekklesia" (griech. Kirche) in sich tragen: Umgang mit Gott, Gemeinschaft und Diakonie.

zu den Wurzeln" und zu einem "Auftauen der zugefrorenen Quellen" auf. In den fünfziger Jahren wurde alle Aufmerksamkeit auf Gemeinschaft und die kleine Gruppe gerichtet. Dann folgten die sechziger Jahre. In ihnen ging es um Mission und die missionarische Struktur der Gemeinde. Danach wurde das "normale Gemeindeglied" wieder entdeckt, die Gabe des allgemeinen Priestertums. Wenn das nur wertgeschätzt werden würde, dann könne man was erleben. Aber auch diese Hoffnung verflog. Und es wurde ein neues Paradigma gefunden: Identität. Jede Gemeinde soll ein Auftragsprofil entwickeln. Darin sei das Heil verborgen. Danach wurde es unübersichtlicher. Die Aspekte purzelten durcheinander. Nach einem halben Jahrhundert sind wir nun wieder zurück bei der Spiritualität, es heißt nun nicht mehr "zurück zu den Wurzeln", sondern "zu den Quellen". Besonders in evangelikalen Kreisen werden Gemeinschaft und die kleine Gruppe wieder entdeckt. Und ebenso wird ein neuer und eigentlich alter Punkt wiederentdeckt: Leitung. "Das ein oder andere Menschlein, aus dem Staub erhoben" (Calvin), der Pastor also, soll das Schiff vor dem Sinken bewahren. Alles nur vorläufig, denn das Glücksrad dreht sich weiter. Offensichtlich muss noch immer gelernt werden, bei Gemeinde an Glieder eines Systems zu denken, in dem alle Elemente in gegenseitiger Abhängigkeit miteinander verbunden sind und daher zusammen als Einheit aufgefasst werden müssen.

Die Pastorin ist wichtig, sogar unverzichtbar. Das steht außer Frage. Aber mit dieser Feststellung sind wir noch nicht am Ziel. Ja, auch wenn es unhöflich klingt, muss doch gesagt werden, dass bestimmte Pastoren die Entwicklung einer gastfreundlichen Gemeinde eher bremsen als fördern. Die große Frage ist also, welcher Typ Pastor der Entwicklung einer offenen Gemeinde dient. Jedenfalls nicht jeder Pastor!

In aller Vorsicht und Bescheidenheit meine ich sagen zu dürfen, dass eine Pastorin vor allem dann für die offene Gemeinde wertvoll ist, wenn sie oder er dem folgenden Profil entspricht:
1) Die Pastorin ist ergriffen von der Vision einer offenen, gastfreundlichen Gemeinde. Es reicht also nicht, wenn die Pastorin sich wohlwollend auch dafür einsetzen will. Es geht um ein tiefes und kräftiges Verlangen. Dieses Verlangen ist essentiell. Das wird auch von der Organisationsentwicklung so gesehen. So sagt Antoine de Saint Exupery: "Wenn Du ein Schiff bauen willst, versammle keine Menschen, um Holz heranzuschleppen, Planskizzen zu machen, Aufgaben zu verteilen und die Arbeit einzuteilen. Sondern lehre die Menschen das Verlangen nach dem endlosen Meer". Verlangen ist auf Zukunft ausgerichtet. Zurückschauen auf früher ist kein Verlangen, sondern Heimweh.
Dabei geht es nicht um Verlangen an sich, sondern um geistliches Verlangen. Das Verlangen ist unser Verlangen, aber zugleich ist es auch nicht unseres, weil es in uns geweckt wurde. Wie Anselm Grün es sagt: "In seinem Verlangen berührt (der Mensch) Gott. Das Verlangen ist die Spur, die Er selbst in unser Herz gelegt hat. Wenn wir unser Verlangen fühlen, spüren und erfahren wir seine Liebe mitten in der Kälte und Dunkelheit dieser Welt" (2003, 185). Das Verlangen hilft, ja bewegt sogar dazu, die vertraute Umgebung und die Sicherheiten loszulassen, welche die bestehende Situation bietet.
2) Die Pastorin ist offen für Gäste. Das sind oft -, um es burschikos zu sagen, - Randsiedler und Außenstehende hinsichtlich der Gemeinde. Für sie offen zu sein, schließt ein, dass die Pastorin in ihrer Welt zu Hause ist. Also nicht nur als Gastgeber/-in für sie erreichbar ist, sondern selbst Gast ist in ihrer und unserer Welt, d.h. in einer Welt der Individualisierung und Säkularisierung. Für die Pastorin gilt damit, was auch für die offene Gemeinde selbst gilt. Dort bedeutet Gastfreundschaft - wie gesagt – eine Begegnung in der doppelten Bedeutung von: sich zeigen und - im Zusammenhang

damit - auch bei sich die Frage zulassen: "Was glaube ich eigentlich selbst?" In Bezug darauf erlaube ich mir ein langes Zitat von Jaap Firet: "Es ist unmöglich, Pastor zu sein, und unmöglich, der Verkündigung des Evangeliums zu dienen - besonders sofern das in einer säkularisierten Welt geschehen muss! -, wenn wir uns nicht in völliger Ehrlichkeit selbst dieser Frage stellen. Das kann ein schmerzhaftes Unterfangen sein. Manchmal entdecke ich, dass ich nicht nur in einer säkularisierten Welt lebe, sondern dass diese Welt auch in mir lebt, dass ich selbst säkularisiert bin. Manchmal merke ich, dass ich vielleicht nicht gerade areligiös bin, aber dass ich ebenfalls nur wenig oder nichts glaube. Und manchmal spüre ich wohl, dass ich wirklich glaube, aber ich fühle mich sehr areligiös. Ich brauche wohl nicht damit fortzufahren, Ihnen zu erzählen, wem ich so nach und nach in mir begegne. Aber das habe ich entdeckt: In einem Zeitraum, in dem ich nicht dazu komme oder mir die Mühe mache, mich darauf zu besinnen: ‚Was glaube ich wirklich? d.h. so, dass ich mit meinem Leben daran hänge' (D.Bonhoeffer), in solch einer Periode ist es mit meinem Dienst an der Verkündigung des Evangeliums nicht weit her.

Es geht bei dieser Angelegenheit nicht in erster Linie um persönliche und professionelle Redlichkeit und Integrität (darum geht es zwar auch!). Es geht vor allem darum, dass ich bisweilen entdecke, dass ich ebenfalls ein Schaf ohne Hirten bin, ein Mensch, der in sich selbst keinen Halt findet, aber dass ich lebe aus der Barmherzigkeit des HErrn, und dass ich lebe vor seinem Angesicht" (Firet 1989).

So kann die Pastorin sich mit Anderen nach Emmaus aufmachen, nicht als unverhoffter Gast, sondern als eine der beiden Jünger.

3) Die Pastorin muss die "Begabung" haben, auf "Mensch" und "Sache" volles Gewicht zu legen. Das impliziert, dass sie eine bestimmte Einstellung und eine bestimmte Rollenauffassung hat. In der Organisationsentwicklung wird unterschieden zwischen dem Experten, dem Agogen und dem Lehrer. Mit Begriffen, die der

Seelsorge entliehen sind, könnten wir auch sprechen von dem Verkündiger, dem Therapeuten und dem Hermeneuten (Heitink, 1998). Der erste weiß, wie "es" geht, und gibt - gefragt oder ungefragt – Antworten; der zweite hört sehr aufmerksam zu, offenbart sich aber nicht; der dritte akzeptiert den Menschen als Mitmenschen und zeigt sich. Er lässt Freiraum und konfrontiert. Das tut er bevorzugt durch die Schaffung von Lernsituationen (so haben es Organisationsentwickler wie Zwart und Theologen wie Firet und Haarsma dargelegt). Natürlich lässt eine solche Pastorin den Anderen nicht hängen, wenn er allein nicht zurechtkommt. Aber sie zieht die aufdeckende Frage der wissenschaftlichen Antwort vor, bevorzugt die Geschichte gegenüber der (dogmatischen) Abhandlung. Und warum? Weil Fragen und Geschichten dem Menschen und der Sache am ehesten gerecht werden. So passt diese Pastorin harmonisch zur offenen Gemeinde.

Wenn wir die Arbeitsweise dieser Pastorin mit dem Theater vergleichen, dann ist diese Frau oder dieser Mann nicht Hauptakteur, sondern Souffleur. Oder in einem anderen Kontext: Coach. Auch wenn es die Voraussetzungen für diese Arbeitsweise momentan noch nicht gibt, so arbeitet er doch in dieser Richtung.

4) Diese Pastorin ist nicht irgendein Coach, sondern eine, die Vertrauen hat und daher loslassen kann. Diese Kunst kann sie sich abgucken bei dem Vater aus der Geschichte, die „Gleichnis vom verlorenen Sohn" heißt. Zu Unrecht übrigens. Die Hauptperson ist ja nicht der Sohn, der sich absetzt, sondern der Vater, der loslassen kann, nicht aus Gleichgültigkeit - "das musst du selbst wissen, ich hab dich gewarnt" -, sondern aus Respekt und aus Liebe. Er gönnt seinem Sohn den Raum. Aber er hofft auf seine Rückkehr. Er schaut nach ihm aus, aber er folgt ihm nicht lästig und reist ihm nicht nach. Seine Haltung ist ein Beispiel für das, was Friedman "non anxious presence" nennt.

5) Die Pastorin sieht sich selbst als Zurüsterin von Freiwilligen. Diese Charakterisierung des Pastors als Lehrer wird darin deutlich, wie er sich zu Freiwilligen verhält. Dieser Pastor übernimmt nicht die Aufgabe der Freiwilligen, geschweige denn, dass er sie aus ihren Positionen verdrängt, sondern er schafft Raum für sie. Der Pastor versteht sich nicht als ihr Herr, sondern als ihr Zurüster. Und Zurüstung hat als Hauptaufgabe Beteiligungsmöglichkeiten zu vergrößern. Diesen Akzent bei der Aufgabe der Zurüstung sehen wir übrigens in allen nach außen gerichteten Strömungen des Gemeindeaufbaus, von der missionarischen bis zur evangelikalen Richtung.

> Ein gutes Beispiel dafür ist die Arbeit von Pfarrer Roel van Oosten. Im Zusammenhang seiner Ausbildung zum Seelsorge-Supervisor entwickelte er einen "Kursus Pastorale Vorming van Gemeenteleden" (KPVG = Kurs für die seelsorgerliche Ausbildung von Gemeindegliedern). In diesem Kurs werden Gemeindeglieder nicht zu Hilfskräften des Pastors ausgebildet, sondern dazu, *"einen Teil dessen, was vorher Privileg des Pfarrers war, selbstständig zu übernehmen"* (kursiv J.H.). Er führte diesen Kurs in der Martinus-Kirchengemeinde in Warnsveld durch, - mit Erfolg. "Unterwegs (dafür ist Zeit nötig) bekommen die Gemeindeglieder Vertrauen in das gute Phänomen des 'Seelsorglichen Mitarbeiters'....Meine Aufgabe als Pastor hat sich auch in dem Sinne verändert, dass ich weniger im ausführenden Sinn tätig bin und mehr als Zurüster und Begleiter."

6) Die Pastorin muss zu einem Team passen. Schärfer gesagt, sie muss die Einseitigkeiten und Schwächen eines Teams kompensieren. Das bedeutet dass ein Team zunächst feststellen muss, wo die eigenen Schwächen liegen, und sich erst dann auf die Suche nach einer Pastorin begibt, die den entsprechenden "Mehrwert" hat.

Zusammenfassend können wir sagen, dass die Pastorin, die diesem Profil ungefähr entspricht, die Merkmale von Gastfreundschaft wirklich verkörpert. So ist es kein Wunder, dass gerade solch eine Pastorin den Aufbau einer offenen Gemeinde stimuliert. Zugleich sollten wir uns aber auch dessen bewusst sein, dass es nicht selbstverständlich ist, dass eine Pastorin dem entspricht. Vielleicht wurde sie seinerzeit auf dem Hintergrund eines ganz anderen Profils berufen, in welchem das Wort "Gast" vielleicht gar nicht vorkam und in dem sie nicht als Coach gesehen wurde, sondern als herkömmliche Gemeindeleiterin. Möglicherweise hat sie selbst auch ein ganz anderes Rollenverständnis. Und vielleicht erwartet die Gemeinde auch, dass sie einfach tut, was ein Pastor lange Zeit getan hat: sich um Gemeindeglieder kümmern und ihnen in Predigt, Katechese und Seelsorge den Weg weisen. In einer solchen Situation ohne weiteres von den "Anforderungen" auszugehen, die eine gastfreundliche Gemeinde stellt, kann bedeuten, dass wir die Pastorin überfordern.

3.6 Strukturelle Voraussetzungen

Eine Voraussetzung für eine gute und allmähliche Veränderung zu einer Gemeinde als Herberge am Weg der Menschen ist das Vorhandensein einer unterschiedlich besetzten Gruppe, die im Geist der Werte einer gastfreundlichen Gemeinde weiterdenkt. Das bedeutet zweierlei:

a. Träumer und Macher brauchen einander

Voraussetzung einer guten Wanderung ist, dass verschiedene Menschentypen zusammenarbeiten. In der Organisationslehre werden vier Typen unterschieden:

Träumer: Menschen, die vor Ideen bersten; sie sind besonders gut im Brainstorming,
Denker: Menschen, die ein System als Ganzes wahrnehmen, Zusammenhänge sehen und logisch und sachlich denken,
Planer: Menschen, die Ideen umsetzen in ausführbare Pläne; sie geben dem Ganzen Hand und Fuß,
Macher: Menschen, die vor allem an der Durchführung interessiert sind; darum wird schließlich alles veranstaltet!

> Diese Unterscheidung basiert auf Kolb, Learning by Experience. Selbstverständlich gibt es auch andere Einteilungen, wie die von Meredith Belbin. Diese lasse ich aber im Folgenden beiseite, weil es mir hier vor allem darum geht zu betonen, dass die Verschiedenheit der Gaben zwar auf den ersten Blick lästig und störend ist - auch in dem Sinne, dass Menschen entsprechendes Verhalten als hinderlich erfahren können -, dass aber für den faktischen Prozess Verschiedenheit gebraucht wird.

Diese verschiedenen Typen sind alle nötig. Denn man sagt, dass ein wirklicher Veränderungsprozess vier Stadien durchläuft: Handeln - Träumen - Denken - Planen - und auf dieser Basis aufs Neue handeln, usw.
Dieser Prozess wird oft als ein Kreislauf dargestellt oder, genauer gesagt, als Spirale; der Prozess geht immer weiter.
Wo man in diesen Kreislauf eintritt, ist eigentlich nicht so wichtig. Der Eine beginnt zu handeln, der Andere beginnt zu denken; beide durchlaufen alle Elemente des Prozesses. Darum geht es.
In diesen vier Stadien kommen aufeinander folgend insbesondere die Qualitäten der Macher, der Träumer, der Denker und der Planer zum Vorschein. Es ist sehr wichtig ihnen allen Raum zu geben.

Schema 3: Der Zusammenhang von Träumen - Denken – Planen - Handeln in Veränderungsprozessen

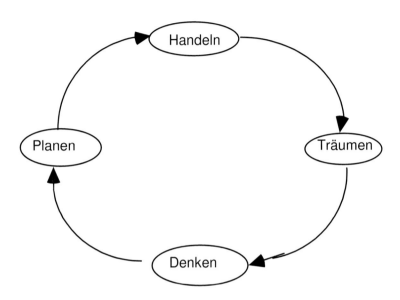

Wir müssen uns dessen bewusst sein, dass all diese Typen besonders wertvoll sind, wenn sie lernen zusammenzuarbeiten. Wehe der Gruppe, die nur oder überwiegend aus Träumern, Denkern, Planern oder Machern besteht. Diese Gruppe kommt nicht weit.

b. Eine Steuerungsgruppe

Es läuft alles nicht von selbst. Die Gefahr der Stagnation und sogar des Rückschritts ist immer gegeben. Ebenso ist es möglich, dass wir allmählich wieder in alte Gewohnheiten zurückfallen. Mit Blick darauf gibt es in der Kirche eine Vorsorge: das Amt. Die Aufgabe des Amtsträgers ist es, die Aufmerksamkeit immer wieder auf den Kern "der Sache" zu richten. Durch Fragen. Sind wir uns dessen

bewusst, dass wir selbst Fremde sind? Sind wir damit befasst, der dreifachen Begegnung Raum zu geben? Es geht hier also um die Identität der Gemeinde. Bei Identität geht es ja - jedenfalls in der Praktischen Theologie - um zwei Fragen: Wer sind wir? und Was ist unsere Berufung? So fungiert das Amt als "eine Sicherung im Stromnetz der Kirche, die anzeigt, wann oder an welchem Punkt die Kirche nicht mehr ‚Kirche' ist" (Firet, 1980, 135).
Leider muss gesagt werden, dass die Amtsträger oft durch andere Dinge in Beschlag genommen werden. Sie sind zu beschäftigt mit Managementaufgaben. Und sie sehen keine Chance dem zu entkommen. Wo das der Fall ist, muss diese Funktion durch eine Steuerungsgruppe übernommen werden. Im Zusammenhang der „Herberge" kann die Aufgabe dieser Steuerungsgruppe folgendermaßen bestimmt werden:
- Ihre Mission: die Aufmerksamkeit auf das Wesen der gastfreundlichen Gemeinde zu richten,
- Ihr Charakter: Dienst, das bedeutet: nötigenfalls helfen (d.h. für Alternativen Raum schaffen) und ermutigen,
- Ihr Stil: gemeinsame Beratung am „Runden Tisch".

Es ist schwierig so zu fungieren, noch dazu weil verschiedene Gruppen allzu schnell die Neigung haben, die Steuerungsgruppe als höheres Organ zu betrachten. Die Steuerungsgruppe wird dann nolens volens in das alte Schema einer traditionellen, hierarchischen Gemeinde gedrängt. Um das zu verhindern ist es wichtig, dass die Steuerungsgruppe ihre Intentionen verdeutlicht und dieses mit ihrem Verhalten unterstreicht. Letzteres kann beispielsweise geschehen, indem die Steuerungsgruppe nicht die anderen Gruppen zu sich einlädt, sondern indem sie diese besucht und so ihr Gast wird.
Andere Aufgaben können sein:
- Aufgaben erfüllen, die für alle relevant sind, z.B. eine Gemeindeversammlung organisieren, bei der ein Bündnis geschlossen werden kann,

- Aktivitäten koordinieren,
- neue Initiativen unternehmen (z.b. eine Gruppe von „Kundschaftern" installieren, die mittels Gesprächen mit Schlüsselfiguren aus Politik, sozialen Einrichtungen, Jugendeinrichtungen usw. verfolgt, woran es im Stadtteil besonders fehlt),
- Öffentlichkeitsarbeit pflegen.

Bei der Zusammenstellung der Steuerungsgruppe sollten folgende Kriterien beachtet werden:
- Ihre Mitglieder müssen von Herzen hinter der Sache stehen, sie müssen eine Begabung dafür haben! (Sie sollten also nicht an den Haaren herbeigezerrt werden.).
- Sie haben Zeit oder machen Zeit für diese Aufgabe frei.
- Sie gehören teils zum Gemeindekern, teils zur "Schar" der Außenstehenden.
- Sie ergänzen einander: Macher, Denker, Träumer, Entscheider.

Die Steuerungsgruppe muss, "soweit es von ihr abhängt", eng mit der Gemeindeleitung zusammenarbeiten.

3.7 ZUSAMMENFASSUNG UND SCHLUSS

Es geht um sechs Faktoren. Nach der Analyse einer großen Zahl von Gemeinden, die sich auf den Weg des Aufbaus einer gastfreundlichen, offenen Gemeinde gemacht haben, ist deutlich, dass es nicht um sechs voneinander unabhängige Faktoren geht, sondern um ein zusammenhängendes Ganzes. Unter diesem Gesichtspunkt kann das Vorstehende wie folgt zusammengefasst werden.

Eine Gemeinde oder eine Gemeindegruppe macht sich gemeinsam auf den Weg (3.4), angetrieben von einem tiefen Verlangen. Dieses Verlangen macht sie zu motivierten, inspirierten und inspirierenden Menschen. Von ihnen geht großer Einfluss aus, besonders wenn dieses Verlangen sich in der Gemeindeleitung (3.5) oder in einer Steuerungsgruppe (3.6) einnistet.

Das Verlangen ist unverzichtbar. Aber es kann auch dazu führen, dass der Prozess entgleitet. Und das geschieht, wenn das Verlangen so stark wird, dass wir die Anderen nicht mehr sehen und einander aus dem Blick verlieren. Unsere Geduld ist am Ende. Wir werden gehetzt. Wir sprechen dann von einem blinden Verlangen. Leitung und Steuerungsgruppe werden zu Dränglern und Schwärmern. Und dann geht es schief.

Verlangen wirkt nur erneuernd, wenn Menschen - Gemeindeglieder und Außenstehende - als Subjekte betrachtet werden. Und das ist der Fall, wenn wir mit den Augen der Gäste, der Außenstehenden, sehen (3.1) und einander nicht aus dem Blick verlieren (3.2). Zugleich kommt es darauf an, im Vertrauen zu beharren und einander immer wieder daran zu erinnern, dass wir nicht allein dafür geradestehen müssen. Es ist nie allein von uns abhängig (3.3). "Wenn der HErr nicht das Haus baut". Vielleicht sind dieses die Grundvoraussetzungen: Verlangen und Vertrauen.

Die Frage ist nun, inwieweit diese Voraussetzungen in einer konkreten Gemeinde vorhanden sind. Wenn das nur in geringem Maße der Fall ist, bedeutet das noch lange nicht, dass wir beim status quo bleiben müssen. Es sollte eher dazu führen, dass wir erst einmal an der Stärkung der Voraussetzungen arbeiten müssen. Auch ist es möglich, dass wir uns vorläufig auf eine oder mehrere Gruppen konzentrieren, bei denen die Voraussetzungen schon im Großen und Ganzen bestehen. Die Vision einer offenen, gastfreundlichen Gemeinde gilt ja - so sahen wir im ersten Kapitel - nicht nur für die ganze Gemeinde, sondern "für jede Gemeindezelle". Wir können uns entscheiden diese zu fördern und nicht all unsere Energie in Versuche zu stecken die Anderen zu "bekehren". Darüber hinaus führt eine positive Entwicklung in einigen Gruppen vielleicht zur Verminderung von Widerständen in Anderen. Vor allem sollten wir nicht warten, bis jeder soweit ist. Eine solche Situation würden wir nie erreichen.

Jedenfalls hoffe ich, dass die ‚Bauleute' bei der Vorbereitung ihrer Reise Zeit finden oder besser sich nehmen, sich auf diese sechs Punkte zu besinnen. Das ist nach meiner Meinung sehr wichtig für eine gute Wanderung. Eine gute Vorbereitung ist die halbe Arbeit!

Die Wanderung selbst kann nicht in allen Feinheiten beschrieben werden, aber dennoch kann allgemein etwas darüber gesagt werden. Das ist wichtig, auch wenn es nur dazu nützt, nicht in der Vorbereitungsphase stecken zu bleiben. Davon handelt das nächste Kapitel.

Aktion und Pause einhalten

4. Der Umbau der Gemeinde zur gastfreundlichen Gemeinde. Das Vorgehen Schritt für Schritt

"Wir haben uns für die offene, gastfreundliche Gemeinde entschieden. Da wollen wir hin! Aber wie machen wir das? Worin besteht der erste Schritt? Und wie geht es dann weiter?" Das sind einige der am häufigsten gestellten Fragen. Und diese Fragen liegen auf der Hand, denn darauf kommt es ja an! Doch kann man darauf keine allgemein gültige Antwort geben, denn in der Praxis ist es jedes Mal anders. Und das ist gut so, denn die Situationen unterscheiden sich von Fall zu Fall. Und das bedeutet dass die Herausforderungen und Möglichkeiten variieren. Obendrein gleicht die aktive Gruppe der einen Gemeinde nicht derjenigen einer Anderen: Eine hat die Begabung für Seelsorge, die zweite für Diakonie und die dritte für den Gottesdienst. Und das bestimmt ihren Charakter. Dagegen ist auch nichts zu sagen. Im Gegenteil. Es geht darum, nicht über das zu klagen, was man nicht (mehr) kann, sondern das zu tun, wozu man begabt ist und woran man (daher) Freude hat. Lass tausend Blumen blühen!

Dennoch gibt es im Ansatz durchaus eine gewisse Linie zu entdecken. Das ist kein Zufall, denn alle Prozesse, mit denen Probleme angegangen werden, durchlaufen ungefähr dieselben Phasen. Davon handelt dieses Kapitel. Nachstehend kommen folgende Punkte zur Sprache: 4.1 Phasen des Aufbauprozesses, 4.2 ihre Übertragung auf den Aufbau einer gastfreundlichen Gemeinde, 4.3 einige Hilfsmittel für diesen Aufbauprozess. In 4.4. beschreiben wir, wie dieser Prozess in vier ganz unterschiedlichen Gemeinden tatsächlich verlaufen ist. In Kapitel 4.5 versuche ich daraus einige Schlüsse zu ziehen.

4.1 DAS GRUNDMUSTER DES AUFBAUPROZESSES EINER GASTFREUNDLICHEN GEMEINDE

a. Ein Aufbauprozess in drei Phasen

Die Gemeindeaufbau-Literatur bietet eine Menge Theorien über die Prozessphasen. Ich werde nicht noch eine weitere hinzufügen, sondern mich auf das Grundmuster beschränken, das in etwa so allgemein akzeptiert ist. Mehr erscheint mir nicht notwendig zu sein, denn jede Gemeinde ist imstande, nach diesem Muster ihre eigene Arbeitsweise zu entwickeln. Weniger ist ebenfalls nicht sinnvoll, denn der Blick auf das Grundmuster ist nötig um eine Linie in den Prozess zu bekommen und sie durchzuhalten. Ohne eine solche Linie droht nämlich der Prozess in eine Serie von Zufällen zu zerfallen.
Zur Sicherheit stelle ich noch eine Anmerkung voran: Bei der nun folgenden Darstellung gehe ich davon aus, dass in einer Gemeinde das Bewusstsein vorhanden ist, dass etwas geschehen muss. Die Ursachen können sehr verschieden sein: Die heutige Form von Gemeinde spricht immer weniger an; man hat das Gefühl, dass die Gemeinde hinter ihrer Bestimmung zurückbleibt; es gibt konkrete Probleme hinsichtlich des Geldes oder der Mitarbeiter; Kirchenkreis, Bischof oder Synode stellen bestimmte Forderungen.
Wie dem auch sei, ich gehe davon aus, dass das Bewusstsein vorhanden ist, dass man die alten Wege nicht einfach weiter gehen kann oder will.
Und dann kommt die Frage: Was nun? Darauf beschränke ich mich im Weiteren.

Der Aufbauprozess einer offenen, gastfreundlichen Gemeinde umfasst im Allgemeinen drei Phasen, gleichgültig, ob es um den Aufbau einer Gemeinde als Ganzer oder um eine Gruppe in ihr geht. Bei Gruppen könnten wir z.b. an eine Erwachsenenbildungsgruppe, eine Liturgiegruppe, eine Trauergruppe, eine "Offene Tür" und an vieles andere mehr denken. Aber der Gedanke, dass ein Prozess drei Phasen hat, gilt genauso für die Öffnung des Gottesdienstes.

Die drei Phasen, die in einem solchen Prozess zu erkennen sind, sind die folgenden:

Phase I: Entwicklung realistischer Pläne
Diese Phase umfasst verschiedene Schritte. Dazu gehören folgende:
1. Um was geht es uns letztlich? (Unsere Vision)
2. Woran besteht Bedarf, und was sind unsere Möglichkeiten? (Diagnose)
3. Wofür entscheiden wir uns? (Konkrete Entscheidungen)
4. Welche Prioritäten setzen wir? (Es geht nicht alles zugleich)
5. Wie packen wir es an? Wer tut was wann? (Planung der Aktion)

Die wichtige Frage, inwieweit wir bereit sind, in Gang zu kommen (unsere Motivation), lasse ich hier außer Betracht. Insbesondere da dieser Punkt nicht eine besondere Phase ist, sondern während des gesamten Prozesses eine wichtige Rolle spielt und so in allen Phasen Aufmerksamkeit erfordert: "Halten wir es noch für sinnvoll?" Außerdem ist dieser Punkt schon in Kapitel 3 zur Sprache gekommen.

Phase II: Ausführung der Pläne
Dabei wird sich zeigen, ob wir wirklich realistische Pläne gemacht haben! Wenn nicht, dann müssen sie angepasst werden.

Phase III: Evaluation und Vertiefung
Das ist oft die am wenigsten populäre, aber nichtsdestoweniger eine sehr wesentliche Phase, denn in ihr können wir klüger werden. Hierbei stehen zwei Fragen im Zentrum:

1. Haben wir unsere Pläne realisiert? Inwieweit ja und inwiefern nicht? Und: Wie kam es dazu?
2. War die Art unserer Zusammenarbeit befriedigend?

Auf dieser Grundlage können wir dann wieder neue Pläne machen und Absprachen treffen. Das führt in einen neuen Prozess hinein, der wiederum dieselben drei Phasen durchläuft. So schreitet der Prozess des Umbaus von einer traditionellen zu einer gastfreundlichen Gemeinde immer weiter fort. Und darum geht es! Ein Aufbauprozess besteht also aus verschiedenen Zyklen dieser drei Phasen.

b. Vier doppelte Randbemerkungen zu den Phasen

Können und wollen. Wir sollten die Probleme beim Aufbau einer gastfreundlichen Gemeinde nicht unterschätzen. Andererseits sie auch nicht überzeichnen. In jedem Fall können wir davon ausgehen, dass jeder von uns mit dem gerade skizzierten Grundmuster der drei Phasen vertraut ist. Denn es kommt ja in der täglichen Praxis vor. Nach diesem Muster arbeitet beispielsweise auch ein Arzt. Und nach denselben drei Phasen suchen und finden wir eine Antwort auf alltägliche Fragen wie: "Was sollen wir heute essen?"

> Auch hier sind die genannten Schritte leicht erkennbar. Phase I: Was verstehen wir unter einer guten Mahlzeit (Vision); woran besteht Bedarf bei wem, und welche Möglichkeiten haben wir (Diagnose); was bringe ich auf den Tisch (Entscheidung) und was muss ich dabei beachten (Planung der Arbeit)? Phase II: einkaufen; dann die Sache überdenken und dafür sorgen, dass es rechtzeitig auf dem Tisch steht (Ausführung). Phase III: War es lecker, und können wir es wiederholen? Welche Lehre ziehe ich aus den Reaktionen für das nächste Mal (Evaluation)?

Kurz, wir wissen sehr wohl, wie wir im täglichen Leben ein Problem anpacken müssen. Warum sollten wir das in der Gemeinde plötzlich nicht mehr können? Warum machen wir uns oft abhängig von der Meinung so genannter Fachleute? Wenn ich noch etwas weiter fragen darf: Können wir es nicht oder sitzt das eigentliche Problem tiefer? Ist unser eigentliches Problem vielleicht, dass unser Verlangen und unsere Motivation, unser Glaube und unsere Vision nicht stark genug sind, wenn es darauf ankommt – und es kommt heutzutage darauf an? Glauben wir eigentlich, dass Gemeinde eine Zukunft hat? Oder kauern wir uns neben Elia unter einen Ginsterstrauch und wünschen, nun nicht gleich zu sterben! (1 Kön 19, 4+5) - aber doch in Ruhe gelassen zu werden? Wenn das der Fall ist, sollten wir miteinander darüber reden! Und für einen Moment den ganzen Prozess vergessen. Unverantwortliche Verzögerung? Nein, notwendig und wesentlich. Ich muss hier an das Auftreten Jesu denken. Als die Menschen ihn massenweise verlassen, was tut er da? Ein Profil der Aussteiger aus der "Jesus-Bewegung" erstellen? Vielmehr wandte er sich an diejenigen, die blieben, und stellte ihnen die Frage, ob sie nicht auch lieber gehen wollten (Joh 6, 66 + 67). Wenn ich das richtig verstehe, kann die Frage auch so gestellt werden: Hältst Du mein Reich noch für sinnvoll?

Solches Fragen hat Vorrang. Deshalb will ich vorschlagen: Legt alles beiseite und sprecht miteinander von Herz zu Herz über eure Hoffnungen, Befürchtungen und Zweifel. Nehmt euch Zeit dafür, seid beieinander zu Gast, und wer weiß, vielleicht erfahrt ihr dann, dass das alles bereits die „Herberge" ist, für die ihr Stein auf Stein gesetzt habt.

Ordnung und Durcheinander. Es geht bei einem Aufbauprozess nicht um Phasen und Schritte, die exakt nacheinander abgearbeitet werden. Im Gegenteil. Es geht notwendigerweise durcheinander. In der Praxis pendeln wir nämlich dauernd zwischen Phasen und Schritten hin und her. Wenn wir beispielsweise bereits mit bestimmten Entscheidungen befasst sind, kann es notwendig werden, kurz zu einem vorherigen Schritt zurückzukehren. Z.B. zu unserer Motivation, unserer Vision oder unseren Möglichkeiten. Das ist nützlich, weil dadurch unsere Planungen realistischer und klarer werden. Die Einteilung in Phasen will uns nur helfen den Prozess als Ganzes zu überschauen.

Gründlichkeit und in Gang kommen. Nachstehend will ich noch auf ein Dilemma hinweisen. Einerseits sollten wir nicht allzu schnell die Phase I verlassen. Unklarheit in einem der Schritte kann sich im anschließenden Prozess rächen: "Worüber reden wir eigentlich? Waren wir uns eigentlich einig?" Andererseits sollten wir bei dieser Phase auch nicht allzu lange hängen bleiben. Das ist oft fatal für die Motivation: "Kommt noch etwas?"

Aktion und Pause einhalten. Es ist sehr wichtig, dass sich unser Handeln regelmäßig mit (gottesdienstlichem) Feiern abwechselt. Es muss eine Balance geben zwischen Aktion und Pause, zwischen Geben und Nehmen, zwischen Aufmerksamkeit für "die Sache" und Aufmerksamkeit für "den Menschen" - wie wir in Kapitel 3 schon sagten.

4.2 Übertragung auf den Aufbau einer gastfreundlichen Gemeinde

Es lohnt die Mühe dieses Grundmuster so gut wie möglich auf die gastfreundliche Gemeinde zu übertragen. Die Betonung liegt hier auf "so gut wie möglich", denn ins Detail zu gehen hat keinen Sinn. Die Praxis ist äußerst unterschiedlich. Aber das sagte ich ja schon. Ich beschränke mich auf einige Randbemerkungen, die meiner Meinung nach für den Aufbau einer gastfreundlichen Gemeinde wesentlich sind. Ich folge dabei den bereits genannten Phasen.

Phase 1: Entwicklung realistischer Pläne

Schritt 1: Vision. Das Finden einer Antwort auf die Frage: Wo wollen wir eigentlich hin?

Die Notwendigkeit einer Vision. Das Gefühl der Unruhe, ob und wie unsere Gruppe oder Gemeinde als Ganzes funktioniert, reicht nicht aus. Es ist mehr erforderlich als das Bewusstsein, dass es so wie bisher nicht bleiben kann. Notwendig ist eine Vision, die unser Herz erreicht. "So wollen wir Gemeinde sein! Dafür wollen wir uns einsetzen! Darin sehen wir Sinn, und so bekommen wir Sinn hinein." Eine Vision erreicht unseren Kopf, unser Herz und unsere Hände. Wir werden durch eine Vision bewegt und kommen folglich auch in Bewegung! Ich gehe nun davon aus, dass die gastfreundliche Gemeinde oder mit einer Metapher gesagt: "Die Herberge", unsere Vision ist.

Es ist nicht notwendig, die Vision oder das Bild bis in alle Einzelheiten auszuarbeiten; so kommt man nicht zum Handeln, wir bleiben beim Wünschen stehen, und die Motivation schwindet. Obendrein laufen wir Gefahr, dass wir Probleme lösen, die sich in Wirklichkeit gar nicht stellen. Schade um die Zeit und um die Energie! Vorläufig geht es um eine allgemeine Vorstellung davon, was eine gastfreundliche Gemeinde im Wesentlichen ist. Solch eine Idee bringt Dynamik.

Immer wenn wir vor Entscheidungen stehen und die anstehende Frage auf unsere Vision beziehen, bekommt das Bild der Herberge schärfere Konturen. Vielleicht kann Kapitel 1 dabei einigermaßen helfen.

Es geht um eine gemeinsame Vision. Um wirklich Wind in die Segel zu bekommen ist es nötig oder jedenfalls wünschenswert, dass die Vision in der Gemeinde breite Zustimmung findet.

Ein Treffen, zu dem die ganze Gemeinde eingeladen wird (ein Gemeindeabend oder -tag) oder – begrenzter - zu dem alle Führungspersonen eingeladen werden (z.b. ein Wochenende), kann Startpunkt sein. Ebenso ist es möglich, dass eine solche Zusammenkunft nur in einer einzelnen Gruppe geschieht, beispielsweise in der Liturgiegruppe oder in der Gruppe, die sich um das Kirchencafé kümmert. Inwiefern hat das, was diese Gruppen realisieren, den Charakter einer gastfreundlichen Herberge? Und inwieweit funktioniert die Gruppe selbst für die Gemeinde als Herberge?

Wie dem auch sei, eine solche Versammlung kann auf den gemeinsamen Beschluss hinauslaufen: "Dafür wollen wir uns einsetzen!" Auf die Frage, wie eine solche Versammlung aussehen kann, komme ich im folgenden Kapitel zurück.

Die Wichtigkeit einer gemeinsamen Vision. Eine gemeinsam geteilte Vision ist in mindestens dreierlei Hinsicht wichtig. Zunächst um zu wissen, wohin wir gemeinsam steuern wollen.

Sodann um konkrete Arbeitsziele festzulegen. Schließlich um regelmäßig auswerten zu können: Sind wir noch auf dem Weg zu einer gastfreundlichen Gemeinde? Inwiefern tragen die Arbeitsziele/Projekte und verschiedenen Gruppen dazu bei?

Wenn wir eine Vision entwickelt haben, dann ist das vielleicht ein Grund zur gottesdienstlichen Feier! Und das ist ein guter Übergang zu Schritt 2.

Schritt 2: Diagnose. Evaluation der gegenwärtigen Praxis und Vertiefung unserer Vision

Bei der Diagnose geht es sowohl darum, die Gesellschaft vor Augen zu haben, als auch darum zu entdecken, wie wir als Gemeinde in der Welt dastehen. Bei Letzterem geht es besonders um die Frage, inwiefern unsere Gemeinde unserer Vision entspricht.

Das ist eine gefährliche Phase, denn wir können das so kompliziert machen, dass wir uns daran festbeißen und in der Untersuchung stecken bleiben. Das geschieht fast regelmäßig. Auch kann es mit der Diagnose lange dauern, so dass wir den Blick auf das Ganze verlieren. Das hört sich bedrohlich an. Darum einige Randbemerkungen.

Der Blick auf die Gesellschaft. Eine offene, gastfreundliche Gemeinde ist per definitionem auf die (sie umgebende) Gesellschaft ausgerichtet. Sie will ja als eine "Herberge am Wege" fungieren, den Menschen auf ihrem Weg dienen, damit sie ihren Weg gestärkt, ermutigt und mit mehr Freude fortsetzen können. Daher müssen wir wissen, wer diese Menschen ringsum sind, wohin sie gehen und welche Fragen sie bewegen. Die Unterschiede zwischen Kirchennahen und Kirchenfernen sind heutzutage kaum erkennbar und werden immer undeutlicher.

Um solche Informationen zu erlangen, kann man eine "Ad-hoc-Kundschaftergruppe" einrichten. Diese muss nicht selbst Untersuchungen anstellen, sondern sie kann sich auf Gespräche mit "Schlüsselfiguren" beschränken. Das sind Menschen, die aus eigenen Erfahrungen wissen, was die Gesellschaft "anbietet" und was auf die Menschen in unserer Nachbarschaft zukommt, z.B. Menschen aus Politik, Betrieben, Polizei, sozialen Diensten und dergleichen. Zu einer solchen Ad-hoc-Gruppe können Gemeindeglieder eingeladen werden - vorzugsweise Menschen, die selbst als Schlüsselfiguren fungieren - aber auch Nicht-Gemeindeglieder. Gastfreundlich zu sein bedeutet ja auch, dass Gäste Gelegenheit erhalten etwas zu geben!

Diese Orientierung kann der Gemeinde helfen, zu Entscheidungen zu kommen. Dabei sollten wir auch unser Potential in Rechnung stellen. Eine Gemeinde, die sich vor allem um Seelsorge und Diakonie kümmert, muss andere Entscheidungen treffen als eine, die ihre Gaben im Bereich des Gottesdienstes hat. Prima!

Der Blick auf die Gemeinde. Hierbei geht es natürlich vor allem darum, einen Eindruck zu erhalten, inwiefern unsere Gemeinde gastfreundlich ist.
Dabei geht es um die Gemeinde als Ganze, aber insbesondere *auch um die Gruppen* und *Lebensäußerungen* (wie z.B. Gottesdienste) der Gemeinde.
Wenn wir ein Bild von unserer Gastfreundschaft bekommen wollen, sollten wir auf zwei Fragen besonders achten:
1. Inwieweit sind wir offen für Gäste, beieinander zu Gast (wechselseitig als Gast und Gastgeberin), und inwiefern sind wir uns dessen bewusst, dass wir selbst Gäste Gottes sind? Das Wesentliche der gastfreundlichen Gemeinde (oder Gruppe) kann vielleicht noch einfacher so ausgedrückt werden: Inwieweit schaffen wir Raum für Nicht-Gemeindeglieder, füreinander und für Gott? Raum zu geben und zu empfangen, zu teilen und auszuteilen? Im ersten Kapitel sahen wir, dass die Stimmen und die Erfahrungen von Randgruppen (seien sie Gemeindeglieder oder nicht) von ausschlaggebender Bedeutung sein sollten. Prozentzahlen sind für diese Frage jedoch nicht bedeutsam. Was besagt es schon, wenn achtzig Prozent der Menschen in der Gemeinde Raum erhalten, während in den restlichen zwanzig Prozent die Geschiedenen, die Behinderten, die "Thomase" und so weiter stecken?
2. Welche Gestalt hat unsere Gemeinde oder Gruppe? Insbesondere geht es dabei um: die Art der Leitung, das Klima in der Gemeinde oder Gruppe, die anstehenden Themen, die Struktur und um eine mehr oder weniger klare Sicht unserer Identität (d.h. hinsichtlich der Fragen: "Wer sind wir?" und "Was sollen wir?"). Finden diese Aspekte so Gestalt, dass sie Raum schaffen? (Als Antwort auf die nahe liegende Frage, warum ich gerade diese fünf nenne, verweise ich auf Kapitel 2 von *„Gemeinde als Herberge".*)
Bei der ersten Frage geht es um die Wirkung unserer Gemeinde. Bei der zweiten um die Weise, wie wir unserer Gemeinde Gestalt

gegeben haben. Auf die Frage, wie wir hierauf eine Antwort finden, kommen wir in 4.3 zurück. Dort konkretisieren wir diese allgemeinen Fragen in einigen Listen und in einer Checkliste. Die Beziehung zwischen den einzelnen Fragen können wir wie folgt in ein Schema bringen (Schema 4).

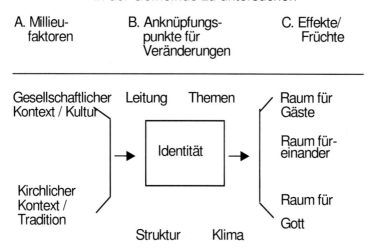

Schema 4: System der Faktoren um Gastfreundschaft in der Gemeinde zu untersuchen

Wie man sieht, taucht in diesem Schema noch ein drittes Element auf: die Millieufaktoren. Mit ihnen müssen wir sehr wohl rechnen, auch wenn wir wenig an ihnen ändern können. Sie sind vorgegeben. Wir leben in dieser Umgebung, und sie stellt bestimmte Herausforderungen an uns als Gemeinde, zumindest wenn wir relevant handeln wollen. Darüber hinaus sind wir Glied z.B. einer katholischen oder protestantischen Kirche. Auch das beeinflusst unsere Möglichkeiten, Anknüpfungspunkten für Veränderung Gestalt zu verleihen. Die Tradition spricht ein Wörtchen mit. Aber wir sollten den zwingenden Einfluss des kirchlichen Kontextes auch nicht überbewerten. *Er lässt in jedem Fall der Praxis mehr Raum, als wir oft denken* (siehe z.B. Ruud Huysmans, 2001). Wir müssen den gegebenen Raum in Anspruch nehmen, sofern das für den Aufbau einer gastfreundlichen Gemeinde notwendig ist.

Die Millieufaktoren variieren je nach Situation und Kirche so sehr, dass ich in diesem Buch darüber kaum mehr sagen kann.

Schema 4 sieht komplizierter aus, als es ist. Die Unterscheidung zwischen drei Faktorengruppen kennen wir auch aus völlig anderen Zusammenhängen, z.b. aus der Landwirtschaft. Wenn wir z.b. eine "Diagnose" an einem Apfelbaum stellen wollen, greifen wir auf die gleichen drei Faktorengruppen zurück: A. Bodenbeschaffenheit (nicht jeder Baum wächst auf jedem Boden); B. unsere Arbeit (wie Beschneiden und Düngen) und C. Ernte (Qualität und Quantität).

Bezogen auf unser Thema bedeutet das, dass wir unsere Diagnose besonders auf das Maß ausrichten sollten, in dem wir gastfreundlich sind (Spalte C: Wirkungen/Früchte) oder mit Blick auf Anknüpfungspunkte, die zu Veränderungen führen können (Spalte B). Selbstverständlich können wir auch beides tun. Die Antwort auf die erste Frage kann uns klar machen, dass wir etwas tun müssen. Die Antwort auf die zweite Frage macht uns deutlich, woran wir arbeiten müssen.

Idealerweise nehmen an einer solchen Untersuchung alle Gruppen teil! Aber notwendig ist das nicht. Wir sollten jedenfalls nicht warten, bis jede Gruppe zur Mitarbeit bereit ist. Sonst kommen wir niemals in Gang.

Das bedeutet dass jede Gruppe - Liturgiegruppe, Diakonieausschuss, Jugendgruppe, Seelsorgegruppe, Kirchencafé, Gemeinderat, Gemeindeversammlung, Trauergruppe usw. - sich beide genannten Fragen stellen kann. Zum Thema, wie beide Fragen bearbeitet werden können, mache ich in 4.3 einen Vorschlag.

Fokusgruppen: Bei der Diagnose können also die Gruppen der Gemeinde eine wichtige Rolle spielen. Dabei müssen wir bedenken, dass diese Gruppen zu einem wesentlichen Teil aus Gemeindegliedern bestehen. Aber in der gastfreundlichen Gemeinde geht es auch oder besser gesagt, besonders um *Nicht-Gemeindeglieder und Kirchenferne.* Auch wenn es klar sein dürfte, dass eine eventuelle "Kundschaftergruppe" und die Arbeitsgruppen miteinander das Gespräch suchen sollten -siehe Fragebogen in Kapitel 4.3.2-, ist es auch notwendig, sie offiziell ins Gespräch zu bringen. Und das geht mittels Fokusgruppen. Diese haben drei Kennzeichen:
- Sie kommen ein-, höchstens zweimal zusammen,
- sie fokussieren ihre Aufmerksamkeit auf ein spezielles Thema (daher ihr Name),
- das Thema bestimmt die Zusammensetzung der Gruppe.

Solche Fokusgruppen können im Zusammenhang der gastfreundlichen Gemeinde aus Menschen zusammengesetzt werden, die keine Gemeindeglieder sind, sich aber dennoch für Glaubensfragen interessieren (z.B. Freunde der Gemeinde) und aus Menschen, die zwar Gemeindeglieder sind, aber nicht (mehr) oder sehr selten an Gemeindeveranstaltungen teilnehmen.

Was die Themen angeht, können sich solche Fokusgruppen beispielsweise befassen mit "Glaube und Erziehung", mit dem Gottesdienst, mit der Beziehung zwischen Gemeinde und Stadtteil, mit dem Bedürfnis an Begegnung, mit wichtigen Fragen, auf die man im täglichen Leben stößt. In der Fokusgruppe "Glaube und Erziehung" - die besonders aus Eltern mit kleinen Kindern bestehen sollte - können beispielsweise folgende Fragen behandelt werden: Was wollen wir einem Kind hinsichtlich des Glaubens vermitteln? Inwieweit ist dieses möglich, welche Unterstützung erhält man dafür, woran fehlt es? Welche Wünsche gibt es in Bezug auf "Glaube und Erziehung"? Was könnte das für die Gemeinde bedeuten? Bei einer

Fokusgruppe, die sich um den Gottesdienst kümmert, kann z.b. über Folgendes gesprochen werden: Welche Aspekte des Gottesdienstes hält man für wichtig? Wie muss ein ansprechender Gottesdienst aussehen? Wenn es um das Thema Gemeinde und Stadtteil geht, könnten folgende Fragen Ausgangspunkt des Gespräches sein: Woran merkt man einen Kontakt zwischen Gemeinde und Stadtteil? Wie können Kontakte zwischen Gemeinde und Gesellschaft verbessert werden?
Wie dem auch sei, so kommen Nicht-Gemeindeglieder zu Wort - mit dem Ziel ihnen gerecht zu werden und ihren Raum zur Partizipation zu vergrößern.
Eine Fokusgruppe kann auch die Aufgabe haben, das Maß unserer Gastlichkeit in der Gemeinde besser in den Blick zu bekommen. Denkbar ist z.B., dass sich eine Gruppe Alleinstehender die Frage stellt: Gibt es für uns Raum uns mitzuteilen und teilzunehmen? Natürlich sind auch andere Fokusgruppen denkbar, die sich beispielsweise aus Hochbetagten, Menschen mit (geistiger) Behinderung und ihren Eltern usw. zusammensetzen. Mit solchen Gruppen stellt man sich wahrhaftig auf Menschen ein, die auf den normalen Gemeindeversammlungen selten zu hören sind oder die einfach keine Lust haben sich dort zu Wort zu melden, vielleicht weil sie schon einmal verprellt wurden. In solchen Gruppen sind sie wirklich unter sich.
Eine nahe liegende Frage ist selbstverständlich, wie man Menschen für solche Gruppen gewinnen kann. Wie ich in einer Untersuchung über eine katholische Gemeinde in der Nähe von Utrecht las, ging man folgendermaßen vor: die Kirchenvorsteher und betroffene Gemeindeglieder wurden aufgefordert, in ihren eigenen Netzwerken (von Bekannten, Freunden, Kollegen) Ausschau zu halten, welche "Kirchenfernen" sie für ein bestimmtes Thema für besonders geeignet hielten. Das hatte Erfolg. "Die Bereitschaft, an den Diskussionen teilzunehmen, war groß." Jede Gruppe bestand aus ungefähr

acht Personen, und die für die Untersuchung verantwortliche Gruppe steuerte einen Gesprächsleiter und einen Protokollanten bei. Diese Funktionen können in der gastfreundlichen Gemeinde z.B. durch Mitglieder der Steuerungsgruppe erfüllt werden. Letztlich können solche Gruppen nur dann eingerichtet werden, wenn die Gemeinde auch bereit ist, ihre Ergebnisse ernst zu nehmen.

Schritt 3: Auswahl, Prioritäten und Arbeitsplan

Diese Untersuchung des Maßes unserer Gastfreundschaft und in diesem Zusammenhang der Art und Weise, wie wir unsere Gemeinde gestaltet haben, muss verdeutlichen, welches unsere starken und schwachen Punkte sind. Dieses sollte schließlich in die Festlegung inspirierender Aktionspunkte münden. Dabei müssen insbesondere Schlussfolgerungen einbezogen werden, zu denen eine eventuelle "Kundschafter-Gruppe" und die Fokusgruppen gekommen sind!
Die Aktionspunke sind inspirierend, wenn sie:
1) ein Schritt auf dem Weg zur gastfreundlichen Gemeinde sind oder anders gesagt: eine Konkretisierung der "offenen, gastfreundlichen Gemeinde" darstellen,
2) ausführbar sind, das will heißen: Zu unseren Begabungen passen und unser Interesse finden,
3) auf reale Bedürfnisse antworten.
Letzteres setzt die Kenntnis der "Welt", in der wir leben, voraus. Und gerade darum sind die Fokusgruppen und die "Kundschafter-Gruppe" so wichtig.
Dies kann mit einem einfachen Schema (5) dargestellt werden:

Ist eine dieser Linien unterbrochen, dann klappt es nicht richtig. Wenn es mehrere Arbeitsziele gibt, müssen Prioritäten gesetzt werden. Der Rest kann warten. Es sei denn, dass wir durch Liegenlassen weniger wichtiger Dinge zusätzliche Zeit freisetzen können. Aber wir sollten uns an die Grundregel halten, dass wir nicht mehr tun sollten, als wir schaffen können. Wer fordert das von uns? Es gibt doch gute Gründe zu fragen, woher der Zeitmangel kommt.
Diese Phase kann jedenfalls dann abgeschlossen werden, wenn klar ist, wer was wann tut.

Phase 2: Ausführung der Pläne

Viele Pläne werden in die Tat umgesetzt. Das sehen wir in der Praxis. In Kapitel 2 wurde deutlich, dass sich die gastfreundliche Gemeinde in vielen Gestalten manifestiert. Aber manchmal - oder vielleicht sogar oft - gibt es auch Enttäuschungen. Dabei spielen verschiedene Faktoren eine Rolle. Es brauchte mehr Zeit, als man dachte; es gab mehr Widerstände als erwartet; die Unterstützung war kleiner als erhofft; unser Projekt kam nicht recht von der Stelle.
Eine Gruppe kann darauf unterschiedlich reagieren. Es ist - beginnen wir damit - möglich ganz aufzuhören, mehr oder weniger sacht, nicht mehr darüber zu reden, es einfach ausbluten zu lassen. Es ist auch

möglich, mit doppelter Anstrengung dagegen anzugehen. Es gibt aber noch eine dritte Möglichkeit, und die scheint mir die vernünftigste zu sein: etwas Abstand gewinnen und in aller Ruhe und Offenheit bei der Frage verweilen(!): Machen wir weiter und, wenn ja, wie? Das nennen wir Zwischenbilanz. Dabei kann es um Fragen gehen wie: Was ist passiert, wofür wir dankbar sein sollten? Was hat enttäuscht? Welche Faktoren spielten dafür eine Rolle? Wollten wir vielleicht zu viel zu schnell? Waren es wirklich inspirierende Arbeitsziele? Haben wir wirklich gut zusammengearbeitet? Haben wir vielleicht zu hart gearbeitet und zu wenig gottesdienstlich gefeiert? Glauben wir noch ein bisschen an unser Ziel, haben wir noch Mut? Und etwas allgemeiner: Waren die Voraussetzungen für den Aufbau einer gastfreundlichen Gemeinde eigentlich vorhanden? (Kapitel 3)

Gemeinsame Besinnung ist ein wesentlicher Aspekt unserer Suche. Die Wanderung selbst ist ja, wie ich erklärte, wenn sie gut verläuft, eine Bewegung von Tun und Besinnung, von Einsatz und Pause, von Geben und Nehmen, von „ora et labora". Wenn wir dafür Raum schaffen, kann es dazu führen, dass wir unser Vertrauen wiederfinden. Das kann wiederum in die Erneuerung des Versprechens münden: "Zu diesem Ziel verbünden wir uns".

Wie eben gesagt, ist die „Reiseunterbrechung" keine Sünde gegen die Zeit, keine Verspätung. Im Gegenteil. Wir können unsere Zeit kaum besser verwenden. Denn so arbeiten wir nicht nur am Aufbau unserer Gemeinde als Herberge, sondern wir erfahren unsere Gruppe schon als eine Herberge an unserem Weg. Und das motiviert uns besonders.

Phase 3: Evaluation und Vertiefung

Die Praxis lehrt, dass Evaluation leicht wegfällt. Das ist schade, denn eine gute Evaluation ist sehr wichtig, sowohl wenn Pläne gelingen als auch wenn das nicht der Fall ist. Von Evaluation werden wir weiser. Bei einer Evaluation stehen mindestens zwei Fragen an:
1. Haben wir unsere Aktionspunkte erreicht? Welche haben wir erreicht und welche gar nicht oder weniger als angenommen? Was spielte dabei eine Rolle? Und allgemeiner: Wurde Gastfreundschaft dadurch gefördert?
2. Wie haben wir zusammengearbeitet? Hatte jeder die Chance, seine oder ihre Kunst und Kenntnis einzubringen? War die Art der Entscheidungsfindung befriedigend? Haben wir einander Raum gegeben und einander wirklich ernst genommen? Und allgemeiner: Hatte unsere Arbeitsweise den Charakter einer gemeinsamen Wanderung, oder war es doch wieder die altvertraute organisierte Reise?
Auf der Grundlage einer solchen Evaluation müssen wir schauen, ob wir weitergehen und, wenn ja, wie. Können wir zu neuen Plänen und neuen Absprachen über unsere Zusammenarbeit kommen? Wenn das der Fall ist, kann der nächste Dreiphasenzyklus beginnen.
So wird die Evaluation zum Motor der weiteren Entwicklung.

4.3 Praktische Handreichungen zum Vorgehen

Vor einem Aufbauprozess sind eine beschlussfassende Versammlung und eine Untersuchung des Ausmaßes vorhandener Gastfreundschaft von großer Wichtigkeit. Ich will gerne einige Modelle oder Instrumente anbieten, mit denen vielleicht gearbeitet werden kann. Es sollte deutlich sein, dass diese Modelle in der von mir präsentierten Form nicht in allen Gemeinden ohne weiteres brauchbar sind. Das liegt auf der Hand. Der Aufbau einer offenen, gastfreundlichen Gemeinde in einer Trabantenstadt funktioniert anders als in einer Dorfgemeinde. Dennoch biete ich einige Modelle. Sie sind als Illustrationen zu einigen wesentlichen Teilen dieses Kapitels gedacht und als Hilfsmittel für Gemeinden, um selber Instrumente zu entwickeln, mit denen man in der eigenen Gemeinde in Gang kommen kann.

4.3.1 Das Vorhaben einer Gemeindeversammlung zur Vorbereitung einer Entscheidung

a. Die Grundstruktur einer solchen Versammlung

Im Kontext von Schritt 1 der Phase 1 wurde u.a. über eine Versammlung gesprochen, bei der die Gemeinde zusammenkommt, um gemeinsam über die Zukunft zu beraten. Das kann die gesamte Gemeinde sein oder ein begrenzter Teil davon: ein Kirchenvorstand mit einer Anzahl Gruppen, die Interesse daran haben. Es ist sogar möglich, dass die Mitglieder einer Gruppe zur Beratung zusammenkommen. Das kann an einem Abend, einem Wochenende, aber auch sonntags nach einem kurzen Gottesdienst passieren.
Ich gehe nun davon aus, dass wir als Gemeinde miteinander über die gastfreundliche Gemeinde gesprochen haben und dass diese Vision uns anspricht. Das kann auf verschiedene Art und Weise geschehen sein: auf einem Gemeindeabend, mittels einer Hausbesuchsaktion, auf einer oder mehreren Versammlungen der Erwachsenenbildung oder wie auch immer. Nun geht es um die Frage, ob wir es bei der bisherigen Gestaltgebung belassen - das geht natürlich auch - oder ob wir miteinander versuchen wollen, dieser Vision in unserer Gemeinde Gestalt zu geben. Ende oder Neubeginn? Wir sollten einander in die Augen sehen und uns ehrlich fragen, ob wir das wirklich wollen. Gehen wir weiter? Und wenn ja, wie? Diese Fragen

können bei der Gemeindeversammlung anstehen. Zur Frage, wie eine solche Versammlung gestaltet werden kann, will ich gerne etwas anmerken.

Es sollte selbstverständlich klar sein, dass es hier nicht um ein Programm geht, das für jede Gemeinde gilt. Dennoch gibt es zwei Merkmale, die meiner Meinung nach eine solche Versammlung kennzeichnen, unabhängig von der jeweiligen Situation. Ich formuliere sie in Form von Thesen.

1. Die *Grundstruktur* einer solchen Versammlung umfasst vier Elemente:
- Feststellen des Zieles der Versammlung: eine Antwort finden auf die Frage: Gehen wir weiter?
- Offene und gemeinsame Beratung der gestellten Frage,
- Entscheidung,
- Gottesdienst.

2. *Der Weg, den wir gehen,* sollte mit der Vision einer gastfreundlichen Gemeinde harmonieren und daher den Charakter einer gemeinsamen Wanderung haben (s. Kap. 3.4).

Wenn wir uns an diese zwei Ausgangspunkte halten, kann der Ablauf der Versammlung ungefähr folgendermaßen aussehen.

b. Mögliche Konkretisierung einer Gemeindeversammlung

1. Begrüßung und Vorstellung des Zieles des Abends
Dabei könnte z.B. Folgendes gesagt werden: Wir haben in verschiedenen Zusammenhängen über die offene, gastfreundliche Gemeinde gesprochen, die Gemeinde als Herberge.
Wir sind nun zusammengekommen, um über die Frage zu beraten: Begeben wir uns miteinander auf einen Weg, um dieser Vision in unserer Gemeinde Gestalt zu geben? Wenn ja, was sind die ersten Schritte? Das ist der Sinn dieser Versammlung.

Es ist eine gemeinsame Beratung; wir wollen niemandem etwas aufzwingen, nichts unterdrücken und deshalb im Konsens eine Entscheidung treffen.
Um jedem, der das will, die Chance zu geben, seinen Einwand zu erheben, beraten wir in Kleingruppen.
2. Beratung in Kleingruppen
In einer offenen Beratung, in der wir miteinander wie Freunde umgehen, versuchen wir auf folgende Fragen Antworten zu finden:
Was reizt uns daran, das Ideal einer gastfreundlichen Gemeinde anzustreben?
Was sind unsere Bedenken? Und: Können wir daran etwas tun?
Danach folgt die:
3. Verabredung
Es reicht nicht zu entscheiden sich auf den Weg zu machen. Das Ziel muss jetzt konkretisiert werden. Ein konkretes Ziel könnte sein: Binnen Jahresfrist sollte sich zumindest eine gewisse Anzahl von Gruppen und/oder Veranstaltungen (beispielsweise der Gottesdienst zum kirchlichen Hochfest Ostern) zu gastfreundlichen Gruppen/Veranstaltungen entwickelt haben, in denen für Nicht-Gemeindeglieder wie für Gemeindeglieder Raum ist um teilzuhaben und mitzuwirken.
Der Beschluss erfolgt nicht durch Kampfabstimmung, sondern im Konsens. Das impliziert zwei Stimmungssondierungen. In der ersten erheben wir, was die Versammlung davon hält. Danach folgt eine zweite Sondierung. Dabei wird die Minderheit gefragt, ob sie sich darauf einlassen kann, der Mehrheit zu folgen. Statt einer formalen Beschlussfassung kommen wir zu:
4. der Verabredung uns gemeinsam auf den Weg zu machen. Sie kann folgenden Inhalt haben:
- Wir machen es! Wir hoffen, in diesem Jahr zu erreichen ….
- wir streben nach Machbarem,

- wir verpflichten uns für ein Jahr. Ob es weitergehen soll, entscheiden wir dann erneut.
- Wir sind uns dessen bewusst, dass es um einen dauerhaften Prozess geht und nicht um eine Reihe von Zufällen,
- unsere gemeinschaftliche Unternehmung hat den Charakter einer gemeinsamen Wanderung.

"Das versprechen wir einander!" Die Versammlung kann beschlossen werden mit

5. einem Gottesdienst

Dieser ist nicht zu Hause vorbereitet, sondern wird tatsächlich im Laufe des Abends entwickelt. Auf der Linie des Charakters dieses Abends – gemeinsame Beratung um einen Partizipationsrahmen zu schaffen - kann jeder, der will, einen Beitrag liefern. Bei dem Gottesdienst, den ich in diesem Zusammenhang einmal in Friesland miterlebte, geschah Folgendes: der Gottesdienst begann mit einem Lied. Danach bekamen fünf Menschen Gelegenheit, kurz zu sagen, was sie an diesem Tag besonders berührt hatte. Danach wurde ein Gebet gesprochen, das wirklich erst an diesem Tag geboren war.

Der gesamte Entwurf wird so gestaltet, dass man nicht nur über die Herberge spricht, sondern dem Tag selbst den Charakter einer Herberge gibt: Menschen beraten über eine gastfreundliche Gemeinde, sind beieinander zu Gast und sind sich dessen bewusst Gast Gottes zu sein. So gehen wir einen Weg, der mit unserem Ziel übereinstimmt: gastfreundliche Gemeinde. Ja, so illustrieren wir, was wir mit "Herberge" meinen. "The Medium is the message."

4.3.2 Fragebögen zur Feststellung des Maßes vorhandener Gastfreundschaft

a. Fragebogen zur Untersuchung des Maßes vorhandener Gastfreundschaft

Wollen wir im Detail wissen, inwiefern wir der Gastfreundschaft als Gemeinde Gestalt geben, so müssen wir achten auf:
- den Raum, den Gäste erhalten,
- das „Beieinander-zu-Gast-sein",
- das Bewusstsein Gottes Gast zu sein.

Um dieses in den Blick zu bekommen, müssen die Gesichtspunkte in Fragen konkretisiert werden. Wie sie genau lauten sollen, muss in der Gemeinde und von ihren Gruppen selbst festgelegt werden. Ich mache jedoch einen Vorschlag.

Fragebogen 1:
mit Blick auf das Maß der Gastfreundschaft in Gruppen

Raum für Gäste
1. Inwieweit bin ich bereit Gästen (m.a.W. Nicht-Gemeindegliedern und Kirchenfernen) Raum zu geben, an den Kernaktivitäten unserer Gruppe mitzuwirken?
2. Inwieweit sind wir dazu als Gruppe bereit?
3. Inwieweit bin ich oder sind wir bereit zu versuchen, mit den Augen der Gäste auf unsere Gruppe und ihre Aktivitäten zu schauen, insbesondere mit den Augen von Randgruppen? Sind wir bereit uns von ihnen etwas sagen zu lassen?
4. Inwieweit sehe ich oder sehen wir sie als geehrte Gäste (oder doch eher als zweitrangige Besucher)?

Beieinander zu Gast, wechselseitig Gastgeberin und Gast sein
5. Inwieweit bin ich offen für andere Gemeindeglieder und wende mich ihnen respektvoll zu? Inwieweit bin ich bereit ihnen Raum zu geben?
6. Inwieweit wenden sie sich mir auf diese Weise zu? Anders gesagt: Inwieweit wird meine Anwesenheit und mein Beitrag gewürdigt? Bekomme ich Raum zur Mitwirkung?

Gast Gottes sein
7. Inwieweit wird mir mehr und mehr bewusst Gast Gottes zu sein, „Fremdling und Beisasse" in der ursprünglichen Bedeutung des Wortes? Und:
8. Inwieweit gilt dieses für uns als Gruppe?

Diese Fragen können wir in Form einer Kundenbefragung beantworten: ++ (wenn dieses stark vorhanden ist), +, ±, -, -- (wenn dieses sehr schwach entwickelt ist).
Wie man sieht, geht es bei diesen Fragen immer sowohl um die Erfahrungen und Meinungen jedes Einzelnen persönlich als auch um die Erfahrungen und Meinungen der Gemeinde oder Gruppe als Ganze.

b. Fragebogen um in den Blick zu bekommen, wie Gastfreundschaft in unserer Gemeinde Gestalt gewonnen hat

Bei der Diagnose können wir - wie gesagt - besonders auf Anknüpfungspunkte achten, die das Maß an Gastfreundschaft beeinflussen. Das ist wichtig um zu Veränderungen zu gelangen. Auch dafür kann ein Fragebogen zusammengestellt werden. Ich mache wieder einen Vorschlag.

Fragebogen 2:
Um die Faktoren in den Blick zu bekommen, die Gastfreundschaft beeinflussen.

Identität:

1. Wem wenden wir uns primär zu: der Kerngemeinde oder den Gästen/Kirchenfernen? Wer steht im Vordergrund? Woran kann man das erkennen?[9]
2. Wer kommt tatsächlich? (Oder: mit wem haben wir wirklich Kontakt?)
3. Inwieweit sehen wir uns selbst als ‚Fremdlinge und Beisassen'?

Themen:

4. Worauf liegt der Akzent: Antworten zu geben - oder relevante Fragen zu stellen?
5. Worauf liegt der Akzent: Diskurs, Referat – oder Erzählung?
6. Inwieweit ist Raum für Erfahrungen und Fragen von Menschen vorhanden?
7. Inwieweit wird sowohl die Freiheit der Menschen als auch "die Sache" ernst genommen?

Verfahrensweisen:

---

[9] Meiner Meinung nach ist dieses eine relevante Frage für alle Gruppen; auch gerade für solche Bereiche, für die das auf den ersten Blick nicht ausdrücklich zutrifft, wie: *Gemeindepädagogik*: Ist sie nur auf "Kinder der Gemeinde" ausgerichtet oder auch auf andere? (K.A. Schippers); *Seelsorge*: Geht es nur um die "eigenen Menschen"? In der Praxis stellt sich manchmal die Frage, ob Seelsorge primär Gemeindegliedern - d.h. zahlenden Mitgliedern - oder Kirchenfernen zugute kommen soll. Diese Frage sollte nicht zu leicht abgetan werden. Es kann nicht einfach vorausgesetzt werden, dass Menschen, die seinerzeit gebeten wurden, die "eigenen Leute" zu besuchen, nun auch bereit oder imstande sind, mit "Gästen" zu sprechen. Menschen ernst zu nehmen bedeutet auch, ihre Möglichkeiten im Blick zu behalten.

8. Inwieweit bekommen Menschen (insbesondere aus Randgruppen) die Chance mitzubestimmen (Einfluss auszuüben)?
9. Inwieweit bekommen Menschen (insbesondere aus Randgruppen) die Chance, nicht nur teilzunehmen, sondern auch - falls sie das wollen - mitzuwirken?
10. Inwiefern werden Gäste/Kirchenferne wirklich als geehrte Gäste wahrgenommen (und nicht als "halbe Portionen")?
11. Inwieweit ist die Sprache verständlich insbesondere für Gäste/Kirchenferne?
12. Inwieweit wird Menschen, eine zentrale Rolle gegeben, die selbst Gast (gewesen) sind?

Öffentlichkeitsarbeit:
13. Inwieweit versucht unsere Gruppe mögliche Gäste über unsere Gruppe und ihre Aktivitäten zu informieren? Welche Medien werden dabei genutzt?

Struktur:
14. Inwieweit hat unsere Gruppe den Charakter eines „Runden Tisches"?
15. Inwieweit ist die Struktur unserer Versammlungen (ihre "Liturgie") durchschaubar?

Leitung:
16. Inwieweit wird Leitung erfahren als Person/Gremium, die/das Raum schafft um teilzuhaben und mitzuwirken?

Auf diese Weise kann deutlich werden, was unsere Stärken und Schwächen sind.

Wie gesagt ist dieses nur ein Beispiel. Gemeinden und Gruppen können ihre Fragebögen selbst erstellen.

4.3.3 Checkliste für die Diagnose des Gottesdienstes

Das Arbeiten mit einem Fragebogen ist eine Möglichkeit. Sein Vorteil ist, dass Menschen, die es betrifft, ihn selbst ausfüllen können. Eine andere Möglichkeit ist es, wenn Gruppen selbst versuchen das Maß an Gastfreundschaft der Gemeinde oder eines Bereiches des Gemeindelebens zu untersuchen. Dabei kann eine Liste mit "zu beachtenden Punkten" (Checkliste) helfen. Solch eine Liste kann jede Gruppe selbst entwerfen. Das hat den großen Vorteil, dass diese Liste auf die eigene Situation zugespitzt werden kann. Ein weiterer Vorteil besteht darin, dass eine Gruppe, die eine solche Liste erstellt, immer deutlicher in den Blick bekommt, was Gastfreundschaft eigentlich bedeutet.

Um klarer zu machen was ich mit Checkliste meine, entwerfe ich selbst eine solche. Ich konzentriere sie auf den Gottesdienst. Dabei schöpfe ich aus einem Gespräch mit Rosalie Kuyvenhoven und aus einem Artikel von Pfarrerin Nelleke Boonstra. Ich wähle gerade den Gottesdienst, weil Gastfreundschaft - in der Bedeutung von: Partizipationsmöglichkeiten schaffen insbesondere für Menschen auf der Schwelle - in vielen Büchern über Liturgie nur dürftig vorkommt. Mit Hilfe einer solchen Checkliste ist es - wie ich hoffe - möglich, den Gottesdienst auf seinen gastfreundlichen Gehalt zu untersuchen.

Mögliche Checkliste für Gottesdienste

Gebäude
1. Wo steht das Gebäude? Als Herberge an den Wegen der Menschen?
2. Ist das Gebäude gut erreichbar? (Sowohl mit dem Auto als auch mit dem öffentlichen Nahverkehr? Gibt es genug Fahrradstellplätze und Parkplätze?)

3. Ist das Gebäude deutlich erkennbar? (Hat das Gebäude typische "Kirchenmerkmale": Turm, Bleiverglasung, Glockenstuhl, deutlich sichtbarer Name?)

4. Ist das Gebäude deutlich sichtbar? (Steht es frei von umgebenden Gebäuden oder geht es in der Umgebung auf?)

5. Gibt es einen "Übergangsbereich" zwischen Straße und Kirche (einen Platz zur Begegnung, einen Spielplatz für Kinder)?

6. Gibt es eine Adresse, und ist sie deutlich angegeben, z.B. im Telefonbuch? Hat die Gemeinde auch ein Gesicht, eine/n Gastgeberin oder -geber.

7. Hat die Gemeinde einen Schaukasten (nicht notwendigerweise am Kirchengebäude)?

8. Stimmen die Informationen im Schaukasten - sofern solche vorhanden sind - mit der Wirklichkeit überein (z.B. was die Öffnungszeiten angeht, Anzahl und Beginn der Gottesdienste)?

9. Kann man werktags die Kirche betreten; was findet man vor (z.B. einen Platz zum Gebet) und wen findet man vor?

10. Ist deutlich, wo die Tür ist, und steht sie sperrangelweit offen? (Oder ist die Vordertür geschlossen, und man muss die Seitentür nehmen? Wird darauf hingewiesen?)

11. Ist das Gebäude zugänglich für Behinderte bzw. für Menschen, die schlecht zu Fuß sind? Sind die Gänge breit genug für Rollstühle bzw. um an jemandes Arm seinen Platz zu erreichen?

12. Gibt es eine Schwerhörigeneinrichtung und funktioniert sie?

13. Gibt es eine Garderobe?

14. Ist deutlich angegeben, wo die Toiletten sind?

15. Gibt es einen Gastraum? Ein Bett, eine Dusche, eine Küche?

16. Gibt es Raum, einander zu begegnen? Geht das, ohne dass die Kaffeetasse ein Fußbad nimmt? "Kann ich mal eben vorbei?", "Aufpassen!", "Entschuldigung".

17. Gibt es einen "Stillen Ort", an den man sich unauffällig zurückziehen kann, allein oder zum Gespräch mit jemand Anderem – z.B. einem Seelsorger?
18. Gibt es etwas in dem Begegnungsraum, was die Gemeinde als Quelle ansieht, aus der sie lebt, als ihre Identität? (Ein Kreuz, eine brennende Osterkerze, ein Bild - z.b. von den Emmaus-Jüngern? Oder ein anderes Symbol des Heiligen?)
19. Wird die Kirche auch für andere als spezifisch kirchliche Angebote benutzt: z.B. für kulturelle Angebote (wie Ausstellungen), Begegnung (z.B. als Teestube, "Offene Tür", Kirchencafé, Senioren-Treff), Informationen (z.B. Sprechstunden), als Raum für Versammlungen verschiedener Gruppen (Bürgerversammlungen, Selbsthilfegruppen, Unternehmernetzwerke)? Das ist wichtig um die Schwellen abzubauen.

Gottesdienstankündigung
20. Wie wird der Gottesdienst angekündigt?
21. Wird er überhaupt angekündigt? In welcher Zeitung, und wer liest sie?
22. An wen richtet man sich dabei offensichtlich? An die so genannte Kerngemeinde (die das sowieso schon weiß) oder an mögliche Gäste und Kirchenferne?[10]

---

[10] Manchmal beschränkt man sich auf Mitteilungen wie: Sonntag Gottesdienst in X; Prediger YZ; Beginn: 10.00 Uhr. Es gibt übrigens noch Schlimmeres. Ich war im Urlaub auf einer Wattenmeerinsel, suchte eine Kirche, kam nach langer Suche endlich zu einem Kirchengebäude, fand schließlich ein Schild im Fenster eines Nebengebäudes mit der Notiz "Gottesdienstbeginn 10.00 Uhr", darunter mit Bleistift gekritzelt "mit H.A.", womit gemeint war, dass an diesem Sonntag das Mahl des Herrn gefeiert werden sollte.
Es geht auch anders. Ich mache einen Vorschlag im Telegrammstil. "Kommenden Sonntag wird in .... Gottesdienst gehalten. Er dauert von 10.00 bis 11.00 Uhr ... Die Kirchentür ist ab 9.30 Uhr geöffnet .... Es gibt

Begrüßung
23. Werden Menschen willkommen geheißen, wenn sie die Kirche betreten? Wird ihnen mit Respekt begegnet? Vielleicht sogar im Geiste des "deo gratias"?[11]
24. Wie nähert man sich Menschen? Werden sie mit einem "Was macht der/die denn hier?" kritisch gemustert? Oder werden sie angeredet mit einem: "Ich glaube nicht, dass ich Sie kenne. Kann ich Ihnen irgendwie helfen?"
25. Wird mit dem Kommen von Gästen gerechnet? Gibt es beispielsweise eine Broschüre, in der die Liturgie erklärt wird, so dass man weiß, was geschehen wird und warum es so geschieht, damit jeder, der will, mitmachen kann? Werden sie oder er, *falls gewünscht,* eingeweiht ins Geheimnis der Gemeinde, ihre Symbolsprache und Rituale?

Kaffee .... Ab 9.30 Uhr spielt der Organist Werke von .... Wir erwarten Sie und halten Gesangbuch (und Bibel) für Sie bereit .... Thema des Gottesdienstes ist .... Der Gottesdienst wird vorbereitet von .... Es gibt zwei Gastgeber/-innen, die Ihnen - falls gewünscht – helfen, den Ablauf des Gottesdienstes zu verstehen .... Es gibt eine Kinderbetreuung für .... Mit Kinder im Alter von ... bis ... feiern wir Kindergottesdienst .... Seien Sie herzlich willkommen."

[11] Sehr vernünftig scheint mir zu sein, dieses alles nicht dem Zufall zu überlassen, sondern im Gegenteil zu tun, was Benedikt schon im 6. Jahrhundert tat: Einige geeignete Menschen zu bestimmen, die besonders für Gäste zuständig sind und von allem anderen dafür freigestellt werden. Ob diese Aufgabe ihnen liegt, dürfte sich in ihrer Fähigkeit zeigen, aufmerksam präsent zu sein ohne Aufdringlichkeit und ohne die Absicht sich verdient zu machen. Sie müssen spüren, ob der Gast Beachtung wünscht oder in Ruhe gelassen werden will. Es ist ihr Amt (!), Gäste in aller Bescheidenheit beim Eintritt zu begrüßen und ihnen - falls sie das wünschen - weiterzuhelfen. Sie sollten also nicht mit der Verteilung diverser Papiere oder mit dem Gespräch mit Stammgästen befasst sein.

26. Wie sieht es mit Liturgieblättern und Gesangbüchern aus? Sind sie sicht- und erreichbar direkt am Eingang? Nicht etwa später; gewiss nicht erst, wenn man einmal sitzt. Denn wie komme ich dann noch daran? Was bedeutet in Gottes Namen "Ps." oder "EG"? Wenn ich das nicht weiß, finde ich vielleicht die richtige Nummer, aber nicht das richtige Lied. Geht es nicht auch einfacher? (z.B. mit einer Projektion der Lieder auf eine Leinwand?)
27. Gibt es Gastgeber/-innen, die dafür ein besonderes Talent haben?

Gottesdienstordnung
28. Gibt es eine durchschaubare Gottesdienstordnung? Ist sie vorhanden und verständlich? (Letzteres ist ganz etwas Anderes als gewollt Populäres oder Gewohntes. Menschen suchen im Gottesdienst ja in der Regel nicht die alltägliche Welt, sondern gerade einen Ort, an dem sie etwas von einer anderen Welt spüren.)
29. Was für eine Sprache wird gesprochen? (Normales Deutsch oder eine Sprache, die Kirchenfernen wie "Zungenrede" klingt?)
30. Haben Gäste die Chance Gemeinschaft zu erfahren? Begrüßen Menschen einander und reden sie auch miteinander? (Koinonia)
31. Haben sie die Chance, etwas von einer besonderen Aufmerksamkeit für Menschen nah und fern zu erspüren? (Diakonia)
32. Haben die Menschen eine Chance, etwas von einer Begegnung mit Gott zu fühlen, zu sehen, wenigstens bisweilen? (Mystik)
33. Haben sie die Chance teilzunehmen und mitzuwirken?

Verabschiedung
34. Geht nach dem "Amen" jeder seines Weges oder besteht die Möglichkeit zu einem Gespräch? Beispielsweise mit einem/einer Pfarrer/-in oder Seelsorgemitarbeiter/-in.

Ich hoffe, dass eine Gottesdienstgruppe oder eine Ad-hoc-Gruppe, die mit dieser Diagnose beauftragt wird, mit einer solchen Checkliste etwas anfangen kann. Eine solche Gruppe sollte diese Checkliste abarbeiten können um Verbesserungen zu erreichen. Das sollte eigentlich gemeinsam mit Gästen und anderen Kirchenfernen - insbesondere auch mit Menschen aus Randgruppen - geschehen. Sie blicken oft auf ganz andere Weise auf die Gemeinde als Gemeindeglieder.

Wie gesagt ist dieses nur ein Beispiel.

Ich schlage vor, dass andere Gruppen - die Gruppe für Erwachsenenbildung, für Diakonie, für die "Offene Tür", für Seelsorge usw. - in Analogie hierzu eigene Checklisten machen, mit denen sie den gastfreundlichen Gehalt ihrer eigenen Gruppe und der Angebote, die sie machen, "messen" können.

4.4 Und nun: Drei Aufbauprozesse in der Praxis

Nach der Theorie nun die Praxis in Form von drei Prozessbeschreibungen neben denen, die ich schon in *„Gemeinde als Herberge"* beschrieben habe. Auch hier habe ich wieder die Qual der Wahl. Natürlich sollte der Prozess gut zum Vorschein kommen, denn davon handelt ja dieses Kapitel. Und ebenso selbstverständlich sollten sich die Darstellungen voneinander unterscheiden in der Hoffnung, dass andere Gemeinden sich jedenfalls mit einer von ihnen identifizieren können. Aber selbst unter diesen Bedingungen bleibt die Wahl schwierig. Warum aus der Vielfalt der Gemeinden, die sich auf den Weg gemacht haben, diese drei? An Stelle einer ausführlichen Rechtfertigung erzähle ich kurz, was mich an diesen drei Gemeinden so fesselt. Das stelle ich bewusst jeder Beschreibung voran, weil ich die Geschichten dieser drei Gemeinden nicht durch meine Kommentare unterbrechen will. Um so weniger, als diese drei Geschichten von Menschen vor Ort gutgeheißen wurden.

Zunächst Bant: Hier geht es um eine kleine Reformierte Gemeinde auf dem Lande, der zu ihrem eigenen Erschrecken klar wurde, dass - wenn nichts geschieht - auch sie, wie die anderen protestantischen und katholischen Gemeinden am Ort, ihre Türen schließen muss. Diese Erkenntnis war zwar erst mehr oder weniger deutlich, brachte sie aber zum Handeln. Und wie! Ich habe sogar fast den Eindruck, dass Gott, als Er aus Jorwerd verschwand, sich in Bant niederließ. Aber es gibt auch eine sachlichere Erklärung. Jedenfalls war es so, dass alle Voraussetzungen für den Umbau einer traditionellen Dorfgemeinde zur offenen Gemeinde (wie in Kapitel 3 beschrieben) hier vorhanden waren: eine Vision, die begeisterte, die Entscheidung für den Weg einer gemeinsamen Wanderung, eine sachkundige Steuerungsgruppe, eine enthusiastische, ja, man kann beinahe sagen "begeisterte" Pfarrerin, ein tatkräftiger Kirchenvorstand. Und dazu kommt, dass diese Gemeinde eine echte Gemeinschaft ist, gewohnt offen miteinander zu reden.

Dann Hamm-Pelkum: die Evangelische Gemeinde Pelkum ist ein Beispiel dafür, wie von der Vision her ein vorhandenes vielfältiges Gemeindeleben Profil gewinnt und angeregt wird. Kaum war das Leitbild einer gastfreundlichen Gemeinde auf dem Tisch und im Dorf bekannt, bildeten sich spontan zwei Gruppen von Frauen, die sich vom Kindergarten her kannten. Die Vision der Gastfreundschaft setzte rasch schlummernde Möglichkeiten frei. Aber alle Aktivitäten müssen sich jetzt an einem Konzept messen lassen.

Und schließlich Hagen-Loxbaum: Ein kreiskirchliches Diakonisches Werk achtet normalerweise auf Effektivität und Wirtschaftlichkeit. Wunderbarerweise arbeitet es in Hagen so eng mit einer

Kirchengemeinde zusammen, dass ein offenes Haus entsteht, welches Gemeinschaft ermöglicht, kompetente Hilfe bietet und den Gottesdienst im Alltag und am Sonntag feiert.

Ich hoffe, dass diese Veranschaulichungen den Blick dafür öffnen, wie ein solcher Prozess ablaufen kann. Vielleicht reizen sie ja auch zu eigener Kreativität. Bei den Beschreibungen habe ich mich auf die ersten Phasen konzentriert, denn dazu stellen sich in der Praxis die meisten Fragen. Bei der Anfertigung der Darstellungen habe ich mich auf schriftliches Material und Interviews gestützt. Die Beschreibungen sind mit den Betroffenen abgestimmt.

4.4.1 Die Reformierte Gemeinde Bant, "Modell Offene Kirche" (MOK)

Der Prozess. Die Geschichte beginnt 1997. Die Reformierte Gemeinde Bant zählt zu diesem Zeitpunkt 260 Gemeindeglieder. "Wir sind eine sehr normale, aber durchaus lebendige, aktive und attraktive Gemeinde von heute. Innerhalb der Gemeinde läuft alles recht gut: Es gibt gute Beziehungen untereinander und großen Gemeinschaftsgeist; es gibt keine Vakanzen; die Glaubensgespräche werden gut besucht; die Gemeinde genießt neue und bisweilen experimentelle Entwicklungen in der Liturgie usw. .... In aller Deutlichkeit: Die ideale Gemeinde sind wir zwar nicht .... Aber wir sind froh, so zu sein, wie wir sind!"
Nichtsdestoweniger: "Wir machen uns Sorgen." Auch unsere Gemeinde wird kleiner, die Gemeinde vergreist, immer mehr Jüngere verlassen das Dorf. "Manchmal hört man jemanden seufzen: 'Es ist ja alles gut und schön zur Zeit, aber wie lange können wir das noch leisten?'" Und auch: "Wie mag unsere Gemeinde in zehn Jahren aussehen?"

"Wir fragten uns schnell: Sind diese sorgenvollen Äußerungen nicht gerechtfertigt?"
Um darauf eine Antwort zu finden, berief der Kirchenvorstand die Arbeitsgruppe "Zukunft der Reformierten Gemeinde Bant". Sie bekam den Auftrag zu untersuchen, was an diesen besorgten Äußerungen richtig sei und "Vorschläge zu entwickeln". Nach einem halben Jahr präsentierte die Arbeitsgruppe das Ergebnis auf einem Gemeindeabend. Die Folgerungen waren nicht umwerfend: "Ohne Veränderungen und/oder Erneuerungen hat unsere Gemeinde ihr Überlebensminimum erreicht!" Was nun? Unter Leitung der Arbeitsgruppe "Zukunft" wurden auf einer folgenden Gemeindeversammlung verschiedene Modelle besprochen. Letztendlich entschied sich die Gemeinde für das "inspirierende Modell der offenen und gastfreundlichen Gemeinde.... Als Gemeinde haben wir beschlossen, die Herausforderung anzunehmen.... Wir versuchen dieses Modell in die Situation unseres kleinen Polderdorfes zu übersetzen". Das wurde gekennzeichnet mit drei Buchstaben: MOK, d.h. "Modell Offene Kirche". Das Jahresthema der ganzen Gemeinde wurde direkt festgelegt: "Natürlich: MOK". Pfarrerin Mathilde de Graaff wurde "unmittelbar zu Beginn in ein Studiensemester geschickt". Auch das stand im Zeichen von MOK.

Die große Frage war: "Wie macht man so etwas?" Der Kirchenvorstand bekam von der Gemeinde (an einem weiteren Gemeindeabend) den Auftrag eine "Steuerungsgruppe" zu bilden. Diese erhielt "als Auftrag, das Modell Offene Kirche mit der Gemeinde zu durchdenken und zu konkretisieren." Dieser Gruppe wurde ferner ans Herz gelegt,

- "die Gemeinde in all ihren Gliederungen so weit wie möglich an diesem Denk- und Bewusstseinsprozess zu beteiligen, damit es ein Prozess von unten ist und bleibt,

- ein waches Auge für die Dorf- und Polderbewohner zu haben und sie, wo möglich, auf dieselbe Weise wie die Gemeindeglieder in den Prozess einzubeziehen."

Des Weiteren bestimmte die Aufgabenbeschreibung, dass die neuen Pläne dauernd gemessen werden sollten an den drei Grundprinzipien von Gemeinde:
- Umgang mit dem Geheimnis,
- Gemeinschaft miteinander,
- Dienst an der Gesellschaft.

Auffallend war, dass alle Menschen, die die Steuerungsgruppe einlud, positiv reagierten. "Das erste, was die Steuerungsgruppe tat, war, einige nicht kirchlich gebundene Dorfbewohner auf eine mögliche Teilnahme an der Steuerungsgruppe anzusprechen." Auch diese reagierten positiv.

Der folgende Schritt bestand aus einer Besinnung in allen bestehenden Kreisen und Ausschüssen der Gemeinde. Das geschah anhand folgender Fragen:
- Was gibt mir die Gemeinde, und was will ich behalten?
- Was suche ich?
- Was vermisse ich?
- Was kann unsere Gruppe/unser Ausschuss zum MOK beitragen?

Die Antworten konnten in folgenden Stichworten zusammengefasst werden: Raum und Offenheit, niedrige Schwellen und offene Türen, zeitgemäß und aktuell. Mit Schrecken wurde entdeckt, "wie - zwar unbeabsichtigt - abgeschlossen unsere kirchliche Gemeinschaft immer gearbeitet hatte". Das Ziel wurde folgendermaßen formuliert: "Wir suchen nun nach einem neuen Begegnungsort in der Dorfgemeinschaft und im Polder, wo Menschen aus verschiedenen Gesellschaftsschichten
- einander begegnen und wahrnehmen,
- sich gemeinsam mit der Gesellschaft befassen,
- sich auf Fragen von Glauben und Leben besinnen."

Es sollte ein Prozess "von unten" werden. "Miteinander sich dafür einsetzen und sich nicht entmutigen lassen, wenn mal irgendwann etwas schief geht. Davon hängt alles ab!!! Niemand von uns weiß, wie es geht, aber wir träumen davon und glauben daran, dass es gehen muss. Deshalb machen wir uns einfach auf die Suche nach dem, was wir mit dem Wörtchen „es" meinen. Es ist keine einfache, sondern eine herausfordernde Aufgabe...!"
Es wurde versucht diesen Träumen auf verschiedene Weise eine möglichst breite Öffentlichkeit zu geben. "Also gehen wir auf den Markt. (...) Dort rufen wir interessierte Polderbewohner dazu auf, nach neuen und zeitgemäßen Formen der Kirche heute mitzusuchen."
Nach dieser Bestandsaufnahme und Besinnung "fangen wir einfach an." Zunächst "gehen wir von einer MOK-Veranstaltung alle sechs bis acht Wochen aus". Diese sollen von ihrer Anlage her für Dorf und Polder von Belang sein. Daher wird jedes Mal an einem aktuellen Thema gearbeitet, das aufbereitet wird für einen Gottesdienst, als eine Gelegenheit für Begegnung und für ein gesellschaftsbezogenes Gespräch (MOK-Talk). Menschen, die mitmachen wollen, beteiligen sich entweder am gesamten Programm oder an einem seiner Teile. Dabei wird so weit wie möglich zurückgegriffen auf Kenntnisse, Wissen und Erfahrungen von Menschen und/oder Organisationen aus Dorf und Polder, die "Sachkenntnis in Bezug auf das aktuelle Thema haben". Insbesondere der "MOK-Talk", ein Stündchen am Sonntagmittag, genießt sehr schnell großes Ansehen bei Dorf- und Polderbewohnern. Inzwischen finden auch MOK-Gottesdienste statt. "Hier teilen Menschen innerhalb und außerhalb der Gemeinde ihre Lebens- und Glaubenserfahrungen." Besonders haben auch einige Musikgruppen ihre Mitarbeit angeboten. Vor allem die Thomasmessen kommen gut an. (Zu dieser Form von Gottesdienst siehe Kapitel 5.3.4).

Die Organisation wächst mit den Veranstaltungen. Es wurden fünf selbstständige Gruppen gebildet für Kommunikation, Organisation, Gottesdienste, Angebote und Catering. "Auf diese Weise muss sich nicht jeder mit allem beschäftigen. Außerdem können so Menschen eingesetzt werden in Bereichen, die sie gut finden und deshalb auch gut können." Die Kommunikation bekommt viel Aufmerksamkeit. "Im Dorfladen steht ein ‚Ideenkasten' (ein sehr großer roter Becher)." In unserem Gemeindebrief und in der Dorfzeitung wurde eine neue "Offene Rubrik" initiiert, in der jeder seine Gedanken/Ideen hinsichtlich des neuen Modells einbringen kann.

Die Erfahrungen sind überwiegend positiv. Es ist zwar für die Gemeinde etwas erschreckend, dass sie im Dorf die Kirchenclique zu sein scheint. Auch Fragen nach der Identität entstehen. "Wo liegt die Grenze zwischen Gastfreundschaft und Identität? Das Besondere aber ist, dass die Fragen von Außenstehenden gestellt werden. Auch innerhalb der Kirche kommt durch diese Fragen ein erneuertes Glaubensgespräch in Gang. Spannend und herausfordernd!"

Die Entwicklungen haben auch dazu geführt, dass die Pfarrerin verschiedene neue Kontakte im Polder geknüpft hat: Mit Künstlern, Musikern, kulturell und sozial Schaffenden und einer Plattform für junge Unternehmer. Auch bekommt sie Anfragen, Beerdigungen und Trauungen von "Außenstehenden" zu begleiten. "Auf einmal ist man - auch als Pfarrer - in die Gesellschaft integriert und interessant für bestimmte Netzwerke", so Mathilde de Graaff. Und sie fährt fort: "Schön, wenn man als Kirche so präsent sein und das teilen kann, was man im Haus hat."

Worauf das alles hinausläuft, weiß die Steuerungsgruppe nicht. Sehr wohl aber weiß sie, wem sie jetzt begegnet. "Begeisterten Menschen von überall her, die nach so etwas suchen ... nach etwas Neuem und nach anderen Formen der Kirche heute! Daraus folgen inspirierende Gespräche, schöne Begegnungen, Ideen im Überfluss usw.. Das

wirkt ansteckend und begeisternd! Es tut sich wieder etwas in der und um die Kirche!"
Die Entwicklung geht weiter. Vor kurzem wurde eine Gruppe gegründet, in der "Dorfbewohner gemeinsam nach der Realisierung einer Herberge/eines kirchlichen Ortes als multifunktionales Gebäude für das ganze Dorf suchen".

Randbemerkungen.
Es ist verführerisch, noch viel mehr über die weitere Entwicklung in Bant zu erzählen. Ich tue das nicht, denn die Frage lautete: Wie beginnt man den Prozess? Dazu ist genug gesagt. Ich beschränke mich auf vier Randbemerkungen:
1) Die Entwicklung in Bant besteht nicht aus einer Serie von Zufällen, sondern aus einem zusammenhängenden Prozess. Darin ist das Grundmuster der drei Phasen deutlich erkennbar. Es wird systematisch an einer Analyse der gegenwärtigen Situation gearbeitet, dann wird eine gemeinsame Vision entwickelt, diese wird in einer Reihe von Arbeitszielen konkretisiert (wobei alle Gruppen in der Gemeinde und auch nichtkirchliche Menschen herzlich zum Mitdenken eingeladen werden), und es werden deutliche Prioritäten gesetzt. Das deutlichste Indiz dafür ist, dass die Pfarrerin "unmittelbar zu Beginn in ein Studiensemester geschickt" wurde.
Darauf folgt Phase zwei: die Durchführung.
2) Es wurde ausdrücklich der Weg einer gemeinsamen Wanderung gewählt. Auch das geschieht konsequent und von Anfang an, direkt bei der Anweisung für die Steuerungsgruppe.
3) Bei der Entwicklung einer offenen, gastfreundlichen Gemeinde bekommen nicht nur alle Gemeindeglieder, sondern auch andere die fürstliche Gelegenheit, Einfluss zu nehmen. Und sie gehen gerne darauf ein! Sie wollen nicht nur teilhaben, sondern auch mitwirken. Das ist ein typisches Kennzeichen von Gastfreundschaft. Frappierend ist

aber auch, dass sie die Frage nach der Identität auf den Tisch bringen.

4) Auffallend ist, dass die in Kapitel 3 genannten Voraussetzungen im Wesentlichen alle vorhanden sind. Von der "Kehrtwendung" bis zur "kompetenten Steuerungsgruppe". Bei der "Kehrtwendung" hilft ihnen die Säkularisierung ein wenig. Denn es ist für diese Gemeinde klar, dass einfach weiter zu machen, eine Sackgasse ist. Die Zahlen sagen es! Ihnen ist klar: Das alte Gemeindemodell hat seine Zeit gehabt. Daher fehlt hier der kräftige Widerstand gegen Veränderungen, dem wir oft begegnen, die Angst das Wenige, das wir noch haben, auch noch zu verlieren. Bant hat nichts mehr zu verlieren. Das gibt Freiheit und Raum um sich einer Vision zu widmen.

4.4.2 Die Evangelische Kirchengemeinde Pelkum

Der Prozess. Den bunten Blumenstrauß einladender Aktivitäten auf einfache Weise sichtbar zu machen, ist dieser Gemeinde offenbar wichtig. Am Internet-Auftritt der Gemeinde unter www.pelkum.evkirchehamm.de ist das ablesbar.

„Bringen Sie ein Konzept mit?" wurde die Pfarrerin Gabriele Wedekind vom Presbyterium vor ihrer Wahl im Frühjahr 2001 gefragt. Die Antwort lautete: „Nein! Noch kenne ich die Situation nicht. Gemeinsam mit Ihnen möchte ich sie mir gern anschauen". Bis zum Herbst dauerte der Prozess der Bestandsaufnahme und Situationsanalyse. Die Pfarrerin hatte dann den Eindruck, das Konzept der gastfreundlichen Gemeinde könne gut zur vorhandenen Lage passen und diese weiterführen. Sie erarbeitete aus „Gemeinde als Herberge" eine Vorlage. Das Presbyterium nahm sich ein Wochenende lang dafür Zeit. Dann beschloss es, der Gemeindeöffentlichkeit als

Leitbild den Satz vorzuschlagen: „Gastfreundlich und evangelisch – aus gutem Grund".

Pelkum ist ein Dorf am Rand des Ruhrgebietes in der Nähe großer Städte wie Hamm und Dortmund. „Wald der 1000 Ideen" nannte jemand die bis dahin vorhandene Gemeindearbeit. „Mal folgten wir dieser, mal jener Idee". Gesucht wurde ein Konzept, das die Fähigkeit zur Sammlung hatte - in der Lage, die Vielzahl unterschiedlicher Aktivitäten, Frömmigkeiten und eigenständiger Gruppen zu tragen und anzuregen? Im Januar 2002 wurde das Konzept auf einem Neujahrsempfang der Gemeinde vorgestellt und diskutiert. Das Logo eines Facettenkreuzes, das man mit anderen Gemeinden teilt, unterstreicht die integrierende Funktion des Konzeptes: das griechische Kreuz in der Mitte, umrankt von acht Quadraten, die unterschiedlich gefüllt werden können, jedoch auf das Kreuz bezogen bleiben.

Als Hauptpfeiler für die Zufriedenheit erwies sich die Methode der Konsens-Findung bei anstehenden inhaltlichen Entscheidungen. Über Schwerpunkte künftiger Gemeindearbeit wurde in Versammlungen und Gruppen diskutiert. Wenn sich Mehrheiten herauskristallisierten, wurde die Minderheit gefragt, ob sie die Entscheidung mittragen könne und wolle. Falls Bedenken bestehen blieben, wurde die Entscheidung verschoben. Die Konsens-Methode trug erheblich dazu bei, dass die Beteiligten den eingeschlagenen Weg als den ihren verstanden.

Im Laufe der vier vergangenen Jahre entstanden neue Projekte, die das Konzept verdeutlichen und ausstrahlen. Gemeinsames Essen spielt dabei keine geringe Rolle. Zur „Pelkumer Sommerkirche" trifft man sich bereits vor dem Gottesdienst zu einem Frühstück, das die Frauenhilfe aufwändig gestaltet. „Frühschicht" heißt ein Projekt in

Zusammenarbeit mit der örtlichen Hauptschule. Alle Schulkinder kommen einmal pro Woche in der Passions- bzw. Adventszeit während der ersten Schulstunde zu einer Andacht in die Kirche. Es folgt ein Frühstück im Gemeindehaus, das von Mitgliedern verschiedener Gemeindegruppen vorbereitet und ausgerichtet wird. „Neuerdings grüßen mich unbekannte Kinder", erzählt ein Mitglied des Männerkreises. „Das kann nur mit der ‚Frühschicht' zusammenhängen".

Ein Schwerpunkt in der Gemeinde ist die Kinder- und Jugendarbeit geworden. Nachdem der Kindergottesdienst schon längere Zeit nur „dahindümpelte", beschloss man, ihn eine Zeit lang ganz ausfallen zu lassen und währenddessen mit einigen Interessierten nachzudenken. Ergebnis war ein dreifaches Angebot: Einmal im Monat findet sonntags um 11.15 Uhr ein Mini-Gottesdienst für Kinder bis zu 6 Jahren statt. Hier spielt eine Handpuppe die tragende Rolle. Auch alle Konfirmanden sind einmal im Monat zu einem besonderen „Gottesdienst für Kids" eingeladen. Schwieriger war es, für die Kinder zwischen 6 und 12 Jahren etwas Attraktives zu gestalten. Jetzt läuft als Kirche für Kinder das Angebot einer „Ichthys-Gruppe", zu der sich monatlich 45 bis 60 Kinder treffen. 19 Mitarbeiter bieten Singen, Spiele und ein kleines Theaterstück zu einem biblischen Thema an. Hierzu wird dann in Kleingruppen gearbeitet, und schließlich wird in diesen Gruppen auch gemeinsam gegessen.

Zweiter Schwerpunkt war die Aktion: „Eine gastfreundliche Gemeinde geht zu den Menschen". Sie begann mit einer ganztägigen Zurüstung. Es entstand eine Gruppe, die Neuzugezogene, Familien mit Kindern bis zu 3 Jahren, Kranke und Senioren zu Geburtstagen nach Voranmeldung besucht. Zunächst hatte man den Radius der Besuche auf Menschen mit Nähe zur Gemeinde beschränkt. Es fanden sich jedoch genug Besucher, so dass mittlerweile alle infrage kommenden Einwohner des Ortes besucht werden können.

Bereits im Jahr 2003 wollte die Gemeinde die 850 Jahre alte Jakobus-Kirche öffnen: für Touristen, die mit Fahrrädern hier vorbeikommen, für die benachbarten Schulen als besonderer Raum für geeignete Angebote und allgemein als Raum für das Gebet. Inzwischen machten Bergschäden eine umfangreiche Sanierung der Kirche notwendig. So musste die Kirchenöffnung verschoben werden. Üblich aber ist bereits, dass Familien in einer Trauersituation den Schlüssel zur Kirche, wenn sie es wünschen, ausgehändigt bekommen.

Die Pfarrerin versteht sich als Impulsgeberin. Sie achtet z.B. darauf, dass das Foyer des Gemeindehauses immer eine gestaltete Mitte hat. Wenn dann Gruppen im Rahmen ihres aktuellen Themas diese Mitte verändern, freut sie das. Ein weiteres Angebot sind die monatlichen Erzähl-Gottesdienste an den Tauf-Sonntagen. Hier werden biblische Geschichten in ihren größeren Zusammenhang gestellt. „Diese Geschichten erzählen von den Erfahrungen, die Generationen vor uns mit Gott und der Welt gemacht haben. Sie können helfen sich selbst und sein Leben in der Welt besser zu verstehen".

„Evangelisch – aus gutem Grund" hatte sich der Evangelische Kirchenkreis Hamm als Leitbild gesetzt. In der Gemeinde Pelkum wurde dieses Leitbild mit der Idee der Gastfreundschaft kombiniert. Weil es in traditionellen Landgemeinden nicht üblich ist, über den Glauben zu reden, hält diese Zusammenschau den Impuls wach, nicht oberflächlich zu werden, sondern auch in geistlicher Hinsicht zu wachsen.

Randbemerkungen.
1. Ganz deutlich ist hier, dass man der Methode der gemeinsamen Wanderung folgt, und zwar von Anfang an, ja schon bevor die Pfarrerin ihre Arbeit anfängt. Diese Grundentscheidung prägt die Rolle der Pfarrerin, die Art und Weise der Entscheidungsprozesse, die Entwicklung von Zielen und den Verlauf des ganzen Prozesses. Leute erfahren: „Ich werde gesehen". „Was hier geschieht, ist nicht nur Sache der Pfarrerin, sondern es ist auch meine Sache'". So werden Mensch und Sache ernst genommen.
2. Dieser Prozess macht auch klar, wie wichtig ein Leitbild ist. Das wirkt offenbar wie ein Hafen für einen Segler. Es „entfesselt" Energie, regt die Phantasie an und gibt dem Prozess eine Richtung, auch weil es hilft sich zu entscheiden. Ein Leitbild kann auch als Kriterium bei der Auswertung wirken.
3. Die drei Phasen, von denen in diesem Kapitel die Rede ist, sind klar erkennbar, und zwar immer wieder. Man nimmt sich dafür Zeit, damit jeder mitkommen kann. Das unterstreicht noch einmal, dass man konsequent den Weg der gemeinsamen Wanderung einschlägt. Auch macht dieses Beispiel deutlich, das der Prozess kein einmaliges Geschehen ist, sondern immer weitergeht. Gastfreundlichkeit ist kein Jahresthema, sondern bleibende Aufgabe, die allmählich deutlicher und nach und nach weiter verwirklicht wird.

4.4.3 Die „Oase Loxbaum", Hagen

Der Prozess. Die Namensgebung „Oase Loxbaum" zu Ende des Jahres 2004 markiert den Abschluss eines vierjährigen Veränderungsprozesses. Der Loxbaum, seit Kriegsende Stadtteil mit den meisten Notunterkünften in Hagen, erhielt ab dem Jahr 2000 ein verändertes Gesicht. Die Notunterkünfte wurden großenteils saniert. Die früheren Bewohner zahlten jetzt entweder ortsübliche Mieten oder wurden über die Stadt verteilt. Damit gingen die Kinderzahlen im Stadtteil zurück. Bewusst blieben allerdings Notunterkünfte für ausländische Migranten bestehen.

Die Träger stadtteilbezogener Arbeit erkannten, dass ihre Arbeit nicht weitergehen konnte wie bisher. Das Diakonische Werk Hagen hatte sich seit langem auf dem Loxbaum mit einem Kindergarten, einem Kinderhort und einer Zuwanderungs-Beratung engagiert. Jetzt wurde deutlich, dass bei veränderten Rahmenbedingungen, d.h. geringerer staatlicher Refinanzierung, die alten Gebäude mit ihren hohen Betriebskosten für eine Fortsetzung der Arbeit zu teuer waren. Die Evangelische Kirchengemeinde besaß auf dem Loxbaum ein marodes Gemeindehaus, angebaut an den Kindergarten des Diakonischen Werkes - mit einem riesigen Außengelände. Zwar hatte in diesem Haus die Gemeindearbeit nach dem Krieg ihren Anfang genommen und die Kinder- bzw. Jugendarbeit hatte einen guten Ruf gehabt. Inzwischen hatte jedoch die Gemeinde im benachbarten Bezirk eine hübsche Kirche gebaut. Auf dem Loxbaum fanden nur noch Gottesdienste in kleinem Kreis statt. Eine Frauenhilfe und einige Kinder trafen sich noch im Gemeindehaus. Angesichts sinkender Finanzen wuchs die Einsicht: Zwei Gemeindezentren sind zuviel.

Normalerweise ist das Argument der Wirtschaftlichkeit unschlagbar. In diesem Fall jedoch gewannen Stimmen die Überhand, die es für wichtig hielten, dass die Gemeinde auf dem Loxbaum präsent bleibe. Beim gemeinsamen Nachdenken von Kirchengemeinde und Diakonischem Werk entstand die Idee, die Betriebskosten zu senken durch Zusammenlegung von Einrichtungen unter ein Dach und durch Verkleinerung der genutzten Flächen.

Anfang 2001 trat der Diakon Peter Wiewiorka seinen Dienst auf dem Loxbaum an. Ihn kennzeichnen sozialarbeiterische Kompetenz, bedingt durch Ausbildung und Berufserfahrung, und ein geistliches Verlangen, das er mit Hilfe einer Weiterbildung zum Diakon vertieft hat. Seine Aufgabe war es, mit allen Beteiligten einen Raum- und Bauplanung als ersten Schritt einer Konzeptentwicklung zu moderieren und zu koordinieren. Sein Herz schlug für die Dynamik, die entsteht, wenn diakonisches Handeln (Menschen Raum geben und beteiligen) und die Spiritualität einer Gemeinde (gemeinsam Gott suchen und verehren) miteinander eine Verbindung eingehen. Unterstützt wird er in den gottesdienstlichen und katechetischen Aufgaben von einem jungen Pfarrer, den der Kirchenkreis aus der Nachbargemeinde in diese Gemeinde entsendet.

Das sichtbare Ergebnis ist ein umgebautes Haus, das unter einem Dach auf 5 Ebenen beherbergt: eine Einrichtung für ca. 100 Kinder im Alter zwischen 6 Monaten und 12 Jahren, einen Gottesdienstraum sowie zwei Gruppenräume der Gemeinde. Eingangstür und der Eingangsbereich des Zentrums schauen in Richtung Außengelände und Notunterkünfte der ausländischen Migranten, die es weiterhin auf dem Loxbaum gibt. Vor der Eingangstür gibt es einen Bereich mit Bänken in unterschiedlicher Entfernung zum Haus. Hier kann man sich treffen ohne einzutreten. Im hellen, verglasten Foyer stehen einige Stehtische. Hier kann man sich aufhalten und auch rasch wieder gehen, z.B. wenn man das eigene Kind abholen will. Man blickt jedoch von dort auch in eine Küche, in der Tisch und Bank zum Sich-Setzen und Klönen einladen. „5 vor 12" steht auf der Pinnwand im Eingangsbereich, und es wird angeboten, dass der Diakon werktags von 11.45 bis 12.45 Uhr in der Küche anzutreffen ist für den Fall, dass jemand das Gespräch wünscht. Geht man weiter hinein in die Gemeinderäume bzw. hinauf zu den Räumen der Einrichtung für Kinder, so folgt man verschlungenen Wegen zu hellen, interessant gestalteten Räumen, von denen keiner dem Anderen gleicht.

Die Entwicklung am Loxbaum ist kein Beispiel für eine „organisierte Reise" unter Anleitung von Experten, obwohl es davon genug gab. Sie ist vielmehr ein Beispiel für eine „gemeinsame Wanderung". Alles geschah mit größtmöglicher Beteiligung der Betroffenen – sowohl in der Einrichtung für Kinder als auch in der Gemeinde. Kinder drückten durch Bilder aus, was sie sich wünschten. Die Mitglieder der „Frauenhilfe" beteiligten sich am Probesitzen und Aussuchen der Stühle. Immer wieder wurde in Versammlungen über den Stand der Planung informiert und weiterführende Ideen von allen Gruppen erfragt. Das setzte sich fort während des ganzen, 4 Jahre dauernden, nicht selten mühsamen Prozesses.

In Übereinstimmung damit wurde erst, als alles umgebaut war, ein Wettbewerb zur Namensgebung ausgeschrieben. So erhielt Ende 2004 das Zentrum den Namen „Oase Loxbaum". Erst jetzt setzt ein Nachdenken ein: Was bedeutet dieser Name? Als Motto des Jahres 2005 für Gemeinde und Einrichtung für Kinder wurde gewählt „Alle unter einem Dach"! Man beginnt zu fragen: Wie setzen wir um, was gebaut ist? Jetzt ist ein Nachdenken über ein gemeinsames inhaltliches Konzept möglich.

Immer noch arbeiten unter diesem einen Dach zwei eigenständige Bereiche nebeneinander mit einer sich eher ergebenden als absichtlich gewollten Schnittmenge. Immer noch gibt es ganz unterschiedliche Spiritualitäten im Haus: Den einen liegt vor allem der Sonntagsgottesdienst am Herzen, der Diakon sucht Unterstützung bei einer Werktags-Spiritualität im Gemeindezentrum.

So kann man sagen: Auf dem Loxbaum kommt das Sein vor dem Bewusstsein (weil Umbau und Zusammenleben stattfanden, bevor ein Gesamtkonzept feststeht). Dennoch ist das Ergebnis kein

Zufallsprodukt. Die Aufbau-Phase hatte bereits ihre Grundsätze, die zu einer offenen Gemeinde passen:

a. *Flexibilität*: Die Gemeinderäume haben variable Wände. Die Einrichtung für Kinder hat ein teiloffenes Konzept, das in der Lage ist, auf sehr unterschiedlichen Bedarf zu reagieren. Neben festen Gruppen macht man Kindern je nach Interesse Angebote, die vom Atelier über Theater und Medien bis hin zu Ruhe und Entspannung reichen. In der Gemeindearbeit verzichtet man auf eine feste Programmstruktur, hält aber an Bewährtem fest (Gottesdienst ein- bis zweimal monatlich, Wochenschlussandachten von Gemeindegliedern gestaltet, kirchlicher Unterricht, Frauenhilfe, Café International). Die gemeinsame Nutzung der vorhandenen Räume je nach Bedarf beginnt, und erstaunlicherweise vermisst niemand die verloren gegangenen 25% an früher vorhandenen Flächen.

b. *Bedarfsorientierung und Beteiligung*: Als eine ausländische Mutter Deutsch lernen wollte um ihrem Kind bei den Hausaufgaben helfen zu können, war dieses der Beginn von zwei regelmäßigen Sprachkursen in der „Oase Loxbaum", die sich reger Nachfrage erfreuen bei Frauen im Alter zwischen 18 und 80 Jahren aus 9 Nationalitäten.

c. *Offenheit und Transparenz*: Das gläserne Foyer und die Offenlegung aller Planungen sind dafür Beispiele. Dieser Grundsatz bleibt zugleich Absicht, die in Zukunft weiter verwirklicht werden will.

d. *Umorientierung*: Die Verlegung des Haupteingangs der Gemeinderäume weg von den kleinen Einfamilienhäusern und - gemeinsam mit der Kindereinrichtung - hin zu den neuen Nachbarn, den Wohnblocks der Migranten, wurde diskutiert und erwies sich als zumutbar für die Gemeinde.

e. *Vernetzung*: Viele formale und informelle Gespräche waren und sind notwendig. Die beiden Träger des Hauses, Diakonisches Werk Hagen und die Gemeinde, sind paritätisch in einer 8-köpfigen

Steuerungsgruppe vertreten. Begleitet wird das Projekt von einer Stadtteilinitiative „Flora Loxbaum", in welcher sich Kirchen, Parteien, Vereine und engagierte Einzelpersonen zusammengeschlossen haben. In einem Quartiers-Team sitzen die Mitarbeiter aus Kinder- und Jugendeinrichtungen des Stadtteils an einem Tisch. Großer Wunsch ist eine gute Zusammenarbeit mit dem benachbarten Jugendzentrum, um mit seiner Hilfe Angebote für junge Menschen zwischen 12 und 25 Jahren zu entwickeln. In einem Jugendkonvent wird mit dem Evangelischen Jugendpfarramt Hagen zusammengearbeitet.

Randbemerkungen.
Ich möchte die Aufmerksamkeit speziell auf drei Punkte richten:
1. Obwohl Begriffe wie „Gastfreundlichkeit" oder „offene Gemeinde" kaum vorkommen, ist die Sache selbst da, und wie! Der entscheidende Punkt ist, dass die Gemeinde nicht der Versuchung folgt und sich auf das „bessere Stadtviertel" zurückzieht. Im Gegenteil. Sie hat sich umgedreht und die Leute gesehen, und sie versucht mit deren Augen zu sehen. Eine neue Blickrichtung, nicht von innen nach außen, sondern umgekehrt von außen nach innen. Das resultierte in einem gastfreundlichen Haus. Seine Kennzeichen sind leichte Zugänglichkeit, eine offene Küche, Wärme und ein Ton, der Menschen abholt und ernst nimmt, verbunden mit dem, was einer traditionellen Gemeinde wichtig ist: Menschliche Gottesdienste, die Gott in diesem Haus und in diesem Stadtteil anrufen und verehren. Die Gäste haben das gespürt. Und deswegen diesem Zentrum den Ehrentitel „Oase" gegeben.
2. In Kapitel 3 und 6 wurden und werden für die Entwicklung einer offene Gemeinde wichtige Bedingungen genannt: umdenken, einander wahrnehmen, vertrauen, sich für eine gemeinsame Wanderung entscheiden, auf einen inspirierten Pfarrer oder Mitarbeiter als Coach zählen können und eine kompetente Steuerungsgruppe. Was bei der

Beschreibung der „Oase Loxbaum" auffällt, ist, dass alle Bedingungen hier erfüllt sind, und zwar gleichzeitig. Und das ist wichtig. Vom Pfarrer bzw. verantwortlichen Mitarbeiter z.b. wurde gesagt, dass er Verlangen haben soll. Das kann riskant sein, und es ist riskant, wenn die Leidenschaft auf die Durchführung eigener Pläne ausgerichtet ist. Aber das trifft hier nicht zu, weil man mit den Augen Außenstehender sieht. Dann erhält das Verlangen seine rechte „Kanalisierung".
3. Gastfreundschaft ist hier nicht in erster Linie leitender Begriff, sondern „Ausdruck einer neuen Sichtweise" (vgl. Kap 2.3).

4.5 Abrundung

Die Prozessberichte unterscheiden sich stark voneinander. Das ist kein Wunder, denn die Situationen dieser drei Gemeinden weisen beträchtliche Unterschiede auf. Aber jenseits aller Unterschiede geht es in allen drei Beschreibungen um den auf eine offene Gemeinde ausgerichteten Aufbauprozess, in dem Raum für Gäste, füreinander und für die Begegnung mit Gott geschaffen wird.
Der darauf ausgerichtete Aufbauprozess ist kein einmaliges Geschehen, sondern er ist kontinuierlich. Immer wieder werden die drei Phasen durchlaufen. Das Ende des einen Zyklus ist der Beginn des nächsten. Hier wird deutlich: Der Aufbau einer gastfreundlichen Gemeinde ist kein Jahresthema, sondern ein kontinuierlicher Prozess.
Der Prozess hat den Charakter einer "gemeinsamen Wanderung". In ihm arbeiten Gemeindeglieder und Pfarrer eng zusammen. In einer solchen (Arbeits-)Gemeinschaft spielt die Pfarrerin eine wichtige Rolle als inspirierende Lehrerin, die Lernsituationen schafft, in denen "Mensch" und "Sache" gleichermaßen volles Gewicht haben. Dieser Prozess spielt sich nicht selten in ekklesialen Gruppen ab. In ihnen bereiten sich Menschen auf ihre Aufgabe vor, erleben

Gemeinschaft und schaffen so auch Raum für eine Begegnung mit Gott. So arbeiten sie nicht nur an einer Gemeinde als Herberge, sondern können auch ihre eigene Gruppe als Herberge erfahren. So wird die Gruppe zur Kirchengruppe.

Unbestimmtheit schafft keinen Raum, sondern Fläche

5. Über die Spannung zwischen Offenheit und Identität. Grenzen der Gastfreundschaft?

5.1 IST ALLES ERLAUBT?

Die Herberge ist für jeden da. Aber in der Praxis stoßen wir auf Grenzen. Das beobachten wir sogar bei "Häusern der offenen Tür". Sie wollen für alle offen stehen, aber in der Praxis scheint das doch schwierig zu sein. Die Menschen, die als erste da sind, geben nicht selten dem Haus ihre Prägung, und das schreckt andere oft ab. Auch beim Pläneschmieden in Richtung auf eine gastfreundliche Gemeinde stoßen wir an Grenzen. Weil wir nicht für jeden etwas bedeuten können, werden wir mehr oder weniger gezwungen, eine Zielgruppe zu definieren. Das kann in der Praxis bedeuten, dass wir für andere die Schwellen erhöhen.

Wieder andere Grenzen kommen in Sicht, wenn wir an das "beieinander zu Gast sein" denken. Inwieweit sind Menschen verschiedener Spiritualität bereit einander Raum zu lassen? Wie viel Verschiedenheit verträgt eine Gemeinde in der Praxis und wie lange? Darüber sollten wir nicht allzu leicht hinwegsehen. Wir sprachen darüber in den Kapiteln 1.1.b und 3.2.b.

Um ganz andere Grenzen geht es, wenn eine Frage gestellt wird, die ungefähr so lauten könnte: "Ist denn im Namen der Gastfreundschaft alles erlaubt?" Man spürt hier die Spannung zwischen niedriger Schwelle und Identität. Oder, wie andere sagen, zwischen Offenheit und Treue gegenüber der Tradition, zwischen Freiheit und Konfrontation, zwischen Respekt vor "dem Menschen" und Respekt vor "der Sache". Im Wesentlichen geht es um ein und dasselbe: Ist beides zugleich möglich? Diese Spannung kommt beispielsweise in der Frage von Foitzik und Gossmann zum Ausdruck: "Wie offen darf und wie erkennbar muss die christliche Kirche heute sein?" Diese Frage konkretisiert sich in der Praxis auf verschiedene Weise: Darf die Gemeinde auf jede Bitte um eine kirchlichen Beerdigung eingehen? Darf die Gemeinde der Bitte um die Taufe eines Kindes nachkommen, dessen Eltern nicht in der Kirche sind? Kann in einer Thomasmesse jeder zum Abendmahl eingeladen werden? Muss man schon froh sein, wenn Jugendliche Kontakt zur Gemeinde haben, oder darf man auch Ansprüche stellen? Populär gesprochen: Ist denn alles erlaubt?

Um diese Frage geht es in diesem Kapitel. Um es nicht komplizierter zu machen, als es ist, spitze ich die Frage vorläufig auf Gäste zu. In einem gesonderten Abschnitt am Schluss dieses Kapitels, beziehe ich diese Frage auch auf andere Menschen, die uns in der gastfreundlichen Gemeinde begegnen: auf die Gastgeberinnen und Gastgeber sowie auf Menschen, die wir als "Freunde" bezeichnen.

Ich warne aber im Voraus: Ich habe keine Lösung, sondern ich gebe eher eine Richtung an, damit eine Gemeinde auf die eigenen Fragen eine eigene Antwort finden kann. Deshalb beschreibe ich, wie einzelne Gemeinden mit dieser Frage in der Praxis umgegangen sind. Um das Problem anpacken zu können, müssen wir zunächst die Frage klarer stellen. Das geschieht nämlich in den gerade genannten Fragen nicht. Im Gegenteil. Sie führen uns in eine Sackgasse.

5.2 UM WAS GEHT ES?

a. ... Wie Wasser und Wein ...: eine falsche Denkstruktur

Ich will mit der Tür ins Haus fallen. Die Frage, wie Foitzik und Gossmann sie stellen, ist meiner Meinung nach nicht richtig. Ihre Frage - Wie offen darf und wie erkennbar muss die Kirche sein? - bewegt sich in einer Denkstruktur, in der diese Frage nicht zu lösen ist. Das kommt daher, dass die Frage - so formuliert - unterstellt, dass die beiden Aspekte von Gastfreundschaft - Offenheit und Eindeutigkeit (oder welches Begriffspaar wir auch verwenden) - nicht miteinander zu vereinigen sind. Die beiden Aspekte werden hier nämlich tatsächlich als Pole ein und derselben Linie dargestellt.

Schema 6: Das Verhältnis von Offenheit und Eindeutigkeit

* —————————————— *

Offenheit   Deutlichkeit

An einem Ende steht Offenheit und am anderen Eindeutigkeit. Wenn wir das Problem so darstellen, bedeutet etwas mehr von dem einen unvermeidlich etwas weniger vom Anderen. Und so stecken wir immer in einem Kompromiss. Und dann stellt sich allzu schnell die Frage: Wie weit dürfen wir gehen? Und so wird die Frage ja auch gestellt: "Wie offen darf und wie deutlich muss die christliche Kirche heute sein?"
Meiner Meinung nach ist diese Darstellung falsch. Offenheit und Eindeutigkeit sind nicht voneinander abhängig. Offenheit steht Geschlossenheit gegenüber, Eindeutigkeit einer Unbestimmtheit. Deshalb darf man diese beiden Begriffe nicht als Gegenpole einer

Linie betrachten. Diese Struktur ist falsch. Wir brauchen eine andere Denkstruktur.

Hinzu kommt noch Folgendes: Wenn ich es richtig sehe, wird in Gesprächen über diese Spannung unterstellt, dass diese Begriffe sich verhalten wie Wasser und Wein. Offenheit ist dann Wasser, Eindeutigkeit der Wein. Und mit Letzterem muss man behutsamer umgehen als mit dem Ersten, weil es kostbarer ist. Auch das trägt diese Denkstruktur in sich. Das sehen wir auch an der Frage von Foitzik und Gossmann: Offenheit „darf", und Eindeutigkeit „muss" sein. Ich hoffe gezeigt zu haben, dass das falsch ist.

Die Folgerung ist klar: Wir brauchen eine andere Denkstruktur. Aber welche?

b. Das Gespräch als geeignete Denkstruktur für die Auflösung der Spannung zwischen Offenheit und Identität

Ich schlage vor, vom Gespräch als Struktur oder Modell auszugehen, im Rahmen dessen wir die Frage nach der Spannung erneut stellen. Ich entlehne dieses Modell bei J. Firet, seinerzeit Professor für Praktische Theologie an der VU[12]. Er stellte die Frage: Wie können wir in der Gemeinde Leitung ausüben? Und weiter: Wie sollten wir miteinander umgehen? Für Firet (1983) wird das Grundmodell dazu in Ex. 33 gezeigt. Da wird erzählt, dass Gott mit Moses von Ange.-sicht zu Angesicht umging wie jemand mit seinem Freund im Zelt der Begegnung. Da schlossen sie einen Bund. Der Umgang Gottes mit Moses hat den Charakter eines Gespräches. Nach diesem Vorbild - so Firet - sollen wir unsere Aktivitäten gestalten: die (diakonischen) Dienste, die Präsenz der Gemeinde, den Gottesdienst, die Seelsorge, Katechese und Erwachsenenbildung. Alles. Natürlich weiß er auch, dass nicht alles Gespräch ist. Er sagt nur, dass die wesentlichen

---

[12] Vrije Universiteit van Amsterdam

Kennzeichen eines Gespräches in allem, was Gemeinde tut, präsent sein müssen.
Und nicht nur in der Ortsgemeinde. Nach dem Vorbild des Gespräches müssen auch die übergemeindlichen Angebote gestaltet werden, die Visitation, die Beziehung von Kirchenleitung zu Synode und Gemeinde. Das gilt nicht nur für Beziehungen innerhalb der Kirche, sondern auch für die Beziehungen der Kirche zu anderen Bereichen. Nach diesem Vorbild sollte beispielsweise auch die Beziehung der Synode zu den theologischen Fakultäten gestaltet werden: "Wie ein Mann mit seinem Freund umgeht", "im Zelt der Begegnung", um so miteinander "einen Bund" zu schließen.

Es ist daher wichtig, etwas präziser zu betrachten, worauf es bei der Gestaltung eines Gespräches ankommt.

Firet nennt vier Aspekte, die ich kurz mit eigenen Worten zusammenfasse:
Situation. Ein Gespräch findet in einer bestimmten Situation statt. Nicht alle Gesprächsthemen können überall und jederzeit angesprochen werden. Was in einer Situation passend ist, passt keinesfalls in einer Anderen. Für die Frage, wie wir die gastfreundliche Gemeinde gestalten können, bedeutet es, dass wir uns genau klarmachen müssen, in welcher Situation wir sind. Ein Gottesdienst ist etwas Anderes als eine Stadtteilversammlung; eine Gruppe, in der Menschen Inhalte der christlichen Tradition kennen lernen können, ist eine andere Situation als ein Glaubensgespräch; ein Gemeindeabend ist etwas Anderes als eine "Offene Tür". Es gibt unterschiedliche Situationen. Das bedeutet dass keine allgemeingültige Antworten gegeben werden können. Denn: Die Situation spricht ein Wörtchen mit.
Von Mensch zu Mensch (Intersubjektivität). Ein Gespräch ist nur dann ein Gespräch, wenn Menschen miteinander reden, wenn beide

zu Wort kommen. Wenn nur einer das Wort führt, ist es kein Gespräch, sondern etwas Anderes: z.B. eine Zusammenkunft, die der Instruktion dient oder eine Unterhaltung alter Art. Kennzeichnend für ein Gespräch ist also Gegenseitigkeit.

Hinzu kommt noch: In einem echten Gespräch betrachten wir einander als einzigartig, unverwechselbar, ja als Ebenbild Gottes, und so werden wir einander mit Respekt begegnen. Die Teilnehmenden an einem Gespräch sind Subjekte. Das kommt in dem Wort "Intersubjektivität" zum Ausdruck. Das prägt die Art und Weise des Umgangs miteinander. "Wie ein Mann mit seinem Freund spricht".

Kennzeichnend für das Gespräch ist also Gegenseitigkeit und gegenseitiger Respekt. Es kommt darauf an, diese Grundsätze in Umgangregeln zu übersetzen (einen Versuch dazu habe ich in Kapitel 2.3.2 von „*Gemeinde als Herberge*" unternommen).

Das Thema. In einem Gespräch geht es um etwas. Thema kann alles Mögliche sein: die Priorität der Diakonie, Inhalt und Ziele der Katechese, die Predigt und die Bedeutung der Liturgie, das Verständnis von Abendmahl und Eucharistie, der Inhalt der Verkündigung, das Wesen von Präsenz und was nicht noch alles. Soll ein Gespräch gut verlaufen, so muss das Thema klar formuliert sein. Was Thema ist, wird durch die Situation mitbestimmt. Kommt das Thema nicht deutlich zum Vorschein, dann führt das zu dem Stoßseufzer: "Um was geht's eigentlich?" Wenn ich mich nicht irre, gibt es hier und da in der Kirche die Neigung, "Themen" zu vernebeln. Sogar das erste Bekenntnis - Jesus ist Herr - wurde bisweilen mit dem Mantel der Gastfreundschaft zugedeckt. Dabei spielt auch die Hoffnung eine Rolle auf diese Art und Weise Raum für Gäste zu schaffen. Aber so geht das nicht! Das Vertuschen der "Sache" schafft keinen Raum, sondern Fläche. Und sie ist als solche ungastlich.

Ordnung und Spontaneität. Zum guten Gespräch gehört schließlich auch - an vierter Stelle - eine gewisse Ordnung oder Struktur. In der alltäglichen Praxis sprechen wir oft von Spielregeln. Fehlen sie, dann gibt es keine Linie, an der man sich festmachen kann. Das macht die Teilnahme an einem Gespräch mühevoll. "Es ufert nach allen Seiten aus", klagen wir dann. "Ordnung" - beispielsweise eine "Gottesdienstordnung" - begrenzt die Möglichkeit der Beteiligung nicht, sondern ermöglicht sie erst! Aber eine solche Ordnung muss klar und durchsichtig sein.

Zugleich gilt aber, dass auch Raum für spontane Einfälle vorhanden sein muss. Nicht nur in Gesprächsgruppen und Gesprächen zu zweit, sondern ebenso in größeren Versammlungen wie dem Gottesdienst. Spontane Einfälle sind nicht störend, sie gehören dazu. Wenn dafür Raum ist, wird klar, dass man sich einbringen darf und dass der Beitrag gewürdigt wird. Damit wird in der Regel auch wiederum dem Thema gedient. Ich habe das einmal in einem Taufgottesdienst erlebt. Der Prediger hatte sein Bestes gegeben, um Kindern, die sich vorn in der Kirche versammelt hatten, die Bedeutung der Taufe zu erklären. Zur Sicherheit fasste er seine Erklärung noch einmal kurz zusammen: "Wir taufen sie nun also im Namen des Vaters und ...?" Erwartungsvoll schaute er umher. Da ergänzt ein kleines Mädchen: " ... und seiner Mutter." Die Gemeinde findet das toll, lebt auf, mag das und ist mehr denn je bei der Sache, d.h. bei der Frage: "Worum geht es bei der Taufe?" Ein prächtiges Beispiel ist auch der Gottesdienst zur Eheschließung von Willem-Alexander und Máxima. Alles war auf Punkt und Komma geregelt. Die Ordnung ist straff und liegt fest. Aber als auf die Frage des Predigers Bräutigam und Braut einander das Ja-Wort geben, bricht "die Menge" auf dem Dam spontan in Jauchzen aus, worauf "die Gemeinde" drinnen erfreut und entspannt reagiert. Spontaneität ist kein Einbruch in den Gang der Dinge, sondern ein wesentlicher Teil davon.

c. Die Bedeutung des Gesprächsmodells für diese Spannung

Was bringt dieses Gesprächsmodell für einen konstruktiven Umgang mit der Spannung zwischen Offenheit und Identität? Dazu Folgendes: Zunächst mache ich die Anmerkung, dass ich von jetzt an nur noch die Begriffspaare "der Sache gerecht werden" und "dem Menschen gerecht werden", und „Freiheit und Konfrontation" gebrauchen werde. Das tue ich, um den Zusammenhang mit den vorherigen Kapiteln, vor allem mit dem ersten Kapitel, klar zu machen. Was also bietet das Gesprächsmodell?

Zunächst, dass wir uns darüber klar werden müssen, mit welcher Situation wir es zu tun haben. Das bedeutet praktisch, dass wir keine Argumente verwenden dürfen, die zu einer anderen Situation gehören. Was für das Glaubensgespräch gilt, passt deswegen noch lange nicht zum Kirchencafé.

Zweitens macht dieses Modell klar, dass Respekt für "den Menschen" und Respekt für "die Sache" gleichrangig sind. Das eine ist nicht weniger wichtig als das andere, wie etwa die Metapher von Wasser und Wein suggerieren könnte. Der Ausgangspunkt - "wie ein Mann mit seinem Freund umgeht" - ist nicht Wasser sondern Wein, der nicht verdünnt werden sollte. Es ist auch so, dass beide Elemente gar nicht in Konkurrenz zueinander stehen. Etwas Mehr vom einen bedeutet nicht etwas Weniger vom Anderen. Im Gegenteil. "Wer keine Botschaft *an* die Menschen hat, der hat auch keine *für* die Menschen" (Teun van der Leer). Sie können nicht ohne einander. Sie brauchen einander! Eine "Sache" kommt nämlich nur zu ihrem Recht in Freiheit, ohne Zwang, wenn der Mensch als Subjekt in Gänze ernst genommen wird. Jede Manipulation und alle Mätzchen, die man aus dem Ärmel zieht, stehen einer wirklichen Konfrontation mit der "Sache" im Wege.

Schließlich ist deutlich, dass Ordnung den Raum für Beteiligung nicht einschränkt, sondern erst ermöglicht. Zugleich aber ist zu betonen, dass diese Ordnung nicht heilig und unantastbar ist, sondern von spontanen Einfällen durchbrochen werden kann. Diese stören nicht, sondern unterstreichen, dass man Mensch sein - "Du, du darfst sein" (Schillebeeckx) - und sich zu Gehör bringen darf! So wird „der Mensch" ebenso hervorgehoben, wie die "Sache" gefördert wird. Ja, die Aufmerksamkeit wird auf die Frage fokussiert: "Um was geht es eigentlich?"

d. Ein neues Schema: keine Linie, sondern eine Uhr

Die Konsequenz, die sich vor allem aus dem zweiten, unter c genannten Punkt ergibt, ist, dass Schema 6 gestrichen werden muss. Es setzt uns auf die falsche Fährte. In der Struktur des Gesprächsmodells sind "Sache" und "Mensch" ja nicht Pole ein und derselben Linie. Es geht um voneinander zu unterscheidenden Aufmerksamkeitspunkte, die durch zwei Linien dargestellt werden müssen. So entsteht das Schema 7.(s.u.)
Auf die vertikale Linie lege ich das Maß, in dem "der Mensch als Subjekt" ernst genommen wird. Diese Linie läuft von - (sehr wenig) zu + (sehr stark). Dazwischen liegt alles Mögliche. Je ernster eine Gruppe Menschen nimmt, desto höher wird ihr Wert angesiedelt. Auf die horizontale Linie setze ich das Maß, in dem "die Sache" ernst genommen wird. Auch diese läuft von - (sehr wenig) zu + (sehr viel). Auch diese „Sache" kann alles Mögliche sein, wie ich oben sagte.
Diese zwei Linien stehen senkrecht zueinander. So entstehen vier Felder. Diese können am besten mit den vier Vierteln einer Uhr verglichen werden. Darauf kann man ganz allgemein sehen, was die Stunde in Bezug auf die Gastfreundschaft geschlagen hat.

Schema 7: Vier Felder der Sorge um "Sache" und "Mensch"

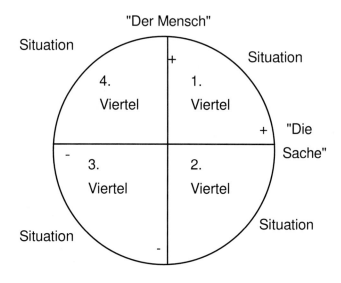

Jede Gemeinde kommt irgendwo in einem dieser vier Felder oder Viertel zu stehen. Damit ist noch nicht alles gesagt, denn innerhalb eines Viertels gibt es viele Positionierungsmöglichkeiten. Höher oder niedriger, mehr links oder mehr rechts. Das bedeutet dass es praktisch nicht nur vier Möglichkeiten gibt, sondern hunderte.

Zur Verdeutlichung versuche ich, die Viertel noch ein wenig mehr zu füllen. Ins *2. Viertel* gehört die Gemeinde, die in der Hauptsache durch "die Sache" in Beschlag genommen wird. „Die Sache" muss von ihr sichergestellt werden. Jedoch "der Mensch als Subjekt" kommt zu kurz. Ein typisches Beispiel ist die Gemeinde, wie Marten 't Hart sie beschreibt. Die Presbyter überbringen Gottes Wort ohne Ansehen der Person! Jedenfalls in seinen Romanen. In glücklicherweise abgeschwächter Form war dieses typisch für die

Gemeinde meiner Jugend. Die Betonung lag auf "der Sache". Das Amt befasste sich vor allem mit den Fragen: Wird bei der Katechese das richtige Buch benutzt? Ist die Predigt bibeltreu?
Dieser Typ Gemeinde denkt von dem Slogan her: "Wir haben ein Wort für die Welt!"
Die Gemeinden, die irgendwo im *4. Viertel* anzusiedeln sind, bilden deren Gegenteil. Sie nehmen "den Menschen" als Subjekt absolut ernst, aber lassen "die Sache" hintenan. Vielleicht, weil sie Gästen keine Schwellen in den Weg legen wollen, vielleicht auch, weil sie in ihrer Identität unsicher sind. Sie haben dem Menschen der Gegenwart nichts zu sagen. Die Tragik dieser Gemeinden ist - wie gesagt -, dass sie durch ihre Unbestimmtheit keinen Raum, sondern eine Fläche schaffen. Der Slogan dieser Gemeinden könnte sein: "Wir haben ein Ohr für die Welt!"
Im *3 .Viertel* siedle ich die Gemeinden an, die sich eigentlich über gar nichts mehr Gedanken machen: Weder über "den Menschen" noch über "die Sache". Sie können sich für nichts (mehr) erwärmen, und nichts lässt ihnen noch einen Schauer über den Rücken laufen. Sie sind weder kalt noch warm. Wären sie das nur! Sie sind lau. Sie haben es hinter sich. Sie erinnern an die Gemeinde von Laodicea (Offenbarung 3).
Ins *1. Viertel* schließlich gehören die Gemeinden, denen es mehr oder weniger gelingt, "dem Menschen als Subjekt" und "der Sache" gleichzeitig ihr Recht zu geben. Die Frage ist nicht mehr: Wie offen darf und wie erkennbar muss die christliche Gemeinde heutzutage sein?
Gemäß der Struktur des Gesprächsmodells lautet *die eigentliche Frage*: Wie kann in jeder spezifischen Situation sowohl "der Mensch" als auch "die Sache" - die Intersubjektivität und das Thema, würde Firet sagen - volle Beachtung erhalten? Konkret: Wie kann jede Gruppe und jede Manifestation von Gemeinde so gestaltet werden, dass sie ins 1. Viertel gehört? Das ist die spannende Frage,

denn nur so entsteht die gastfreundliche Gemeinde! Für Gastfreundschaft sind ja Freiheit und Konfrontation typisch, wie wir im ersten Kapitel feststellten, Mensch und Sache erhalten volles Gewicht.

Jeder Aspekt einer Gruppe oder Aktivität muss daraufhin angeschaut werden. Darum muss:

- *Leitung* Dienstcharakter haben,
- die *Sache*, das *Thema*, vorzugsweise in Form einer Erzählung und nicht eines Vortrages eingebracht werden,
- die *Struktur* Raum geben für großzügige Delegation und das Entstehen ekklesialer Gruppen
- das *Klima* (u.a. die Verfahrensregeln) Respekt für Menschen ausdrücken.

Jedes dieser Elemente muss so gestaltet werden, dass es Stück für Stück ins 1. Viertel passt. Weil diese Elemente in Kapitel 2 von „*Gemeinde als Herberge*" ausführlich besprochen sind, beschränke ich mich auf diese kurze Andeutung.

So wird gastfreundlicher Raum geschaffen.
So kann die Gemeinde oder eine Gruppe zu einer Herberge am Wege werden.
Gut gesagt, aber wie machen Gemeinden das in verschiedenen Situationen? Kommt es zu Spannungen, und wie gehen sie damit um? Davon handelt der Rest dieses Kapitels.

5.3 Und nun die Praxis ans Wort

Das Gesprächsmodell bietet keine unfehlbare Lösung. Wann nimmt man in einer konkreten Situation den Menschen ernst, und was ist in dieser Situation denn genau "die Sache"? Dennoch zeigt dieses Modell die Richtung, mit den Fragen konstruktiv umzugehen, indem es uns verdeutlicht, dass wir nicht zum Kompromiss verurteilt sind. Aber was bedeutet es beispielsweise, wenn man einen Gast im Hause hat, nichtkirchliche Eltern die Taufe ihres Kindes erbitten, wir Abendmahl feiern mit Menschen, die keiner Gemeinde angehören, wir als Gemeinde in einem "sozialen Brennpunkt" präsent sein oder mit Menschen in Notsituationen solidarisch sein wollen? Die letzte Frage lasse ich hier einmal außer Betracht, weil dazu das eine oder andere in Kapitel 2.2.3.c gesagt wurde. Der wichtigste Grund dafür ist aber, dass sich Fragen zum Thema Niedrigschwelligkeit und Identität oder Freiheit und Konfrontation in der Praxis besonders dann zuspitzen, wenn es um die Austeilung der Sakramente und die Gottesdienstvorbereitung geht. Darauf will ich mich dann auch konzentrieren.

In diesem Kapitel will ich zeigen, welche Antworten in der Praxis gefunden wurden, um "Mensch" und "Sache" volles Gewicht zu geben. Darüber wurde in Gemeinden in der Regel sorgfältig nachgedacht. Das ist für mich Grund genug mich eines Kommentars zu enthalten. Daher mache ich nur einige Randbemerkungen um die für unser Thema besonders wichtigen Punkte hervorzuheben.

Es sollte wiederum selbstverständlich sein, dass die von mir getroffene Auswahl willkürlich ist. Darum mache ich mir keine Sorgen. Es geht mir weder um Repräsentativität noch um Vollständigkeit. Letzteres auf keinen Fall. Mein Ziel ist lediglich, das Bild der Gemeinde als Herberge an Hand von Praxisberichten zu verdeutlichen. Dabei ziehe ich Beschreibungen vor, die auch anderswo schon veröffentlicht wurden. Sie ermöglichen die Kontrolle und das Erlangen zusätzlicher Informationen.

5.3.1 Die Evangelische Gemeinde Wetzlar-Niedergirmes

Die Erfahrung dieser Kirchengemeinde kann verdeutlichen, dass eine Gemeinde Offenheit ermöglicht und zugleich selbst erleidet, wenn Konflikte während eines Umbau-Prozesses auftreten können.
Niedergirmes war einst ein Dorf. Heute ist es ein Stadtteil von Wetzlar, der zunehmend zum sozialen Brennpunkt wurde. Migranten machen heute 40% (davon ca. zur Hälfte Aussiedler) der Bewohner des Stadtteils aus. Die Evangelische Kirchengemeinde mit ihrer traditionell diakonischen Ausrichtung tat, was sie konnte. Sie beschenkte arme Familien zu Weihnachten, bot seit 1972 eine Hausaufgabenhilfe für Gastarbeiterkinder im Gemeindehaus an, gab „Anonymen Alkoholikern" und psychisch Kranken einen Treffpunkt und baute 1977 einen nicht mehr gebrauchten Kindergarten zur Seniorentagesstätte um.

Der Konflikt setzte 1987 an einer unerwarteten Stelle ein. Der Baukirchmeister, der für die Gebäude zuständige Kirchenvorsteher, sah den Renovierungsbedarf der Kirche aber erkannte zugleich angesichts der ständig schrumpfenden Gemeinde: „Anstreichen allein hilft nicht". So schlug er seinem Kirchenvorstand vor, die nach dem Krieg notdürftig wieder aufgebaute Kirche umzubauen und das Gemeindehaus langfristig abzustoßen. Die Kirche sollte eine Zwischendecke erhalten, der Kirchsaal in den ersten Stock verlegt und die unteren Räume für Büro und Gemeinderäume genutzt werden. „Wir rücken dichter zusammen und stärken uns", hieß die Devise angesichts knapper werdender Finanzen. „Gottesdienst und Alltagswelt werden verknüpft". Auf zahlreichen Versammlungen über neun lange Jahre hin wurden die Pläne vorgestellt und in der Gemeinde diskutiert. Kaum noch erwartet, entschied sich der Kirchenvorstand für diesen Weg. Traditionell gesinnte Gemeindeglieder jedoch, die nach der Zerstörung der Kirche bei

Kriegsende „Steine geklopft" hatten für ihren Wiederaufbau, spürten die konzeptionelle Veränderung im Umbau. Für sie war das nicht mehr die „feste Burg", die der Stadtteil brauchte, auch wenn man selbst kaum zur Kirche ging.

1996 war der Umbau abgeschlossen. Die Frage war nun: "Was machen wir mit dem Gemeindehaus, das eigentlich nur noch für Beerdigungs-Nachfeiern gebraucht wird?" Finanzielle Mittel waren zu bekommen, wenn man ein Integrationsprojekt für Migranten und Einheimische startete. Das Gemeindehaus wurde zudem seit 2001 als Ausgabestelle für die „Wetzlarer Tafel" genutzt. Mit beiden Projekten konnte die Gemeinde ihrer „anderen Seite", armen Menschen im Stadtteil, dienen. Aus dem Gemeindehaus wurde ein internationales Nachbarschaftszentrum, das viele Menschen anzog und zahlreiche neue Mitarbeiter gewann. Das Projekt „Mahlzeit" (wie die Wetzlarer Tafel hier heißt), die „Gesegnete Mahlzeit" (ein Mittagstisch zweimal in der Woche), „Olgas Klatsch-Café", der Kleiderladen „Chamäleon", Deutschkurse für ausländische Frauen, Computer-Kurse und Sozial-Beratung kamen gut an. „Ein Schneeball war zur Lawine geworden". Damit verschärfte sich der Konflikt in der Gemeinde. Denn nun war auch optisch sichtbar, dass „die letzte deutsche Bastion im Stadtteil gefallen war".

Mit der Öffnung der Arbeit einher ging parallel die theologische Beschäftigung mit den Fragen: „Wer sind wir als Kirchengemeinde? Wem sind wir Gemeinde? Wer sind die Menschen im Stadtteil um uns herum?" Inmitten dieser Suche stieß der Kirchenvorstand auf das Buch „Gemeinde als Herberge" und fand darin eine Vision, passend zu dem, was man praktizierte. Hier waren bereits Gäste zu Gastgeberinnen und Gastgebern geworden. Hier begegnete man sich, fand Gemeinschaft und erzählte Lebensgeschichten. Hier wurde miteinander gelernt, und hier fand Hilfe auf gleicher Augenhöhe statt. So fasste das Presbyterium die Vorstellungen von einer gastfreundlichen Gemeinde in Niedergirmes in einem Leitbild zusammen. Auch den traditionellen Vorstellungen in der Gemeinde sollte Rechnung getragen werden. Aber da ein Unglück selten allein kommt, gab es eine weitere Enttäuschung für diesen Teil der Gemeinde. Die Schrumpfung der Gemeinde machte den Wegfall einer der beiden Pfarrstellen unumgänglich. Aus persönlichen Gründen verließ der Pfarrer die Gemeinde, welcher der traditionellen Gemeindearbeit stärker verbunden war. Die neu hinzugekommenen Menschen und Arbeitsformen machte einem Teil der Gemeinde Angst. Und die Verantwortlichen in Landeskirche und Kirchenkreis sahen in der gastfreundlichen Gemeinde eine „Kür" und pochten auf stärkere Konzentration auf die „Pflichtleistungen" einer Kirchengemeinde (Gottesdienst, Amtshandlungen, Unterricht).

Man kann die Geschichte dieser Gemeinde bis hierher als Konfliktgeschichte hören, und die Verantwortlichen sehen sie auch so und leiden darunter. Man kann sie jedoch auch verstehen als Geschichte von Chancen und Herausforderungen. Mehr und mehr wird spürbar, wie wichtig die verschiedenen Gruppen in der Gemeinde sind. Dieser Aufgabe des Miteinanders stellt sich das Leitungsteam derzeit mittels Besuchen und Kontakten. Geplant ist, die Gemeinde zu „Runden Tischen" einzuladen, an denen die Konfliktgeschichte angesprochen werden kann. Begegnen, sich beraten, bewirten und begleiten sind Bausteine gegenwärtiger Arbeit. Seit der Beschäftigung mit dem Thema und dem Erleben neuer Möglichkeiten ist das Leitungsteam zusammengewachsen, arbeitet phantasievoll und mit Freude und Verlangen - und wirkt ausstrahlend, wie eine kleine Sonne.

Die größte Herausforderung, vor der die Verantwortlichen jetzt stehen, besteht darin, eine Gemeinde erkennbarer Gastgeberinnen und Gastgeber zu werden, welche Menschen ernst nimmt und zugleich ein Verlangen nach Gott hat. Formen werden gesucht und „zufällig" gefunden, in denen Mitarbeiter und Gäste sich als Gemeinde erfahren. Diese Zurüstung von Mitarbeitern zu Gastgebenden im Namen der Gemeinde wird wichtige künftige Aufgabe. Die Ausweitung der Arbeit zwingt zudem zu strukturellen Maßnahmen (vom „Ein-Mann-Betrieb" zum mittelständischen Unternehmen), womit die Kirchenverwaltung große Probleme hat.

Das Feuer des Verlangens nach Gott und das Feuer nach Nähe zu Menschen werden in diesem veränderten Gemeindezentrum gehütet. Angesichts des Konfliktes erforderlich sind jetzt Klarheit und Deutlichkeit. Nachdem die Praxis der Gastfreundschaft dieser Gemeinde nolens volens in den Schoß gelegt wurde, muss das Leitbild dieser Gemeinde in Begegnungen glaubwürdig vertreten werden. Jetzt taucht die Frage auf: Müssen wir in Zukunft alles tun, was möglich und finanzierbar ist? Dürfen wir uns begrenzen?

Randbemerkungen.
Der Umbau einer traditionellen Gemeinde zu einer gastfreundlichen Gemeinde ist nicht einfach. Gut ist uns klar zu machen, dass es verschiedene Widerstände gibt und dass es wichtig ist, sie ernst zu nehmen. Gleichzeitig macht diese Darstellung deutlich, wie wichtig es ist, dass die Gemeinde eine gemeinsame Vision hat. Sie bringt Schwung in die Gemeinde und hilft bei Entscheidungen. In jedem Fall gibt sie die Richtung an. Ohne eine gemeinsame Vision führt ein Konflikt leicht zu einem Patt oder zum Durchdrücken eines Standpunktes mit Hilfe einer Mehrheit. Auch illustriert diese Darstellung, wie wichtig es ist, die drei Dimensionen von Gastfreundschaft - das Bewusstsein bei Gott und beieinander zu Gast zu sein und sich zu öffnen für Außenstehende – beieinander zu halten.

Und mehr noch: Im Zusammenhang dieses Kapitels nehme ich mir die Freiheit darauf hinzuweisen, wie wesentlich es ist, sowohl „die Sache" als auch „den Menschen" ernst zu nehmen. Nicht nacheinander, sondern gleichzeitig. Das verlangt geradezu danach, dass wir den Weg der gemeinsamen Wanderung wählen (vgl. Kapitel 3.4). Nur dieser Weg passt ins erste Viertel des Schemas. Offensichtlich wurde hier am Anfang der Weg der organisierten Reise eingeschlagen. Das führte dazu, dass anfangs eher "die Sache" im Vordergrund stand. Mit all seinen Folgen.

5.3.2 Die Taufe von Kindern nichtkirchlicher Eltern. Bericht aus Pijnacker und Nootdorp

Beschreibung der Taufe
Für das Folgende stütze ich mich auf einen Artikel von Sake Stoppels, seinerzeit Pfarrer in dieser SoW-Gemeinde und auf ein Interview mit ihm.
Eines Tages wird er von einer Frau angerufen, die gerne ihre Tochter taufen lassen will. Sie kennen sich kaum und machen einen Termin für einen Besuch zum Kennenlernen aus. In diesem Gespräch betont die Frau, dass sie ihr Kind gerne schnell taufen lassen will, "weil es sich so gehört". Erklären, warum sie das möchte, kann sie nicht bzw. kaum. Sie hatte diese Frage nicht erwartet, "denn bei ihren Freundinnen hat noch nie jemand Schwierigkeiten gemacht". Der Pastor versucht das Wesen der Taufe und ihre Bedeutung gerade auch für Eltern zu erklären. Er sagt, dass es ihm vor allem um eine gut vorbereitete Taufe geht. Er lädt sie zusammen mit anderen Eltern ein an einer Serie von drei Abenden teilzunehmen, um zu einem tieferen Verständnis der Taufe zu kommen. (In dieser Gemeinde ist die Verpflichtung zur Teilnahme an solchen Abenden an die Stelle der formalen Regel der Reformierten Kirche getreten, dass mindestens ein Elternteil Gemeindeglied sein muss.) Sie verspricht

darüber nachzudenken. Als sie sich nicht meldet, nimmt der Pfarrer wieder Kontakt zu ihr auf. Da teilt sie ihm mit, dass sie kein Interesse mehr hat. Ihr Kind soll nicht getauft werden. Damit ist keiner glücklich. Auch im Kirchenvorstand werden Fragezeichen hinter die selbst gegebene Regel gesetzt. "Darf man eigentlich die Taufe verweigern?" "Müssen wir nicht froh über jeden Täufling sein?" In Reaktion darauf sagt sein reformierter Kollege, dass bei ihnen die Taufe ja nicht verweigert werde, die Gemeinde "stelle jedoch deutliche Spielregeln auf". Auch eine Verwandte der Frau, ein treues Gemeindeglied, ruft an und fragt, "warum sie solche Schwierigkeiten machen".

Die Abende finden mit vier Elternpaaren aber ohne die Frau statt.

Natürlich wird hier Raum geboten "für Eltern, denen Glaube und Kirche nicht vertraut sind. So gibt es am ersten Abend unter anderem eine Runde ‚Wandtafeln'. Jeder kann erzählen, welche Sprüche früher bei ihnen zu Hause an der Wand hingen oder mit welchen Lebensregeln sie aufgewachsen sind. Ein buntes Gemisch von Geschichten ergibt sich, und jeder kann mitmachen!" An diesem Abend geht es also vor allem um den eigenen (Glaubens-)Weg und das eigene Verständnis von Taufe. Der zweite Abend ist die eigentliche Vorbereitung auf die Taufe und den Taufgottesdienst. Der Presbyter, der an dem Taufsonntag Dienst tut, ist auch dabei. Am dritten Abend wird Rückblick auf den Taufgottesdienst gehalten und über (Glaubens-)Erziehung nachgedacht. Eine Mutter aus der Gemeinde mit kleinen Kindern beteiligt sich daran. Sie ist in der Gemeinde aktiv und gibt Religionsunterricht an einer Schule.

Die drei Abende laufen sehr anregend ab, und am Ende sagen mehrere Teilnehmende, dass sie es schade finden, dass alles schon vorbei ist. Die drei Abende waren für sie durchaus der Mühe wert. Es kostete sie drei Abende (Babysitter), aber das wurde durch das, was sie zurückbekommen hatten, durchaus aufgewogen. Drei Taufeltern meldeten sich daher zu einem Gesprächskreis für junge

Erwachsene in der Gemeinde an. Sie waren wichtigen Fragen auf die Spur gekommen und wollten sie nicht übergehen. Hervorzuheben ist, dass Eltern, die zunächst von der Taufe ihres Sohnes Abstand genommen hatten, sich ebenfalls zur nächsten Serie von Abenden anmeldeten. Sie hatten von einem der Teilnehmer gehört, dass es ganz besonders lohnend war. Ihr Sohn wurde später auch getauft.

Wie kommt es, dass diese Abende so hoch im Kurs stehen? Stoppels hat seine Vermutungen: "Wahrscheinlich vor allem deshalb, weil durch die Taufe ihr Kind ernst genommen wird und damit auch sie selbst als Taufeltern. Und dafür hat ein Mensch ja viel übrig." Es werden deutliche Anforderungen gestellt. "Damit nimmt man das Evangelium wie den Menschen ernst. ... Die Taufe ist kostenlos, aber nicht billig."

Randbemerkungen.
Im Zusammenhang mit dem Thema Gastfreundschaft will ich noch gerne zwei Randbemerkungen machen. Zunächst, dass diese Vorgehensweise Mensch und Sache ernst nimmt. Es geht hier eindeutig um eine Praxis, die ins 1. Viertel von Schema 7 gehört. Das geht klar erkennbar aus der Arbeitsweise der Abende hervor - Fragen und Situation der Taufeltern bilden den Ausgangspunkt - und ebenfalls aus den Themen. Eines wird dem Anderen nicht untergeordnet. Gerade dadurch werden die Möglichkeiten der Eltern, an der Taufe Anteil zu nehmen, vergrößert. Aus allem wird große Sorgfalt erkennbar. Die Anwesenheit des Presbyters am zweiten und die einer erfahrenen und sachkundigen Mutter am dritten Abend unterstreichen das noch. So gehört sich das auch, nach Stoppels. "Man kann Menschen nicht verpflichten an etwas teilzunehmen, das nichts bedeutet, schlecht vorbereitet ist und miserabel durchgeführt wird."

An zweiter Stelle fällt auf: Dieser Zugang führt beinahe automatisch dahin, dass Kirchenvorstand und Gemeindeglieder von neuem über Taufe nachdenken müssen. Es geht nicht nur um die Frage: "Wie packen wir das an?", sondern auch Fragen nach dem Warum? und Wozu? kommen unvermeidlich zur Sprache. Auch die Tatsache, dass diese Zugangsweise viel Zeit erfordert, zwingt zum Nachdenken über die Bedeutung von Taufe: Was ist sie uns wert? Eine gastfreundliche Gemeinde ist darum immer eine lernende Gemeinde. Das sahen wir in den vorhergehenden Kapiteln (insbesondere in 2.2.3 und 4), und das werden wir auch bei den noch folgenden Beispielen sehen.

5.3.3. Das "Himmlische Gelage" für junge Leute in Apeldoorn

Beschreibung des Gottesdienstes
In De Maten, einem Neubauviertel aus den 70er Jahren in Apeldoorn, ist speziell für Jugendliche eine neue Gottesdienstform entstanden: das "Himmlische Gelage". Es wurde unter anderem beschrieben durch Tom Schoemaker, Jugendarbeitsberater, auf den ich mich weitgehend beziehe.
Diese Gottesdienste sind nicht vom Himmel gefallen, wurden auch nicht aus kreativen Fingern gesogen, sondern waren tatsächlich die Folge einer Reihe von Gesprächen mit Jugendlichen. Diese wurden zu Hause aufgesucht mit dem Ziel zu erfahren, was sie beschäftigt. Sie bekamen so jede Aufmerksamkeit und blieben doch frei. "Es wurde versprochen, dass das Gespräch einmalig und ohne Verpflichtung sei". Aber eben auch, dass mit den Ergebnissen etwas geschehen sollte. Zirka 60% der aus dem Karteikasten stichprobenartig ausgewählten jungen Leute waren bereit mitzuwirken. Die Interviews durch geschulte Gemeindeglieder mit etwa 140 Jugendlichen ergaben viel. Das wichtigste Ergebnis war, dass ca. 70% dieser Jugendlichen "es gut fanden, dass jemand von der Gemeinde kam, der an ihnen interessiert war. Das zweite Ergebnis war, dass Jugendliche bei Kirche an Gottesdienst denken, und der sei Mist. Es gebe nichts zu erleben und nichts zum

Mitmachen. Als gefragt wurde, wo sie denn etwas von ihrem Glauben miteinander teilen, antworteten sie: "in der Kneipe". Angesichts dieser Ausgangslage begann man zu arbeiten. Die Frage der Arbeitsgruppe war: Wie kann man einen Gottesdienst organisieren, der sowohl der Unverbindlichkeit einer Kneipe Rechnung trägt als auch einer Reihe wesentlicher Elemente des christlichen Gottesdienstes? So entstand das "Himmlische Gelage", "eine alternative Gottesdienstform zwischen Kirche und Kneipe". Ausgangspunkt des "Himmlischen Gelages" ist, "dass es in erster Linie um Begegnung miteinander geht im Vertrauen darauf, dass Gott dabei sein wird, wenn Menschen miteinander über ihre Ideen, Erfahrungen, Gefühle und Zweifel ins Gespräch kommen". Die Gottesdienste sind grundsätzlich ökumenisch. Besucher dürfen nicht nur teilnehmen, sondern auch mitwirken. Mehr noch, "das Himmlische Gelage wird von den Besuchern selbst gestaltet". Es gibt Gruppen von Jugendlichen, die für beinahe alle Teile des Gottesdienstes verantwortlich ist. Auch einige Eltern sind am Gottesdienst beteiligt, ebenso der Pastor und ein hauptamtlicher Mitarbeiter der Jugendarbeit, diese jedoch als Coach.

Zweimal im Monat findet das "Himmlische Gelage" von 12.00 - 14.00 Uhr in einem Saal des Gemeindezentrums statt. In diesen zwei Stunden kann jeder selbst bestimmen, wann er oder sie kommt und geht. Die Bar ist geöffnet mit diversen Sitzgelegenheiten. Das Wichtigste aber ist, dass Raum gegeben wird für Begegnung und Gespräch miteinander. Um dieses Gespräch anzuregen, werden eine Reihe inhaltlicher Impulse gegeben, die hier als Momente der Konzentration bezeichnet werden. Diese haben "alle einen Namen bekommen, der etwas mit der Herberge zu tun hat". Es gibt sieben solcher Momente, die den Verlauf der Liturgie markieren. Ich gebe sie hier etwas verkürzt nach Schoemaker wieder:

Das kleine Gloria: ein Willkommen, bei welchem Gelegenheit zum Kennenlernen besteht und mit dem ins Thema eingeführt wird. Es ist auf die Schriftlesung des Sonntags bezogen.

Die große Sehnsucht: Ein Gast wird bis aufs Mark zum Thema befragt, insbesondere wie es ihn persönlich betrifft, was sein oder ihr Glaube damit zu tun hat und was ihre große Hoffnung dabei ist.

Ausschank: Ein Jugendlicher erzählt eine eigene Geschichte zur Schriftlesung.

Die Gelagetafel: Der Gast und der Geschichtenerzähler beginnen miteinander und mit den Anwesenden ein Gespräch zum Thema.

Himmelspforte: Hier wird versucht, das Engagement für ein gesellschaftliches Projekt zu stärken. Es geht um mehr als das Einsammeln einer Kollekte.

Zwischen diesen Teilen spielt eine Band oder es wird Musik zum Thema aufgelegt.

Bis zu diesem Moment ist es ziemlich unruhig gewesen mit viel Gelegenheit zum Gespräch untereinander. Nun aber verändern sich Atmosphäre und Ton. Die Lichter werden gedimmt, ein großer siebenarmiger Leuchter wird in die Mitte gestellt und die Anwesenden werden gebeten sich ringsum zu setzen und still zu werden. Nach einer kurzen, angeleiteten Meditation geht es:

auf den Grund: Jetzt sind alle fünf bis zehn Minuten lang still, und es besteht Gelegenheit eine Kerze anzuzünden.

Letzte Runde: Am Ende bekommt einer der Pastoren die Möglichkeit, ein letztes Wort zu sagen, das in Beziehung zu dem bisher Gesagten und zur Schriftlesung des Tages steht.

Randbemerkungen.

Der Beginn dieses Prozesses liegt in einer Reihe von Gesprächen mit Jugendlichen. Durch die Art und Weise wie dieses geschieht, behalten die Jugendlichen das Heft in der Hand. Ihre Ideen sind nicht nur interessant, sondern sie werden in eine neue Gottesdienstform umgesetzt. In ihr können sie nicht nur teilnehmen - das können sie bei jedem Gottesdienst - sondern nun wirken sie mit. Ja mehr noch: Sie selbst gestalten den Gottesdienst. Die Art und Weise, wie dieser Gottesdienst gestaltet wird, korrespondiert vollständig der Formel: Freiheit und Konfrontation. Beide sind integriert. Der gesamte Ansatz atmet Freiheit. Die Konfrontation gewinnt in den Momenten der Konzentration Gestalt. Auch dabei behalten die Jugendlichen das Heft in der Hand: Sie befragen Gäste, sie erzählen ihre Geschichte, sie reden miteinander an der Gelagetafel. An die Stelle der Predigt tritt das Gespräch und die Geschichte. Der Ansatz passt zur individualisierten Kultur, in der Jugendliche leben. Kennzeichnend dafür ist, dass sie nicht abwarten, was ein anderer - beispielsweise der Pastor - ihnen in einer Predigt vorgibt, sondern sie selbst gehen auf die Suche nach Informationen, die für sie relevant sind. Die Anmerkung von Schoemaker, dass dort nicht verkündigt wird, bedeutet also eigentlich, dass dort nicht gepredigt wird. Was auffällt, ist auch die Verschränkung von Ordnung und Spontaneität.

Gerne richte ich noch die Aufmerksamkeit kurz auf das Wort "Vertrauen". Es spielt eine zentrale Rolle: Es wird darauf vertraut, dass Gott da ist. Ein Kirchenvorstand gibt vertrauensvoll Jugendlichen das Heft in die Hand.

Im April 2002 wurde der hundertste Gottesdienst gehalten. Inzwischen gibt es auch ein "Himmlisches Gelage" für Erwachsene.

5.3.4 Die Thomasmesse in Arnheim

Beschreibung des Gottesdienstes

In Arnheim gibt es eine interkonfessionelle Gruppe, die für die Vorbereitung und Durchführung von Thomasmessen verantwortlich ist. In diesen Gottesdiensten wird versucht, wie Pfarrer Aukje Westra, einer der Mitarbeiter der ersten Stunde, es ausdrückt, "Raum zu schaffen für Menschen - für das, was sie beschäftigt, für ihre

Sorgen und Freuden, für ihr Leid - und Raum für Gott". Insbesondere richten sich diese Gottesdienste an ungläubige Gläubige, "Zweifler mit einer Sehnsucht - Gläubige mit offenen Fragen" (Pfr. Han Hoekstra). Menschen wie damals Thomas, der Jünger Jesu. Daher der Name.

Typisch für diese Gottesdienste ist, dass man versucht, sowohl "dem Menschen" als auch "der Sache" volles Gewicht zu geben.

Menschen sind willkommen. Das wird ihnen mitgeteilt im Haus-zu-Haus-Flyer. Und das erfahren sie, wenn sie den Schritt zur Kirche wagen. Direkt schon an der Tür, aber auch während des Gottesdienstes. Sie sind geehrte Gäste. Sie dürfen teilnehmen und mitwirken. Sie können mitwirken in einem immer wieder neu zusammengestellten Ad-hoc-Chor, der Lieder mit nicht allzu komplizierten Melodien singt und deshalb nur eine Stunde Übungszeit vor dem Gottesdienst benötigt. Ihnen wird Raum gegeben, Gebetsanliegen zu formulieren usw..

Gott wird gesucht in Gebeten und Liedern, in der Stille, in einer Bibel-Lesung, zeitgemäß übersetzt in verständliche Sprache, in Schauspiel, Tanz, Dias oder im Auftritt eines Clowns.

Im Gottesdienst wird auch das Herrenmahl gefeiert. "Schmecken, wie es einmal sein wird" wird es genannt. „Wir laden alle Anwesenden, die Jesus folgen wollen, dazu ein, Brot und Wein mit uns zu teilen". Gastfreundschaft wird unterstrichen durch die Einladung, in den Kreis der Brot und Wein Teilenden zu kommen: "Wenn du willst, dann nimm vom Brot und vom Wein oder Traubensaft. Wenn du das lieber nicht möchtest, dann gib es weiter an deinen Nachbarn. Sei in jedem Fall im Kreis willkommen, Jesus weist niemanden zurück, der im Vertrauen auf ihn kommt."

Aber bevor es soweit war, wurde in der Gruppe eindringlich miteinander darüber gesprochen. Pfarrer Aukje Westra schrieb Folgendes dazu: "Aber wie soll das gehen? Gehört das Mahl nicht zutiefst in die Mitte der Gemeinde und nicht in einen Gottesdienst, der sich an Randständige und Außenstehende richtet? Wir haben lange über die Art und Weise gesprochen, wie wir Menschen zur Teilnahme einladen sollten. Im ersten Gottesdienst wurde klar, dass Menschen durch die Einsetzungsworte abgeschreckt wurden: ‚Das ist mein Leib, das ist mein Blut.' Die Vorbereitungsgruppe war gespalten. Die einen wollten so oft wie möglich eine zeitgemäße Sprache verwenden, die Anderen bestanden auf den biblischen Worten. Ein emotionales Plädoyer einer Person aus unserer Mitte schuf den Durchbruch: ‚Es ist doch bemerkenswert', sagte er, ‚dass jemand sein Leben für einen Anderen gibt. Das ist in unserer Zeit zwar schwer zu verstehen, aber genau darauf kommt es an. Das Mahl zu feiern ist Erinnerung an das Leiden Jesu und an sein Vertrauen auf Gott.' Das erzählen wir nun im Gottesdienst, und dann folgen die klassischen Einsetzungsworte."

Um einen Eindruck von diesen gastfreundlichen Gottesdiensten zu vermitteln, gebe ich hier den Gottesdienstablauf wieder, wie ihn Pfarrer Han Hoekstra aufgezeichnet hat.

ALLGEMEINE STRUKTUR DER THOMASMESSE IN ARNHEIM
- Raum herrichten - Einweisung durch Mitarbeiter und Zeit für den Ad-hoc-Chor - Vorbereitungsgebet
- Empfang - musikalisches Vorspiel - Einüben einiger Lieder mit allen
- Willkommensworte, Kerzen entzünden, Einleitung (zum Thema) des Gottesdienstes
- Aussprechen, was uns bedrückt, Rufen nach Gottes Nähe
- Vertrauen und Freude Ausdruck verleihen
- Bibeltext oder andere Geschichten: lesen, erzählen - kombiniert mit oder gefolgt von einer Umsetzung, Ausarbeitung, Darstellung (z.B. Dias, Tanz, Clown)

- "Heiliges Chaos" mit meditativer Musik, man kann in Bewegung kommen, etwas äußern oder sich einbringen, verschiedene Formen des Gebetes, Meditation
- Teilen, Kollekte, wenn möglich gemeinsam mit einem Gast, der den Kollektenzweck beschreibt
- Tafelfeier im Kreis mit Mazzen, Wein/Traubensaft; auch die eingebrachten Gebete (schriftlich formulierte Bitten) und das Vaterunser werden gebetet
- Segenslied
- Ausklang - Begegnung (bei Kaffee, Tee).

Ein auffälliges Element ist das "Heilige Chaos". Das ist dasjenige Moment in der Ordnung (!), in dem der Spontaneität (!) Raum gegeben wird. Dann ist alles erlaubt. Man kann zwischen verschiedenen Möglichkeiten wählen. Pfarrer Hoekstra: "Während des "Heiligen Chaos" kann man zu sich selbst kommen, sich finden lassen - nach einer Begegnung mit Gott tasten, jede/jeder auf eigene Art und Weise. Es erklingt einfache Musik. Man kann an seinem Platz nachdenken oder meditieren. Oder an einem anderen Platz in der Kirche zeichnen, eine Kerze entzünden, an einem Wasserbecken ein Wasserzeichen empfangen oder geben, einen persönlichen Segen empfangen." Ebenso kann man ein Gebetsanliegen aufschreiben und einbringen. "Der Inhalt der Gebete wird durch die Besucher bestimmt."

Randbemerkungen.
So erweist sich dieser Gottesdienst als ausgesprochen gastfreundlich. Gäste stehen im Mittelpunkt. Ihnen wird jeder mögliche Raum geboten, um an Wesentlichem zu partizipieren: an Diakonie (Teilen, Kollekte), an Gemeinschaft (Begegnung während und nach dem Gottesdienst), an der Suche nach Gott. Die Gäste bleiben frei! Sie können auch dankend ablehnen. Mit Sorgfalt wird versucht den

Partizipationsraum zu erweitern: In der Sprache, in den Liedern, im "Heiligen Chaos", in der Einladung zu Teilnahme und Mitwirkung, bei der Einleitung des Herrenmahls, der sorgfältig formulierten Kollektenabkündigung, der Art und Weise der Verkündigung. Auffallend ist hier das Zusammengehen von Ordnung und Spontaneität. Das kommt im "Heiligen Chaos" am stärksten zum Ausdruck.

Wie sehr die Bewertung als gastfreundlich hierauf zutrifft, wird vielleicht noch deutlicher, wenn wir diesen Gottesdienst anhand der Checkliste aus Kapitel 4.3.3 verfolgen. Auch wird offensichtlich allen vier Elementen des Gesprächsmodells (5.2.b) Rechnung getragen. Diese Gottesdienste gehören in der Tat ins erste Viertel von Schema 7.

So entsteht ein wirklich gastfreier und gastfreundlicher Raum, der als Herberge am Wege fungiert. Mit den Worten von Pfarrer Hoekstra: "In einer Thomasmesse gewinnen Menschen Kraft zum Leben." Und der Weg, den die Gruppe geht, passt dazu. Pfarrer Aukje Westra schreibt darüber: "Die Gruppentreffen sind intensiv, manchmal chaotisch und inspirierend. Das kommt u.a. daher, dass wir mit einem Abendgebet beginnen, das von einem Gruppenmitglied geleitet wird. Keine Standardliturgie, sondern gemeinsames Teilen unseres persönlichen Glaubens und unserer Zweifel. Es entsteht auch dadurch, dass bei der Vorbereitung der Thomasmesse wesentliche Themen auf den Tisch kommen. Wir laden Menschen am Rande, Menschen von draußen zum Gottesdienst ein. Aber was haben wir ihnen zu bieten? Was beinhaltet der Glaube, den wir mit ihnen teilen wollen?"

So engagiert sich diese Gruppe nicht nur dafür, einen gastfreundlichen Gottesdienst als Herberge am Wege der Menschen zu schaffen, sondern sie fungiert selbst als Herberge für die eigenen Mitglieder.

Das verstärkt ihren Einsatz. Sie erfahren, wofür sie sich einsetzen. Sie setzen sich für einen gastfreundlichen Gottesdienst ein, sie sprechen miteinander von Herz zu Herz (sie sind beieinander zu Gast) und sie sind zu Gast bei Gott. Sie sind so nicht mehr eine Projektgruppe, sondern eine Kirchengruppe: eine ekklesiale Gruppe.

5.3.5 Zu Gast bei einem Orden: Taizé

Beschreibung der Kommunität
Die Gemeinschaft von Taizé ist mittlerweile fünfundsechzig Jahre alt. 1940, zu Beginn des 2. Weltkrieges, verließ Roger Schultz die sichere Schweiz und siedelte mit einigen Mitbrüdern in Taizé. Er war sich sicher, dass er Menschen helfen musste, die Hilfe brauchten. In einer Welt, die zerrissen wurde durch Hass und Krieg, wollte er einen Platz gründen, an dem an Versöhnung gearbeitet wurde. Das kleine Dorf Taizé lag dicht an der Demarkationslinie, die Frankreich in zwei Teile teilte. Es war ein guter Platz um Flüchtlinge aufzufangen. Freunde in Lyon gaben die Adresse von Taizé an Menschen weiter, die ein Versteck suchten. Dieses verschaffte er ihnen in besonderer gastfreundlicher Art und Weise. *Der Brief aus Taizé* (April/Mai 2001) berichtet darüber: Aus Rücksicht gegenüber den Menschen, denen er Unterkunft gewährt hatte, betete Frère Roger allein. Oft ging er weit weg vom Haus in den Wald um da zu singen. Er wollte einige der Flüchtlinge, Juden oder Agnostiker, nicht verlegen machen. Geneviève (seine Schwester, die ihm half, JH) erklärte jedem, dass die, die beten wollten, dieses nur in ihrem Zimmer tun könnten."
Als bekannt wurde, dass er Flüchtlinge beherbergte, musste er fliehen. Nach dem Krieg kehrte er mit einigen Brüdern zurück. Seitdem ist dieser Orden zu einer Gemeinschaft von Brüdern aus verschiedenen Ländern und Kirchen angewachsen. Mit ihnen bildet Frère Roger eine ökumenische Lebensgemeinschaft. Die kleine

Dorfkirche fand Verwendung für die Gebete, die dreimal am Tag gehalten wurden und immer noch gehalten werden. Diese Gemeinschaft sah es als ihre Berufung, ihre Mission an, Wege zu finden, um die Trennung zwischen den Christen zu heilen, und ebenso um einige Konflikte der Menschheit durch die Versöhnung der Christen zu überwinden. In diesem Zusammenhang richteten sie ihre Aufmerksamkeit anfänglich vor allem auf die Liturgie, auf ökumenische Begegnungen und auf gesellschaftliche Probleme, insbesondere von Minderheiten. Sie richten ihre Achtsamkeit also nachdrücklich auf die drei Dimensionen von Gemeinde. Die Gemeinschaft lebt von Produkten, die sie selbst herstellt. Sie akzeptiert keine Geschenke. "Selbst Erbschaften von den Familien der Brüder werden an Arme gegeben."

Das Ausgerichtetsein auf Gott, Gemeinschaft und Dienst ist auch heute das Kennzeichen dieser Kommunität. Von der Bruderschaft werden z.B. Brüder in die ärmsten Länder gesandt um dort in den Slums der Großstädte konkrete Arbeit zu leisten. Spirituelle Tiefe geht hier mit dem Einsatz für eine bessere Welt Hand in Hand. Aber die Kommunität ist vor allem bekannt für ihre Gastfreundschaft.

In den 60-er Jahren wurde Taizé von Jugendlichen entdeckt. Es kamen immer mehr zum vorübergehenden Aufenthalt. Das Gelände weitete sich aus, und es wurde eine neue Kirche gebaut, die im Laufe der Jahre vergrößert werden musste. Auch die Zahl der Brüder wuchs. Gegenwärtig sind es etwa hundert. Die Gäste, die Taizé empfängt, kommen aus der ganzen Welt. Jährlich ziehen etwa 200.000 Jugendliche in das burgundische Dorf. Wegen des überwältigenden Interesses insbesondere von Jugendlichen befasste sich die Bruderschaft immer mehr mit deren weltanschaulichen Problemen. Auch Ältere sind willkommen, aber es dreht sich vor allem um junge Menschen bis dreißig Jahre. Am liebsten sehen die Brüder, wenn sie eine Woche bleiben. Das ist begreiflich, sagt Ferdinand Borger: "Es ist nicht leicht, den Druck des täglichen

Lebens hinter sich zu lassen und sich so einfach in den Rhythmus der Brüder mitnehmen zu lassen. Und ehrlich gesagt: Es ist auch nicht leicht, dreimal am Tage in die Kirche zu gehen. Nach einigen Tagen verändert sich das .... Man lernt einzusehen, dass es auch einen anderen Rhythmus gibt als den des Terminkalenders." Er fährt fort: Jugendliche "bekommen in Taizé allen nur erdenklichen Raum. Das ist eine andere Erfahrung als die, die Jugendliche durchgängig in der Gemeinde haben, wo sie um ihren eigenen Ort immer wieder kämpfen müssen". Darüber hinaus geht es um etwas. In der Gemeinde wird das Glaubensgespräch immer wieder verdrängt durch organisatorische Fragen. "Taizé ist das Gegenteil davon, es ist Raum ohne Schererei." "Über allem steht hier: sich einüben in Vertrauen, wie es genannt wird, ... mitmachen bei Bibelstudien und Gebeten, singen, Stille, hören und anderen begegnen..." Taizé, so führt Borger aus, passt sich nicht einer Jugendkultur an, die sich fortwährend verändert. "Von den Jugendlichen wird erwartet, dass sie sich den Regeln der Gemeinschaft anpassen. Dass dieses mit so vielen Jugendlichen gelingt, hat etwas mit der Tatsache zu tun, dass Taizé nicht predigt. Die Stille, die eingeübt wird, ist für Jugendliche ein Ort, wo sie ihre eigene Spiritualität entdecken können. In diesem Sinne passt Taizé hervorragend in unsere Zeit. Es wird nicht verkündigt, es wird kaum etwas Dogmatisches vorgegeben, (...) und es lässt viel Raum für das Individuum. Als Individuum entdeckt man übrigens, wie sehr man die Gemeinschaft und den Anderen braucht, um etwas von Gott, dem ganz Anderen, erfahren zu können."

Randbemerkungen.
Auch der gastfreundliche Orden von Taizé ist ein gutes Beispiel für das 1. Viertel. Er ist offen, und er hat eine deutliche Identität. Diese Kennzeichen konkurrieren nicht miteinander, sondern sie komplementieren einander. Und gerade in dieser Kombination liegt die Anziehungskraft des Ordens. Hier sehen wir, wie Freiheit und

Konfrontation zusammenpassen. Darin sieht auch Henau das Geheimnis der Anziehungskraft dieses Ordens. Er stützt sich auf eine Untersuchung der Soziologin Hervieu-Leger zu dieser Bewegung und fasst ihre Wahrnehmungen wie folgt zusammen: "Wichtig ist ihrer Meinung nach, dass Jugendliche in Taizé über große Freiheit verfügen sich zu äußern, zu singen, zu diskutieren, nachzudenken und zu beten. Neben dieser Offenheit mit Betonung auf Freiheit, über welche die Jugendlichen verfügen um sich in einem ihnen zur Verfügung gestellten Raum zu organisieren, ist noch etwas Anderes wichtig. Sie finden an diesem Ort zugleich einen Rahmen, eindeutige religiöse Bezüge und darüberhinaus eine Anzahl "Spielregeln", die die Gemeinschaft von Taizé garantiert. Dieses doppelte Gesicht von Taizé - freier Raum, der zugleich umrahmt ist - bildet die Anziehungskraft dieses Ortes. Es ist ein strukturiertes Angebot, auf das man frei eingehen kann. Wichtig ist, dass man gehen und kommen kann, wann man will. Von niemandem wird erwartet, dass er permanent in Taizé bleibt." Henau stellt ausdrücklich fest: "Gastfreundschaft ist der bestimmende Faktor."

Taizé bietet einen Raum um mitzuwirken am Wesentlichen.

Vielleicht verbirgt sich die Anziehungskraft von Taizé in diesem Raum. Paul Ricoeur, selbst regelmäßiger Gast in Taizé, charakterisiert diesen Raum folgendermaßen: "Wir befinden uns nicht im Bereich des Deskriptiven oder Normativen, sondern im Bereich von Inspiration und Enthusiasmus". Es ist der Raum, der auch bei Frère Roger durchscheint, z.B. in seinem Satz: "Gott hat jeden Menschen auf der Erde lieb, aber er drängt sich nicht auf. Er zwingt niemanden ihn zu lieben."

5.4 Ist alles erlaubt? Unterschiedliche Antworten für Gastgeberinnen und Gäste

In der Einleitung schrieb ich, dass die Frage "Ist alles erlaubt?" unterschiedlich beantwortet werden muss mit Blick auf mindestens drei Gruppen: Gäste, Gastgeber(innen) und Menschen, die mehr oder weniger dazwischen stehen. Diese dritte Gruppe nenne ich im Anschluss an die SoW-Gemeinde Winkel u.a.: "Freunde".

> In anderen Kirchen werden sie übrigens mit anderen Namen bezeichnet, und ihre Rolle wird auch anders definiert. In der reformierten Kirche des 16. Jahrhunderts werden sie als "Liebhaber" bezeichnet im Unterschied zu den Gemeindegliedern. Die Heilsarmee kennt neben den Offizieren und Soldaten die Adhaerenten. Auch Orden und ordensähnliche Gemeinschaften kennen eine Kategorie, die zwischen Mitgliedern und Gästen liegt. Klöster kennen und kannten Oblaten. Das Giordano-Bruno-Haus - das in dominikanischer Tradition steht - spricht von "Mitlebenden". Das sind Menschen, die im Tagesrhythmus der Gemeinschaft mitleben und ebenfalls ihren Beitrag zu den täglichen Arbeiten leisten. Und die Lebensgemeinschaft The Iona Community kennt außer Gästen noch drei Typen der Verbundenheit: Mitglieder, Mitglieder auf Distanz und Freunde.
> Ich werde das nicht weiter ausführen. Es geht mir nur darum, dass ein Unterschied zwischen verschiedenen Kategorien gemacht wird.

Nachdrücklich merke ich an, dass diese Dreiteilung keinen Unterschied in der Wertigkeit impliziert, wie es etwa in der alten soziologischen Einteilung in Kerngemeinde, Durchschnittschristen, Randgemeinde und Nicht-Gemeindeglieder mitschwingt. Die Glieder der Kerngemeinde werden als echte, die Glieder der Randgemeinde als halbe Gemeindeglieder angesehen. Bei ihnen wird nämlich hämisch angemerkt: "Wenn sie dich brauchen (z.B. für Taufe oder Trauung) dann kommen sie angeschlichen, danach aber lassen sie sich nicht mehr sehen." "Christen auf Rädern" (nämlich in Kinderwagen, Hochzeitskutschen und Leichenwagen).

In der gastfreundlichen Gemeinde ist das nicht so. Das wird klar, wenn wir uns die Metapher Herberge in Erinnerung rufen. Der Kellner steht nicht über dem Gast. Im Gegenteil. In der Herberge ist der Gast das Wichtigste. Um ihn geht es, und in diesem Kontext wird der "Christ auf Rädern" ein geehrter Gast! Deutlicher noch: Mit der Anwesenheit von Gästen steht und fällt die Gemeinde. Steigere ich mich da in etwas hinein? Jedenfalls nicht, wenn ich dem Theologen O. Noordmans folge, der 1933 eine schöne Meditation schrieb unter dem Titel *Kerk en Schare* (Kirche und Volk). Hierin zeigt er, dass - insbesondere in unserer Zeit - die Zukunft der Kirche viel mehr an Außenstehenden als an der Kerngemeinde hängt.

Die Unterscheidung in Gastgeberinnen, Gäste und Freunde gibt also keine Rangfolge wieder. Was aber dann? Sie ist Bezeichnung für einen Unterschied in der Position. Eine Position ist der Platz in einem Netzwerk. Zur Position gehört ein bestimmtes Set an Erwartungen. Das klingt komplizierter, als es ist. Eine Familie z.B. ist ein Netzwerk miteinander verbundener Positionen: Positionen von Mutter, Vater und (älterem, mittlerem und jüngerem) Kind. Eine Position ist nicht wertvoller als die andere. Aber die Positionen unterscheiden sich sehr wohl voneinander, und das bedeutet dass die Menschen, die diese Position besetzen, eine unterschiedliche Rolle spielen müssen. Von der Mutter wird etwas sehr Spezifisches erwartet, vom Vater und den Kindern ebenso. Wenn jemand die Rolle wechselt – beispielsweise, wenn Vater oder Mutter Kind unter Kindern wird - dann gerät die Familie in Gefahr. Sie kennen ihren Platz nicht mehr, sagen wir dann.

Ähnliches gilt für jede Gruppe, auch für die gastfreundliche Gemeinde und für Gemeinde überhaupt. Wenn Gemeindeglieder (potentielle Gastgeber/innen) sich als Gäste aufführen, verliert das System seinen Charakter und geht zugrunde. Wenn die Kellner Gäste werden, ist es um die Herberge geschehen.

Die Positionen von Gastgeber, Gast und Freund sollten wir daher achten. Das bedeutet natürlich nicht, dass es sich um geschlossene Kategorien handelt. Im Gegenteil, es gibt viel Grenzverkehr. Wenn es an Gastgeberinnen mangelt, dann können die Gäste die Honneurs machen. Ein Beispiel hierfür ist eine kleine Gemeinde in Zeeuws-Vlaanderen. Der Kirchenvorstand hatte sein müdes Haupt in den Schoß gelegt, die Kirche sollte geschlossen werden. Die Gäste und Freunde jedoch akzeptierten das nicht. Aber nicht dieses ist an dem Beispiel wichtig. Es geht um den prinzipiellen Punkt, dass zwischen Gastgeberinnen und Gästen unterschieden werden muss (die Freunde lasse ich hier einmal außer Betracht, gerade weil sich die Erwartungen an sie in verschiedenen Gemeinden und Gruppen deutlich unterscheiden).

Was impliziert aber die Verschiedenheit der Position für die Rollen, die zu spielen sind?

Von Gastgeber/-innen dürfen meiner Meinung nach zwei Dinge erwartet werden: 1) Sie müssen die zentralen Werte ihrer Gemeinschaft wirklich personifizieren, 2) sie müssen Werte beachten und ihnen muss geholfen werden, darin zu wachsen. So funktioniert das auch in der Praxis. Die gastfreundliche Gemeinde für Drogenkonsumenten in Amsterdam erwartet z.B. von ihren Mitarbeitern, dass sie mit Klienten beten können, dass sie aber nicht darauf aus sind, sie zu bekehren. Solche Forderungen spiegeln das Wesentliche der gastfreundlichen Gemeinde wieder: Freiheit und Konfrontation. Auch andere Gemeinschaften formulieren - ausgehend von ihrer Identität - deutliche Erwartungen an Gastgeberinnen/Gemeindeglieder. Die Vorsitzende des CVJM in Hagen, mit der ich zufällig ins Gespräch kam, sagte, dass jeder willkommen sei. "Kann jeder Mitarbeiter werden?" fragte ich. Nein, sagte sie, wir erwarten drei Dinge: mitarbeiten, mitbezahlen und mitbeten. Ähnliches gilt für Mitarbeiter der diakonischen, katholischen, ordensähnlichen Gruppe Sant' Egidio in Rom. Sie erwartet von ihren Gliedern Partizipation an drei zentralen Aspekten dieser Gemeinschaft: tatkräftige Solidarität mit Menschen, die keine Hilfe haben, einander als Freunde beistehen und am Gottesdienst teilnehmen. Alle drei! So könnte ich fortfahren, aber es erscheint mir als Illustration genug.

Auch zur Position des Gastes gehören bestimmte Erwartungen: Sie müssen sich an die Ordnungen der Gemeinschaft halten. Dabei sollte allerdings angemerkt werden, dass die Ordnungen ihrerseits den Sinn haben, Freiheit und Konfrontation zu gewährleisten. Anders gesagt, dass sie Raum für Gäste schaffen, teilzunehmen und mitzuwirken, sofern sie das wollen. Das bedeutet dass auch Hausordnungen zum 1.Viertel von Schema 7 passen müssen.

Die Frage, um die es in diesem Kapitel geht "Ist alles erlaubt?", muss also für Gastgeberin und Gast unterschiedlich beantwortet werden.

Ist das realistisch? Kann man dann überhaupt noch Gastgeber/-innen finden? Ich weiß es nicht. Wenn ich Erzählungen aus verschiedenen Gemeinden glauben darf, gelingt das fast gar nicht oder es ist sehr schwierig. Es gibt also jeden Grund, auf den zweitausend Jahre alten Aufruf zu hören: "Bittet den Herrn der Ernte, dass er Arbeiter in seine Ernte sende" (Mt 9, 38). Aber auch selbst Hand anlegen! Das bedeutet zuerst dem nachzugehen, wodurch das Problem entsteht. Kommt es durch eine allgemeine Malaise in der Ortsgemeinde? Wurden Erwartungen wirklich konkret formuliert? Gehen wir wirklich von Dingen aus, an denen Menschen Interesse haben? Spielt vielleicht eine Rolle, dass wir zu wenig fragen? Wenn wir versuchen Menschen zu binden - allein schon dieses Wort! - und anzulocken mit der Bemerkung, dass es ja nicht viel bedeutet, dann wirkt sich das gegenteilig aus. Warum sollte man sich für so etwas engagieren?

Die Neigung das Problem dadurch zu lösen, dass man die Erwartungen immer tiefer hängt, ist nicht die Lösung. Dennoch werden durchaus Überlegungen in diese Richtung angestellt. Zu meiner Verärgerung las ich beispielsweise in einem "Blatt für Kirchenvorsteher" die Überlegung eines Pfarrers - ich will seinen Namen nicht nennen - sich in der Gemeinde an jenen zu orientieren, "die immer als ‚Ferne' bezeichnet werden".

Wenn wir dieser Überlegung folgen, dann bedeutet das das Ende der gastfreundlichen Gemeinde. Es bedeutet nämlich, dass die Gruppe der Gastgeberinnen (oder im weiteren Sinn: der Gemeindeglieder) verschwindet und in der Gruppe der Gäste aufgeht. Und eine Herberge, die nur Gäste kennt, muss schließen. Eine Herberge hat nur dann Zukunft, wenn es alle drei Positionen gibt: Gastgeber/-innen, Gäste und Freunde.

5.5 Die Spezialität der Herberge: Mensch und Sache erhalten volles Gewicht

Ich fasse kurz zusammen. Die Art und Weise, wie das Problem oft gesehen wird, bringt uns nicht in Gang. Das gilt auch für Begriffe wie "offene Gemeinde" oder "Gemeinde mit niedrigen Schwellen". Sie suggerieren, dass wir um "des Gastes" willen "die Sache" nicht allzu genau nehmen. Zu Unrecht! Das sahen wir bei den Praxisberichten. Sie zeigten, dass dem Menschen gerecht zu werden, keineswegs eine Verringerung der Bemühungen bedeuten muss, dem gerecht zu werden, was ich als Tradition bezeichnen will. Es ist nämlich keineswegs so, dass "den Gast ernst nehmen" und "die Sache ernst nehmen" sich zueinander verhalten wie Wasser und Wein. Sie konkurrieren nicht miteinander, sie sind im Gegenteil voneinander abhängig! Denn nur, wenn wir "den Gast" ernst nehmen, kann "die Sache" deutlicher ins Rampenlicht treten. Und

man nimmt den Gast nicht ernst, wenn man ihm verdünnten Wein einschenkt. Im Gegenteil. Seinen Gast ernst nehmen bedeutet, seine Freiheit zu gewährleisten und ihm zugleich das Beste vom Besten zu geben.
Damit dreht sich der Scheinwerfer um 180 Grad. Von den Gästen zu den Gastgeber/-innen. Was haben sie, was haben wir eigentlich „im Haus"? Wichtig ist es diese Frage ernst zu nehmen. Auch das ist typisch für die gastfreundliche Gemeinde. Wir sahen es im Laufe des ganzen Buches. In einem kurzen Schlusskapitel komme ich noch einmal darauf zurück.

Fremde auf der Durchreise

6. Fröhlich weiter!

Zum Schluss erlaube ich mir ein paar kurze Bemerkungen: eine systematische Zusammenfassung, eine Einladung zum weiterführenden Gespräch und ein Gedicht. In der Zusammenfassung (6.1) stehen einige Zahlen. Sie verweisen auf Kapitel und Abschnitte.

6.1 DIE HERBERGE IST EINE GEMEINDE AUS EINEM GUSS

Die Praxisberichte haben - so hoffe ich - deutlich machen können, dass die offene Gemeinde ein eigenständiger Typ ist. Unter diesem Gesichtspunkt fasse ich das bislang Gesagte zusammen.
In der offenen Gemeinde ist Gastfreundschaft der beherrschende Gesichtspunkt. Er bestimmt nicht nur das Handeln, sondern vor allem die Haltung. Gastfreundschaft ist ein alternativer Lebensstil (1.5). Dieser Stil bestimmt die Blickrichtung. In der offenen Gemeinde geht die Blickrichtung von außen nach innen. So werden also nicht innerkirchliche Themen nach außen getragen, sondern es wird etwas mit Blick auf die Menschen "draußen" veranstaltet. Und dabei wird von ihren Bedürfnissen ausgegangen. Damit werden binnenkirchliche Unterteilungen wie Evangelisation und Seelsorge transzendiert (2.2.3.c). Von Bedürfnissen auszugehen, kann in der Praxis zu Differenzierungen in Form von verschiedenen Angeboten führen, wie z.B. im Bereich Gottesdienst. Das sehen wir unter anderem in

Borne (2.3) und Apeldoorn (5.3.3), in Arnheim bei der Thomasmesse (5.3.4), in Nigtevecht (siehe Kapitel 5.1 „Gemeinde als Herberge"), usw.. Dabei spielt auch eine Rolle, dass "Kirche und Volk", die kirchliche Basis und die Kirchenfernen, nicht immer so einfach miteinander verknüpft werden können, weil sie verschiedene Erwartungen an Kirche haben.

Gastfreundschaft ist in der Tat der entscheidende Ausgangspunkt der offenen Gemeinde. Sie fungiert als Grundstein des ganzen Gebäudes, das wir Herberge nennen. So entsteht eine Gemeinde aus einem Guss.

Gastfreundschaft beschreibe ich mit dem Begriffspaar Freiheit und Konfrontation. Die Praxisberichte machen deutlich, dass Konfrontation nicht nur bedeutet dass der Gastgeber sich zeigt, sondern auch, wie er beinahe unvermeidlich selbst mit der Frage konfrontiert wird: "Wer bin ich eigentlich und was glaube ich selbst, wenn es darauf ankommt?" Oder mit der Frage Bonhoeffers: "Was glauben wir wirklich, d.h. so, dass wir mit unserem Leben daran hängen?" Wenn wir diese Fragen zulassen, bekommt die gastfreundliche Gemeinde den Charakter einer lernenden Gemeinde. Das ist eine Gemeinde, die nicht all ihre Energie in die "Wie-Frage" steckt: Wie bekommen wir ausreichend Mitarbeiter, wie arbeiten wir an einer gastfreundlichen Gemeinde? Eine solche Gemeinde widmet ebensoviel Zeit und Aufmerksamkeit der "Warum- und Wozu-Frage". Damit kommt die tiefste Schicht, die der Identität auf den Tisch. Nämlich: Wer sind wir eigentlich, und zu wem gehören wir? Und: Was ist unsere Aufgabe, und was bedeutet sie? Nicht allgemein sondern sehr konkret im Zusammenhang eines Problems, auf das wir stoßen. Das wurde deutlich in Kapitel 2 und auch in 4, insbesondere in 4.4. Im Zusammenhang der Praxisberichte im gerade beendeten Kapitel 5 stellten sich beispielsweise die Fragen: Was bedeutet die Taufe für uns als Gemeinde und für mich persönlich? Was bedeutet

das Abendmahl/die Eucharistie für mich, für uns als Gemeinde? Was erleben wir eigentlich selbst?
Eine wirklich gastfreundliche Gemeinde nimmt diese Fragen ernst. Ihre Mitglieder öffnen sich ja nicht nur Gästen gegenüber, sondern ebenso füreinander. Das bedeutet beinahe automatisch, dass ein neuer Gruppentyp entsteht, den ich ekklesiale Gruppe genannt habe. Das ist eine Gruppe, in der alle drei Dimensionen von Gemeinde präsent sind: (Zurüstung zum) Dienst, zu Gemeinschaft und zum Umgang mit Gott. Eine solche Gruppe lernten wir in der Praxis kennen (Kap. 2). Jemand, der im Gottesdienst mitarbeitet, bekommt nicht so nebenbei eine Anweisung vom Pfarrer, "wie" er oder sie das zu machen habe. Sondern es werden die Fragen nach dem "Warum und wozu tun wir das?" besprochen. Obendrein redet man nicht nur darüber, sondern man feiert gottesdienstlich miteinander. So lernen die Gäste nicht nur "die Sache", um die es geht, kennen, sondern erleben sie auch. Ebenso läuft das andernorts, z.B. in der Gruppe, die die Thomasmesse in Arnheim vorbereitet (5.3.4). Solche Gruppen leisten nicht nur einen Beitrag zum Aufbau einer Gemeinde als Herberge, sondern sie fungieren selbst als Herberge für ihre Glieder.
Diese Fragen ernst zu nehmen und ihnen Raum zu verschaffen, erfordert einen bestimmten Typ von Pastor. Nicht den "Verkündiger", der es weiß (der ins 2. Viertel des Schemas 7 in Kapitel 5 passt), auch nicht den zur "Sache" schweigenden "Prozessbegleiter und Berater" aus dem 4. Viertel, sondern den Lehrer, sofern wir diesen Begriff von allem entkleiden, was nach Belehrung riecht. Dieser Lehrer gibt keine Direktiven, sondern schafft Lernsituationen und ist bereit zu helfen, wenn jemand allein nicht klar kommt, sehr gern sogar. Dieser Lehrer spricht wie ein Schüler. So bekommen "Mensch" und "Sache" volles Gewicht. Solch ein Pastor passt in das 1. Viertel. In Kapitel 3.5 habe ich diesen Pastor als Coach charakterisiert, der Vertrauen hat und Vertrauen schenkt. Was wir genau damit meinen, sehen wir unter anderem in Terneuzen (2.2.2.c), Apeldoorn (5.3.3)

und anderswo. Vertrauen ist ein Grundbegriff, wenn nicht *der* Grundbegriff des Gemeindeaufbaus (Strunk). Die Haltung solcher Leitung kann man als "non anxious presence" beschreiben.
Es scheint so, als hätten die Pastoren in den wiedergegebenen Praxisberichten die Kunst einer solchen Leitung beim Vater aus dem Gleichnis vom verlorenen Sohn abgeschaut. Jedenfalls sehen sie diese Vaterfigur so. Das kommt deutlich bei Frère Roger (5.3.e) zum Ausdruck. Ich wiederhole gerne noch einmal, was er über Gott sagt: "Gott hat jeden Menschen auf der Erde lieb, aber er drängt sich nicht auf. Er zwingt niemanden, ihn zu lieben."
Die Kennzeichnung des Pastors als Lehrer erklärt auch, wie er sich zu Freiwilligen verhält. Der Pastor übernimmt nicht die Rolle von Freiwilligen. Obwohl er Freiwillige einfach aus ihren Positionen verdrängen könnte, schafft er gerade Raum für sie. Das sehen wir z.B. sehr deutlich bei Stany d'Ydewalle. Sie strebt "nach einem pastoralen Team von Priestern und Laien, die die Gesamtverantwortung für die Parochie nicht untereinander aufteilen, sondern miteinander teilen". Auf der Linie des eben Gesagten dürfte zudem deutlich sein, dass der Pastor sich nicht als Herr der Gemeinde, sondern als ihr Zurüster versteht. Das sehen wir immer wieder, z.B. in Bant (4.4.1), Pelkum (4.4.2), Loxbaum (4.4.3), Apeldoorn (5.3) und andernorts. Zurüstung ist besonders in der gastfreundlichen Gemeinde wichtig. Dort wird der freiwillige Mitarbeiter ja mit sehr verschiedenen Fragen konfrontiert. Auf Zurüstung drängt Ann Morisy, gerade wenn es um Projekte mit in erster Linie diakonischen Akzenten geht (2.2.3 und 5.3.1). Für solche Zurüstung sind ekklesiale Gruppen besonders geeignet. Die Zurüstung zielt darauf, die Kompetenz der Gemeindeglieder zur Partizipation zu vergrößern. Dazu ist es nicht ausreichend, nur zu wissen, was zu tun ist, sondern ebenso sehr, warum und wozu etwas geschieht.

Die Frage ist also nicht, ob der Pastor für die und in der gastfreundliche(n) Gemeinde wichtig ist oder nicht. Das steht außer Frage. Wir sahen es in nahezu allen Praxisberichten. Die eigentliche Frage ist, welche Rolle der Pfarrer in der Gemeinde einnimmt und wie er sie spielt.

Ich bin hier ziemlich ausführlich auf die Rolle des Pastors eingegangen, weil immer wieder Fragen dazu gestellt werden. Aber es sollte natürlich zugleich deutlich sein, dass das, was hier gesagt wurde, nicht nur für den Pastor gilt, sondern für Leitung überhaupt. Im selben Geist handelt z.B. auch die Diakonie in Barendrecht (2.2.2.a). Wie wir sahen, beschränkt sich diese Kollegin nicht auf die Suche nach Freiwilligen für die Palliative Abteilung des örtlichen Pflegeheims, um diese dann mit dem Wunsch: "Viel Kraft und alles Gute!" in den Wald zu schicken. Sie schafft für die Freiwilligen vielmehr ein Setting, in welchem ihre Fragen zur Sprache kommen und in dem sie ihre Erfahrungen miteinander teilen können, einen Ort also, an dem sie beieinander zu Gast sein und zu Atem kommen können.

So zu leiten, stellt wiederum Anforderungen an die Struktur. An Stelle von Auftragserteilung und Instruktion tritt gemeinsame Beratung. Das bedeutet dass hierarchische Verhältnisse konziliaren Beziehungen weichen.

Mensch und Sache ernst zu nehmen, führt dazu, dass sich hinsichtlich der Sache der Akzent verschiebt von (dogmatischen) Auseinandersetzungen zu erzählten Geschichten. "Weniger exegetisch, eher narrativ", drückt Jan Lanser von De Heel das aus (2.2.3.b). Das ist kein Zufall, denn in einer Geschichte gehen "Sache" und "Mensch" wirklich ineinander über. Eine Geschichte kann – gemeinsam mit dem Gottesdienst - eine Quelle für Glaubens- und Gotteserfahrung sein.

Geschichten stehen in der gastfreundlichen Gemeinde im Mittelpunkt. Geschichten stiften Gemeinschaft.

Es ging mir in dieser Zusammenfassung darum, noch einmal hervorzuheben, dass der Grundgedanke der gastfreundlichen Gemeinde - "Freiheit und Konfrontation" - alle Aspekte der Gemeinde prägt: ihre Identität (in der Bedeutung von Selbstverständnis) und ihr Image, ihre Leitung, ihre Struktur und ihren Gruppentyp, ihre Gestaltung zentraler Themen, ihre Verfahrensregeln und damit ihr Klima. Sie bilden gemeinsam ein System wechselseitig voneinander abhängiger Aspekte. (Wer dieses weiter ausgeführt sehen will, den verweise ich auf Kapitel 2 von „Gemeinde als Herberge".) Das eine bedingt das andere. Man kann beispielsweise nicht Leitung verändern und die alten Strukturen beibehalten. Das lehrt zwar auch die Organisationsentwicklung. Aber das Bewusstsein dafür ist viel älter. So wird im Lukasevangelium (Luk 5) davor gewarnt, neue Flicken auf alte Kleider zu nähen und jungen Wein in alte Schläuche zu füllen. Das passt nicht zusammen.

Diese wechselseitige Abhängigkeit erfordert einen Begriff, der den Zusammenhang verdeutlicht. Diese Funktion hat für mich und für viele andere die Metapher "Herberge".

Die offene, gastfreundliche Gemeinde ist somit tatsächlich ein neuer Typ, der zu unserer Zeit passt. Ein Grund mehr sich dafür einzusetzen. Und das führt mich zur zweiten Anmerkung.

6.2 Eine virtuelle Herberge für die Bauleute

Es gibt viele Menschen, die die Herberge als gute Möglichkeit betrachten "das Feuer am Brennen zu halten". Sie haben sich auf den Weg gemacht daran zu bauen. Motiviert. Aber unterwegs sind bei ihnen Fragen aufgekommen. Für sie wurde dieses Buch geschrieben. Allerdings bin ich mir dessen sehr wohl bewusst, dass dieses Buch sicherlich nicht alle Fragen beantwortet. Eindeutiger noch: Jeder Praxisbericht macht auf der einen Seite etwas klar, ruft aber auf der anderen Seite neue Fragen hervor. "Toll, dass ihr das in X macht, aber wie schafft man das .... und was genau habt ihr getan, als ....?" Darauf kann kein Buch eine Antwort geben. Dazu ist ein direktes Gespräch nötig: am „Runden Tisch", wo man beieinander zu Gast ist und Raum vorhanden ist, seine Fragen loszuwerden. Wo man einander auch zum Durchhalten anspornen kann. Kurz, eine Herberge, die man als Mensch, der gleichfalls an ihr baut, einfach besucht, wenn man Zeit hat.

Das ist kein frommer Wunsch. Diese Herberge gibt es schon. Eine virtuelle Herberge. Sie sind herzlich willkommen zu nehmen und zu geben. Sie finden die Herberge im Internet unter der Adresse www.opwegnaardeherberg.nl.[13] Sie sehen da einen Weg und werden eingeladen ihn zu beschreiben. Indem Sie mit der Maus auf diesen Weg klicken, kommen Sie von selbst in die Herberge. Sie treffen da auf einen offenen und gastfreundlichen Raum, in dem Sie als Besucher willkommen sind. Sie können hier die inzwischen beinahe 100 offenen und gastfreundlichen Projekte betrachten und mittels E-Mail an die Verantwortlichen Fragen stellen zu dem betreffenden Projekt. Beinahe alle Beispiele, die ich in diesem Buch beschreibe, habe ich auf dieser Website zur Verfügung gestellt, ebenso solche aus meinem Buch "Kijken met andere ogen" (Mit anderen Augen sehen[14]), in welchem Projekte stehen, die an einem Wettbewerb teilgenommen haben. Es gibt eine wachsende Liste, auf der auch Sie

---

[13] Bis zur Drucklegung gelang es noch nicht, eine vergleichbare deutschsprachige Seite im Netz zu eröffnen. Wir hoffen, dass Gemeinden in naher Zukunft unter dem Stichwort „gastfreundliche Gemeinden" Anteil haben und mitwirken können.

[14] erschienen 2004 in Kampen/NL. Das Buch ist eine Sammlung von Praxisprojekten, die bei einem Wettbewerb für gastfreundliche Gemeinden in den Niederlanden teilgenommen haben. Die wesentlichen neuen Erkenntnisse zur gastfreundlichen Gemeinde aus diesem Buch wurden in diese deutsche Ausgabe in Kapitel 3 eingearbeitet.

Ihr eigenes Projekt vorstellen können. So inspirieren Sie wiederum andere.

Weiter können Sie unter der Rubrik "te gast bij" (zu Gast bei) sehen, bei welchen Projekten Sie willkommen sind, und es gibt eine Gelegenheit, einander Fragen zu stellen und Fragen zu beantworten. Natürlich können Sie auch Reaktionen und Anregungen loswerden auf dem "prikbord" (Pinwand). So kann hoffentlich diese Website zur Quelle der Inspiration für jeden werden, der in der eigenen Gemeinde entweder bereits mit Offenheit und Gastfreundschaft zu tun hat oder damit beginnen will.

Besser noch als das Internet ist die persönliche Begegnung mit anderen. Daher die Empfehlung, z.B. künftige Rüstzeiten eines Kirchenvorstandes für die Begegnung mit einem anderen Kirchenvorstand zu nutzen. Gastgeber sorgen gewiss für ein geeignetes Quartier, wenn andere sich die Mühe machen, nachzufragen: Wie versteht ihr euch und warum tut ihr, was ihr tut? Wie schafft ihr es, offen und einladend zu sein gegenüber euren Gästen?

6.3 EIN UNVERHOFFTER GAST

In dieser virtuellen Herberge können Gemeinden miteinander ins Gespräch kommen und einander ermutigen und wer weiß, vielleicht erscheint dann ein unverhoffter Gast. Man weiß ja nie. Darum geht es in einem Gedicht über die schönste Geschichte, die ich kenne. Das Gedicht ist von Michel van der Plas. Es steht in einer Sammlung mit dem Titel, der auch sehr gut den roten Faden meines Buches wiedergibt: Vreemdelingen op doortocht (Fremde auf der Durchreise).

Ich lade Sie ein dieses Gedicht nicht nur zu lesen, sondern es auch gemeinsam zu leben.

Die Emmaus-Jünger

So lass uns zu seinem Gedenken
zusammen nun essen, o Kleopas,
und feiern, dass er jetzt bei uns ist,
wie er es auch damals war.

Gemeinsam, nun nicht mehr allein,
seit wir unter eigenem Dach
durch unsre warmen Tränen hin
erkannten das Brot, das er brach.

Es war sein Leib und sein Blut,
es war sein Leiden und Tod,
war die Liebe im Überfluss
und Gottes Gnade so groß.

Komm, lege das Brot auf die Tafel
zwischen uns hin und bete mit mir,
und wieder ist er hier, o Kleopas,
in unvergleichlicher Näh'.

Und während das Herz wieder in uns brennt,
geheilt von allem, was fehlt,
sind wir zusammen, Hand in Hand,
und feiern sein Leben erneut.

6.4 ZU GUTERLETZT.....

Professor Berkhof hat eine der vielen Auflagen seines Buches "Christlicher Glaube" mit zwei Worten geschlossen, die ich gern und von Herzen an Sie weitergebe:
Fröhlich weiter!

Jan Hendriks

Literaturverzeichnis

Für den Fall, dass Sie etwas nachlesen wollen, zeige ich hier die Literatur an, die ich bei den verschiedenen Kapiteln zu Grunde gelegt habe. Veröffentlichungen, die in Deutschland nicht zugänglich sind, bleiben unberücksichtigt.

Einleitung

Rob van Kessel, Gemeinde am Leben, Ein theologischer Durchblick für Praktiker, Freiburg 1990
Rolf Zerfass, Christliche Gemeinde – Heimat für alle? In: Günter Koch/Josef Pretscher (Hrsg.), Kirche als Heimat, Würzburg 1991

Kapitel 1

C.P. van Andel, De plaats van de verstandelijk gehandicapten in de gemeente: Object of Subject? in: Praktische Theologie. Een bundel opstellen over plaats en praktijk van de christelijke gemeente, s-Gravenhage 1980
Will Derkse, Een levensregel voor beginners. Benedictine spiritualiteit voor her dagelijks leven, Tielt 2000
G.D.J. Dingemanns, De stem van de roepende, Pneumatologie, Kampen 2000
Gerben Heitink, Pastorale Zorg. Theologie-Differentiatie-Praktijk, Handboek Praktische Theologie, Kampen 1998
Jan Hendriks, Gemeinde von morgen gestalten. Modell und Methode des Gemeindeaufbaus, Gütersloh 1996
Michael Herbst, Missionarischer Gemeindeaufbau in der Volkskirche, Stuttgart 1988

Ann Morisy,Beyond the Good Samaritan. Community Ministry and Mission, London 1997

Awraham Soetendorp. De Alomtegenwordigheid van het heilige, in: Trouw 6, Januar 1996

Wolfgang Vorländer, Gottes Gastfreundschaft im Leben der Gemeinde, Stuttgart 1999

Rolf Zerfass, Seelsorge als Gastfreundschaft, in: Diakonia, Internationale Zeitschrift für die Praxis der Kirche, Jahrg. 11, 1980

Kapitel 2

Marjan Dieleman- Fopma, Jesus en de zwarte. Een Stille-Werkvesper door jongeren, in: Eredienstvaardig. Tijdschrift voor liturgie en kerkmuziek, jrg.18, Nr.1, Februar 2002

Jacob Firet, De apostoliciteit van de kerk: struktuurprincipe en process, in: In rapport met de tijd. 100 jaar theologie an de Vrije Universiteit, Kampen 1980

Edwin H. Friedman, Van geslacht op geslacht. Systeemprocessen in kerk en synogoge, Gorinchem 1999

Gerben Heitink, Pastorale Zorg. Theologie-Differentiatie-Praktijk, Handboek Praktische Theologie, Kampen 1998

Kerk en buurkranten, Information zu erhalten unter: PCN, Publiciteitsbureau Christelijk Nederland, Tolakkerweg 23, 3739 JG Hollandsche Radin (Daan van der Waals)

Ulrich Kuhnke, Koinonia. Zur theologischen Rekonstruktion der Identität christlicher Gemeinde, Düsseldorf 1992

Ann Morisy, Beyond the Good Samaritan. Community Ministry and Mission, London 1997

K.A.Schippers, Werkplaats catechese, doelbepaling en organisatie jongerencatechese, Kampen 1982

H. Stenecker, Waar gan we hin? Ob zoek naar nieuwe formen van stadspastoraat, Rotterdam 2000

Sake Stoppels, Een gastvrij onthaal. Gids voor inloopcentra en andere vormen van kerkelijke gastvrijheid, Kampen 1997

Paul M. Zulehner, Pastoraltheologie. Band 2, Gemeindepastoraal, Düsseldorf 1989

Kapitel 3

Jacob Firet, Zikenhuispastoraaten de kommunikatie van het evangelie in een gesekulariseerde wereld, in Praktische Theologie, 1989, 1

E. Henau e. L. Hergens, Een pastorale uitdaging, Verscheidenheid in kerkbetrokkenheid, Teilt en Bussum, 1982

Eduard Kimman, Over de Amerikaanse brief, RK Kerkgenootschap in Nederland, Utrecht 1988

Bernhard Luttikhuis, Bouwvakkers en boeren, Een bijdrage in het gesprek over de opbouw van de gemeente, Zoetermeer, 2002

O. Noordmans, Kerk en Schare, in: Zondaar en Bedelaar, Amsterdam 1946

Rainer Strunk, Vertrauen, Grundzüge einer Theologie des Gemeindeaufbaus, Stuttgart 1987

Kapitel 4

Stany d'Ydewalle, De kerngemeenschap: een model voor paochieopbouw, in: Herman Servotte. Herinnering en hoo, Aangeboden door de universitaire parochie van de K.U.Leuven, Averbode 1995

Kapitel 5

Brief aus Taizé, April-Mai 2001
Jacob Firet, Het krachtveld van de pastoraale dienst, in: Praktische Theologie, 1983/5
Karl Foitzik, Elsbe Gossmann, Gemeinde 2000. Wenn Vielfalt Gestalt gewinnt, Gütersloh 1995
O. Noordmans, Kerk en Schare, in: Zondaar en Bedelaar, Amsterdam 1946
Paul Ricoeur, Gespräch mit, in Brief aus Taizé, April-Mai 2001
Frère Roger, Lieben – und es mit dem Leben zeigen, Brief aus Taizé, Februar-März 2002